香港文學作品選集②

潘耀明／總策劃　黃子平／主編　舒非／副主編

許地山香港作品集

——紀念許地山先生誕辰一百三十周年

許地山　著

許鋼　編

香港文學館
The Museum of Hong Kong Literature

—— 首席惠澤機構 ——

香港賽馬會慈善信託基金

目錄

1 書中大部分「底」即今天「的」之意。下同。

三、戲劇

四、音樂

五、雜文

六、講稿

七、論文

前言：埋在地下的落華生（代序）

潘耀明

托爾斯泰說：「人生的價值，並不是用時間，而是用深度去衡量。」[1]

驀然驚覺，今年是許地山逝世八十週年（一八九四—一九四一）。他雖然擁有北京燕京大學、美國哥倫比亞大學、英國牛津大學的學歷，可是在官辦的香港大學當起教授（相當於今天講座教授），殊屬不易：

在那樸實飄搖的年代，我依稀體會到英國殖民政府對中國大陸和台灣來的人都見外，不承認學位，不積極鼓勵生根，一些無形的歧視加深了我們謀生的難度；情況在一九六六年爆發文革之後更是這樣了。[2]

1 托爾斯泰《最後的日記》。

2 董橋《從前・雪憶》，牛津大學出版社，二〇〇二年。

許地山入港大那是在更遙遠的三十年代，雖然他學貫中西，還是胡適寫了推薦信，但要在那個尷尬的年代、尷尬的環境生存，可謂戛戛乎其難。

許地山在港大攏共只有六年，貢獻厥偉。他是一個具有大氣派的人，在港大甫上任，立即將課程分為文學、史學、哲學三組，並革新課程內容，使之更充實和現代化。他主持中文學院後，該院面貌煥然一新。他還鋭意改革香港的中小學教育和業餘教育，亦主張改革八股文，提倡拼音文字，為香港的教育改革出了大力。

許地山積極參加香港文化活動，並先後參加中英文化協會、中國文化協進會和中華全國文藝界抗敵協會香港分會等，他在這些文化團體中均擔任重要職務。難得的是，他在文化團體，掛的不是虛職虛名，而是腳踏實地、身體力行為社團幹事。

太平洋戰事爆發，他熱烈參加了抗敵後援會，並主持香港文藝界抗敵協會的工作，寫抗戰文章，發表抗戰演説，晚上還到深水埗義務地給幾位流亡在這兒的知識青年補習功課。別人都在為着自己的安全，準備遷地為良，他卻為着國家的事，為着抗敵的事，終日奔走號呼，忙得食不安席，忙得生了病，不幸於一九四一年的秋天，永別了人世，年僅四十八歲。[1]

1 趙聰：《現代中國作家列傳》，香港中國筆會，一九七五年。

許地山嘔心瀝血推動香港教育文化事業，熱情投身抗日救亡運動，認真從事學術研究，深受香港社會各界敬重。

時人對許地山的學問也許不大了了。大學問家陳寅恪對許地山的學術成就和宗教史研究十分推崇，他寫道：「寅恪昔年略治佛道二家之學，然於道教僅取以供史事之補證，於佛教亦止比較原文與諸譯本字句之異同，至其微言大義之所在，則未能言之也。後讀地山先生所著佛道二教史論文，關於教義本體俱有精深之評述，心服之餘，彌用自愧，遂捐棄故技，不敢復談此事矣。」[1]

陳寅恪與許地山為好友，他於一九四〇年夏繼許地山之職任香港大學中文系主任。

我在《尋找失落了的香港文化景點》一文中曾指出：「許地山對香港文教事業貢獻最大，他對香港大學和香港中小學教育傾注了全副心力，可謂鞠躬盡瘁，死而後已。迄今香港連一個許地山紀念館也欠奉，實有愧於古人！」[2]

黃心村寫《我師落華生：張愛玲的文學課》[3] 凡一萬多字，真正寫到落華生—許地山與張愛玲關係不過十分之一篇幅，通篇文章主要是寫許地山與香港大學的關係，主次分明。

---

1 陳寅恪：《論許地山先生宗教史之學》，一九四一年九月二十一日，陳寅恪在《追悼許地山先生紀念特刊》上撰文對許地山的宗教史研究極為推崇。

2 彥火《山水挹趣·附錄》，中華書局（香港）有限公司，二〇一八年十月。

3 黃心村《我師落華生：張愛玲的文學課》，《明報月刊》二〇二一年四月號。

眼下張愛玲是炙手可熱的人物，許地山是早已淹沒於泥塵、難得出土的歷史人物。如果沒有沾上張愛玲的光，在這個勢利的社會，相信是很難見天日的。

「花朵落盡了所有的花瓣，便發現它的果實。」[1] 可惜的是，很多人只愛觀賞搖曳的繁花，沒有去深究埋在地下的果實，倒是世人的眼淺。許地山體現的是一種不求聞達、孜孜於文教事業的落華生的精神。

我們有愧於對香港教育文化立下不朽功勳的許地山，總不該因為「他沒有什麼崖岸」[2]，便可自認為心安理得了！

寫於許地山逝世八十週年之際

（原載《明報月刊》二〇二一年四月號）

---

1 泰戈爾《流螢集》。

2 周作人《許地山的舊話》。

一、小說

玉官

第一節

想起來直像是昨天的事情，可是前前後後已經相隔幾十年。那時正鬧着中東戰爭，國人與兵士多半是鴉片抽得不像人形，也不像鬼樣。就是那不抽煙的，也麻木得像土偶一般。槍炮軍艦都如明器，中看不中用。雖然打敗仗，許多人並沒有把它當做一件大事，也沒感到何等困苦。不過有許多人是直接受了損害的，玉官的丈夫便是其中的一個。他在一艘戰艦上當水兵，開火不到一點鐘的時間便陣亡了。玉官那時在閩南本籍的一個縣城，身邊並沒有積蓄，丈夫留給她的，只是一間比街頭土地廟稍微大一點的房子和一個不滿兩歲的男孩。她不過是二十一歲，如果願意再醮，還可以來得及。但是她想：帶油瓶諸多不便，倒不如依老習慣撫孤成人，將來若是孩子得到一官半職，給她請個封誥，表個貞節，也就不在活了一生。

自從立定了主意以後，玉官的家門是常常關着。她每日只在屋裏做一些荷包煙袋之類，送到蘇杭舖去換點錢。親戚朋友本來就很少，要從他們得着什麼資助是絕不可能的，她所得的工資只夠衣食之費，想送孩子到學塾去，不說書籍、紙筆費沒着落，連最重要的老師束修，一年一千文制錢，都沒法應付。房子是不能賣的，就使能賣，最多也不過十幾二十兩銀子。她丈夫有個叔伯弟弟，年紀比她大，時常來看她。他很殷勤，每一來到，便要求把哥哥的靈柩從威海衛運回來。其實，他哥哥有沒有屍身還成問題，他的要求只是逼嫂嫂把房子或侄兒賣掉的一種手段。他更大的野心，便是勸嫂嫂嫁了，他更可以沾着許多利益。玉官已覺得叔叔是欺負她，不過面子上不能說穿了，每次來，只得敷衍他。

叔叔的名字在城裏是沒人注意的，他雖然進過兩年鄉塾，有名有字，但因為功課不好，被逐出學，所以認得他的人還是叫他的小名「糞掃」。他見玉官屢次都是推諉，心還不死。一天，在見面的時候，他竟然對嫂嫂說，你這麼年輕，孩子命又脆，若過幾年有什麼山高水低，把你的青春耽誤了，豈不要後悔一輩子？他又說沒錢讀書，怎能有機會得到功名？縱使有學費，也未必能夠入學中舉。縱然入學中舉，他不一定能得一官半職，也不一定能夠享到他的福。種種說話，無非是勸她服從目前的命運，萬般計劃，無非是勸她自己找個吃飯的地方。這在玉官方面，當然是叔叔給她的咒詛，每一說到，就不免罵了幾聲「黑心肚的路旁屍」，可是也沒奈他何。

因為糞掃來騷擾，玉官待要到縣裏去存個案底，又想到她自己，一個年輕寡婦，在衙門口出頭露面，總是不很妥當。況且糞掃所要求運樞的事也不見得完全是沒理由，她想丈夫停靈在外本不合適，本得想法子，可是她十指纖纖，能辦得什麼事？房子不能賣出，兒子不能給人，自己不願改嫁。她並不去問丈夫的靈柩到底有沒有，她想就是剩下衣冠也得運回來安葬。她恨不得把她的兒子，她的唯一的希望，快快地長大成人，來替她做這些事情。為避免叔叔的麻煩，她有時也想離開本鄉，把兒子帶到天涯無藤葛處，但這不過也是空想。第一，她沒有資財，轉動不了；第二，她不認識字，自己不能做兒子的導師；第三，離鄉別井，到一個人地俱疏的地方，也不免會受人欺負；第四，……還有說不盡的理由縈迴在她心裏。到底還是關起大門，過着螺介式生活，人不惹她時，不妨開門探頭；人惹她時，立刻關門退步，這樣是再安全不過的了。她為運靈的事，常常關在屋裏痛哭，有時點起香燭在廳上丈夫的靈位前祈禱，許願。

雖然關着門，糞埽仍是常常來，這教玉官的螺介政策不能實施。他一來到，不開門是不行的，但寡婦的家豈能容男子常來探訪！縱然兩方是清白的親屬關係，在這容易發惡酵的社會裏，無論如何，總免不掉街頭坊尾的瑣語煩言。玉官早已想到這一層，《周禮》她雖然沒考究過，但從姑婆、舅公一輩的人物的家教傳下來「男女授受不親」、「叔嫂不通問」一類的法寶，有時也可以祭起來。不過這些法寶是不很靈的，因為她所處的不是士大夫的環境，不但如此，糞埽知道她害怕，越發天天來麻煩她。人們也真個把他們當做話柄，到處都可以聽見關於他們的事情的街談巷議。

同街住着一個「拜上帝」的女人名叫金杏，人家稱她做杏官。她丈夫姓陳，幾個月前，因為把妻家的人打傷了，官府要拿人，便不知去向。事情的起因，是杏官被她的侄兒引領入教，回到家裏，不由分說把家裏的神像、神主破個乾淨。丈夫氣不過，便到妻家理論，千不該把內侄打個半死。這事由教會洋牧師出頭，非要知縣拿人來嚴辦一下不可。因為人逃了，這案至終在懸着。

杏官在街坊上很有點洋勢力，誰也不敢惹她。但知道她的都不很看得起她，背地裏都管她叫連累丈夫的「吃教婆」。她侄兒原先在教會的醫院當藥劑師，人們沒有一個不當他是個配迷魂藥、引人破神主、毀神像的老手。杏官自從被他引領入了教，便成為一個很熱心的信徒，到處對人宣講。但她並不是職業的傳教士，她的生活是靠着在一個通商口岸的一家西藥房的股息來維持，一年可以支三百塊錢左右。她原來住在別的地方，新近才搬到玉官隔鄰幾家來住。一家只有三口，她和兩個女兒雅麗、雅言。雅麗是兩歲多，雅言才幾個月。玉官在她搬來的時候便認識她，不過沒有什麼來往。近來因為受不了叔叔的壓迫，常常倒扣上家門，攜着一天的糧食和小兒到杏官家去躲避，杏官也很寂寞，所以很歡迎她來做伴。

杏官家裏的陳設雖然不多，卻是十分乾淨。房子是一廳兩房的結構，中廳懸着一幅「天路歷程圖」，桌上放着一本很厚的金邊黑羊皮《新舊約全書》，金邊多已變成紅褐色，書皮的光澤也沒有了，書角的殘摺紋和書裏夾的紙片，都指示着主人沒一天不把它翻閱幾次。廳邊放着一張小風琴，她每天也短不了按幾次，和着她口裏唱的讚美詩歌。這些生活，都是玉官以前沒曾見過的。她自從螺介式生活變為早出晚歸的飛鳥式生活以來，心境比較舒坦得多。在陳家寄託，使她理會吃教的人也和常人一樣和藹可親，甚且能夠安慰人，她免不了問杏官所信的都是什麼。她心裏總不明白杏官告訴她凡人都有罪，都當懺悔和重生的道理；自認為罪人，可笑；無代價地要一個非親非故來替死，可笑；人和萬物都是上帝的手捏出來的，也可笑；處女單獨懷孕，誰見過？更可笑。她笑是心裏笑，可不敢露在臉上，因為她不能與杏官辯論，也想不出什麼理由來說她不對，杏官不在跟前的時候，她偷偷地掀開那本經書看看，可惜都是洋字，一點也看不懂。她心裏想，杏官平時沒聽她說過洋話，怎麼能念洋書？

這不由得她不問。杏官告訴她那是「白話字」，三天包會讀，七天准能寫，十天什麼意思都能表達出來。她很鼓勵玉官學習。玉官便「愛，卑，西，———」念咒般學了好幾天。果然靈得很！七天以後，她居然能把那厚本書念得像流水一般快。

洋姑娘常到杏官家裏，玉官往時沒曾在五尺以內見過外國人，偶爾在街上遇見，自己總是遠遠地站開，正眼也不敢看他們一下。無論多麼鎮定，她一見洋人，心裏總有七分害怕。她怕洋人鉸人頭髮去做符咒；怕洋人挖人眼睛去做藥材；怕洋人把迷魂藥彈在她身上，使她額頭上印上十字，做出褻瀆神明、侮慢祖宗的事。她正在廳上做活，洋姑娘忽然敲門進來，連忙退到屋裏。杏官和洋姑娘互道了「平安」，便談些教裏的話，她雖然不很懂那位姑娘的話，從杏官的回答，知道是關於她有股份的那間藥房的事情。她聽見洋姑娘說藥房賣嗎啡，給別的教友攻擊，那經理在聚集禮拜的時候，當眾懺悔，願意獻出一筆款子來，在鄉間修蓋一所福音堂；因為杏官是股東，所以她來說說。杏官對於商務本不明白，聽了姑娘一番話，只是感謝上帝，沒說別的。洋姑娘臨出門的時候又託杏官替她找一個「阿媽」，每月工錢六百文，管住不管吃。

杏官心血來潮，回到屋裏，一味攛掇玉官去混這份事情。玉官想一個月六百文，吃用去四百，還剩二百；管住，她的房子便可以賃出去，一個月至少可以得一二百文，為孩子將來的學費，當然比手磨破了做針鑿，一天得不了一二十文好得多。最要緊的是，糞掃再也不敢向她搗亂。她點了頭，卻要杏官保證那洋姑娘不會給她迷魂湯喝，也不會在她睡覺時挖掉她兒子的眼睛，或鉸掉她的頭髮。上工的日子已經約定，她心裏仍是七上八下，怕語言不通，怕洋人脾氣不好，怕這，怕那。

洋姑娘許玉官把孩子帶在身邊，給她一間很小的臥房，就在福音堂後面。她主人的住處不過隔着幾棵龍眼樹，相離約距五丈遠。她自己的房子賃不出去，因為教堂距離也很近，她本來想早出晚歸，又怕糞掃來攪擾，孩子放在家裏又沒人照顧，不如把門窗關嚴，在禮拜天悄悄地回來看看。每月初一、十五，她破曉以前回家打掃一遍，在神位和祖先神主前插一炷香，有時還默禱片時，這舊房簡直就像她的家祠，雖然沒得賃出去，她倒也很安心。

糞掃知道了嫂嫂混了洋事，惹不起，許久沒見面了。趕巧在一個禮拜天早晨，玉官回家的時候，他已在門口等着。他是從杏官打聽出她每在那時候回家的。一進門，他還是舊話重提，賣房子運靈，接着就是借錢。玉官說了他幾句，叫他以後莫來麻煩她，不然她便告教堂到衙門去告他一狀。正在分會不開的時候，杏官進來了。她也幫着玉官說了糞掃幾句，把他說得垂頭喪氣，踱出嫂嫂家門。她們也隨着出來，把門倒鎖着，到教堂去了。糞掃一面走，一面想，看她們走遠了，回頭到嫂嫂家門口，見鎖得牢牢地，四圍的牆壁又很高，沒法子進去。越想越把怨恨移在杏官身上。他以為杏官不該引他嫂嫂到教堂去工作，因而動意要到她家去看有什麼可拿的沒有，藉此洩洩憤氣。不想到了杏官家，門也是關得嚴嚴地，沿着牆走到後門，望望四圍都是曠地，沒有人往來，他從土堆裏找出一根粗鉛絲，輕輕把門閂撥動，一會工夫就把門打開了。進到屋裏，看見兩個小女孩正在床上熟睡，箱籠雖有幾個，可都上了鎖。桌上沒有什麼值錢的東西，便去動那箱的鎖。開鎖的聲音，幾乎把孩子驚醒了，手一停住，計便上心，他到床邊，輕輕地把雅麗抱在懷裏，用一張小毯蒙着她。在拿小毯的時候，發見了兩錠壓床褥的紋銀，他喜出望外，連忙撿起掖在身邊，從原路出去，一溜煙似地跑了。

第二節

糞掃一跑出城外，抱着孩子，心裏在盤算着。那時當地有些人家很喜歡買不滿三歲的女嬰來養，大了當丫頭使喚；尤其是有女兒的中等家庭，買了一個小丫頭，將來大了可以用來做小姐的陪嫁婢。他立定主意要賣雅麗，不過不能在本城或近鄉幹，總得走遠一點。在路邊歇着的時候，他把銀錠取出來放在手裏掂一掂，覺得有十來兩重，自己裂着嘴笑了一會。正要把銀子放回口袋裏，忽然看見遠處來了人，走得非常地快。他疑心是來追他的，站起來，抱着孩子，撒開腿便跑。轉了幾個彎，來到渡頭，胡亂地跳上一隻正要啟旋的船，坐在艙底，他的心頭還是怔忡地跳躍着。

他受了無數的虛驚，才輾轉地到了廈門，手裏抱着孩子，一點辦法也想不出來，他沒理會沒有媒婆，買賣人口是不容易得着門道，自己又不能抱出去滿街嚷嚷。住了好些日子，沒把孩子賣出去，又改了主意。他想，不如到南洋去，省得住久了給人看出破綻來。

在一個朦朧的早晨，他隨着店裏一幫番客來到碼頭。因為是一個初出口岸的人，沒理會港口有多少航線，也不曉怎樣搭伙上大船去。他胡亂上了圍着渡頭的一隻小艇，因為那上頭也滿載着客人，便想着是同一道的。誰知不湊巧，艇夫把他送上上海船去了！他上了船，也沒問個明白，只顧深密躲藏起來。一直到船開出港口以後，才從旁人的話知道自己上錯了船，無可奈何，只得忍耐着，自己再盤算一下。

一天兩天在平靜的海面進行着，那時正在三伏期間，艙裏熱得不可耐，雅麗直嚷要媽媽。他只得對同艙的人說，他是她的叔叔，因為哥哥在南洋去世，他把嫂嫂同孩子接回家鄉，不料嫂嫂在路上又得了病，相繼死掉了。他是要回鄉去，不幸上錯了船。一番有情有理的話，把聽的人都說得感動起來。有人還對他說上海的泉、漳人也很多，船到時可以到會館去求些盤纏，或找些事情，都不很難。他見人們不懷疑他，才把心意放寬了，此後時常抱着孩子在甲板上走來走去。

在船到上海的前一天，一個老媽走到糞掃身邊說，她的太太要把孩子抱去看看。糞掃還沒問他什麼意思，她已隨着說出來。他說她的太太在半個月以前剛丟了一位小姐，昨天在艙裏偶然聽見他的孩子，不覺太太地傷心起來，淚漣漣地哭着她那位小姐。方才想起又哭，一定要把孩子抱去給她看看。她說她的太太很仁慈，看過了一定會有賞錢給的，問了一番彼此的關係，糞掃便把雅麗交給那女傭抱到官艙裏去。

大半天工夫，傭人還沒把孩子抱回來，急得糞掃一頭冷汗。他上到甲板，在官船門口探望，好容易盼得那傭人出來。她說，太太一看他的孩子，便覺得眼也像她的小姐，鼻也像她的小姐，甚至頭髮也像得一毫不差。那女孩子，真有造化，教太太看中了。

糞掃卻有一點小聰明，他把女傭揪到甲板邊一個稍微僻靜的地方，問她太太是個什麼人。從女傭口裏，他知道那太太是欽差大臣李爵相幕府裏熟悉洋務一位頂紅的黃道台的太太，女傭啟發他多要一點錢。他卻想藉着機緣求一個長遠的差使，在船上不便講價，相約上岸以後再談。

黃太太自從見過雅麗以後，心地開朗多了。她一時也離不開那孩子，船一到，便教人把糞掃送到一間好一點的客棧去。她回公館以後，把事情略為交待，便趕到客棧裏來。她的心比糞掃還急，糞掃知道這買賣勢在必成，便故意地裝出很不捨得的情態。這把那黃太太憋得越急了，糞掃不願意賣斷，只求太太賞他一碗飯吃，太太以為這在將來恐怕拖着一條很長的尾巴，兩造磋商了一半天，終於用一百兩銀子附帶着一個小差使，把雅麗換去了。

糞掃認識的字不多，黃太太只好把他薦到蘇松太兵備道衙門裏當個親兵什長，他的名字也改了。在衙門裏做事倒還安分，道台漸漸提拔他，不到一年工夫又把他薦到游擊衙門當哨官去。他有了一個小功名，更是奮發，將餘閒的工夫用在書籍上，居然在短期內把文理弄順了。有時他也到上海黃公館的門房去，因為他很感激恩主黃太太的栽培，同時也想看看雅麗的生活。

雅麗居然是一位嬌滴滴的小姐，有一個娘姨伺候着她。小屋裏，什麼洋玩意兒都有，單說洋娃娃也有二三十個。天天同媽媽坐在一輛維多利亞馬車出去散步，吃的喝的，不用提，都是很精美的。她越長越好看，誰見了都十分讚羨，說孩子有造化，不過黃太太絕對不許人說小姐是抱來的。她愛雅麗就和親生的一樣，她屢次小產，最後生的那個，養了一年多又死了。在抱雅麗的時候，她到城隍廟去問了個卦，城隍老爺與「小半仙」都說得抱一個回來養，將來可以招個弟弟。自從抱了雅麗以後，她的身體也是一天好似一天，菩薩說她的運氣轉好了，使她越發把女兒當做活寶。黃觀察並不常回家，爵相在什麼地方，他便隨着到什麼地方去，所以家裏除掉太太小姐以外，其餘都是當差的。

門房的人都知道糞掃是小姐的叔父，他一來到，當然是格外客氣。那時候，他當然不叫「糞掃」了，而官名卻不能隨便叫出來的，所以大家都稱他做李總爺或李哨官。過年過節，李總爺都來叩見太太，太太叮嚀他不得說出小姐與他彼此的關係，也不敢怠慢他。

第三節

李總爺既然有了官職，心裏真也惦着他哥哥的遺體，雖曾寄信到威海衛去打聽，卻是一點蹤跡都沒有。他沒敢寫信給他嫂嫂，怕惹出大亂子來不好收拾。那邊杏官因為丟了孩子，便立刻找牧師去。知縣老爺出了很重的花紅賞格，總是一點頭緒都沒有。原差為過限銷不了差，不曉得挨了多少次的大板子。自然，誰都懷疑是玉官的小叔子幹的，只為人贓不在，沒法證明。幾個月幾個月的工夫忽忽地過去，城裏的人也漸漸把這事忘記掉，連杏官的情緒也隨日鬆弛，逐漸復原了。

玉官自從小叔子失蹤以後，心境也清爽了許多，洋主人意外地喜歡她，因為她又聰明，又伶俐。傳教是她主人的職業，在有空的時候，她便向玉官說教。教理是玉官在杏官家曾領略過一二的，所以主人一說，她每是講頭解尾，聞一知十。她做事尤其得人喜歡，那般周到，那般妥貼，是沒有一個僕人能比得上的。主人一意勸她進教，把小腳放開，允許她若是願意的話，可以造就她，使她成為一個「聖經女人」，每月薪金可以得到二兩一錢六分，孩子在教堂裏念書，一概免繳學費。

經過幾個星期的考慮，她至終允許了。主人把她的兒子暫時送到一個牧師的家裏，伴着幾個洋孩子玩。雖然不以放腳為然，她可也不能不聽主人的話。她的課程除掉聖經以外，還有「真道問答」，「天路歷程」，和聖詩習唱。姑娘每對她說天路是光明、聖潔、誠實，人路是黑暗、罪污、虛偽，但她究竟看不出大路在那裏。她雖然找不到天使，卻深信有魔鬼，好像她在睡夢中曾遇見過似地。她也不很信人路就如洋姑娘說的那般可怕可憎。

一年的修業，玉官居然進了教。對於教理雖然是人家說什麼，她得信什麼，在她心中卻自有她的主見，兒子已進了教堂的學塾，取名李建德，非常聰明，逢考必佔首名，塾師很喜歡他。不到兩年，他已認識好幾千字，英語也會說好些。玉官不久也就了「聖經女人」的職務，每天到城鄉各處去派送福音書、聖跡圖，有時對着太太姑娘們講道理。她受過相當的訓練，口才非常好，誰也說她不贏。雖然她不一定完全信她自己的話，但為辯論和傳教的原故，她也能說得面面俱圓。「為上帝工作，物質的享受總得犧牲一點。」玉官雖常聽見洋教士對着同工的人們這樣說，但她對於自己的薪金已很滿意；加上建德在每天放學後到網球場去給洋教士們撿球，因而免了學費，更使她樂不可支。這時她不用再住在福間堂後面的小房子，已搬回本宅去了。她是受條約保護的教民，街坊都有幾分忌畏她。住宅的門口換上信教的對聯：「愛人如己，在地若天。」門楣上貼上「崇拜真神」四個字。廳上神龕不曉得被挪到那裏，但准知道她把神主束縛起來，放在一個紅口袋裏，懸在一間屋裏的半閣的樑下。那房門是常關着，像很神聖的樣子。她不能破祖先的神主，因為她想那是大逆不道，並且於兒子的前程大有關係。她還有個秘密的地方，就是廚房灶底下，那裏是她藏銀子的地方。此外一間臥房是她母子倆住着。

不久，北方鬧起義和團來了，城裏幾乎也出了亂子，好在地方官善於處理，叫洋人都到口岸去。玉官受洋主人的囑託，看守禮拜堂後的住宅。幾個月後，事情平靜了，洋主人回來，覺得玉官是個熱心誠信的人，管理的才幹也不劣，越發信任她。從此以後，玉官是以傳教著了名。在與人講道時，若遇見問雖如「上帝住在什麼地方」、「童貞女生子」、「上帝若是慈悲，為什麼容魔鬼到別處去害人，然後定被害者的罪」等等問題，雖然有口才，她只能回答說，那是奧妙的道理，不是人智與語言所能解明的。她對於教理上不明白的地方，有時也不敢去請洋教士們；間或問了，所得的回答，她也不很滿意。她想，反正傳教是勸人為善，把人引到正心修身的道上，哪管他信的是童貞女生子或石頭縫裏爆出來的妖精。她以為神奇的事跡也許有，不過與為善修行沒甚關係。這些只在她心裏存着。至於外表上，為要名副其實，做個遵從聖教的傳道者，不能不反對那拜偶像、敬神主、信輪回等等舊宗教，說那些都是迷信，她那本羅馬字的白話《聖經》不能啟發她多少神學的知識，有時甚至令她覺得那班有學問的洋教士們口裏雖如此說，心裏不一定如此信。她的裝束，在道上，誰都看出是很特別的黑布衣裙；一隻手裏永不離開那本大書，一隻手常拿着洋傘；一雙尖長的腳，走起來活像母鵝的步伐。這樣，也難為她，一天平均要走十多里路。

城鄉各處，玉官已經走慣了。她下鄉的時候，走乏了便在樹蔭底下歇歇。以後她的布教區域越大，每逢到了一天不能回城的鄉村，便得在外住一宿。住的地方也不一定，有教堂當然住在教堂裏，而多半的時候卻是住在教友家中。她為人很和藹，又常常帶些洋人用過的玻璃瓶、餅乾匣，和些現城藥村，如金雞納霜、白樹油之類，去送給鄉下人，因此，人們除掉不大愛聽她那一套悔罪拜真神的道理以外，對她都很親切。

因為工作優越，玉官被調到鄰縣一個村鎮去當傳道，一個月她回家兩三天。這是因為建德仍在城裏念書，不能隨在身邊，她得回來照料，同時可以報告她一個月的工作。離那村鎮十幾里的官道上不遠，便是她公婆的墳墓。她只在下葬的時候到過那裏，自入教以來，好些年就沒人去掃祭。一天下午，她經過那道邊，忽然想起來，便尋找了一回，果然在亂草蒙茸中找着了。她教田裏農人替她除乾淨，到完工的時候已是黃昏時分，趕不上回鎮。四處的山頭都教晚雲籠罩住，樹林裏的歸鳥噪得很急。初夏的稻田，流水是常響着的。田邊的濕氣蒸着幾朵野花，顏色雖看不清楚，氣味還可以聞得出來，她拄着洋傘，一手提着書包，慢慢地踱進樹林裏那個小村。那村與樹林隔着一條小溪，名叫錦鯉社，沒有多少人，因為男丁都到南洋謀生去了。同時又是在一條官道上，不說是士商行旅常要經過，就是官兵、土匪凡有移動，也必光臨，所以年來居民越少，剩下的只有幾十個老農和幾十個婦孺。教會在那裏買了一所破舊的大房子，預備將來修蓋教堂和學堂。玉官知道那就是用杏官入股的那間藥房的獻金買來的，當晚便到那裏去歇宿。

房買過來雖有了些日子，卻還沒有動工改建，只有一個看房的住在門內。裏面臥房、廂房、廳堂，一共十幾問。外門還有一所荒涼的花園，前門外是一個大魚池，水幾乎平岸。

因為太靜，院子裏所有的聲音都可以聽見。在眾多的聲音當中，像蝙蝠拍着房檐，輕風吹着那貼在柱上的殘破春聯，鑽洞的老鼠，撲窗的甲蟲，園後的樹籟，門前的魚躍，不慣聽見的人，在深夜裏，實在可以教他信鬼靈的存在。

看房子的是個四十左右的男子，名叫廉，姓陳，玉官是第一次來投宿。他問明了，知道她是什麼人，便給她預備晚飯。他在門外的瓜棚底下排起食具，讓玉官坐在一邊候着，因為怕屋裏一有燈光便會惹得更多蚊子飛進去。棚柱上掛着一盞小風燈，人面是看不清楚的。吃過晚飯以後，玉官坐在原位與陳廉閒談。他含着一桿旱煙，抱膝坐在門檻上，所談無非是房子的來歷和附近村鄉的光景，他又告訴玉官說那房子是凶宅，主人已在隔溪的林外另蓋了一座大廈，所以把它賣掉。又說他一向就在那裏看房，後來知道是賣給教會開學堂，本想不幹了，因為教會央求舊主人把他留到學堂開辦的時候，故此不得不勉強做下去。從他的話知道他不但不是教徒，並且是很不以信教為然的。他原不是本村人，不過在那裏已經住過許久，村裏的情形都很熟悉。他的本業是挑着肉擔，吹起法螺，經村過社，買完了十幾二十斤肉，恰是停午。看房子是他的臨時的副業，他不但可以多得些工錢，同時也落個住處。村裏若是酬神演戲，他在早晨買肉以後，便在戲台下擺滷味攤。有時他也到別的村鎮去，一去也可以好幾天不回來。

玉官自從與丈夫離別以後，就沒同男人有過夜談。她有一點忘掉自己，彼此直談到中夜，陳廉才領她到後院屋裏去睡。他出來倒扣着大門，自己就在瓜棚底下打鋪。在屋裏的玉官回味方才的談話，閉眼想像燈光下陳廉的模糊的樣子，心裏總像有股熱氣向着全身衝動，躺在床上翻來覆去，直睡不着。她睜着眼聽外面許多的聲音，越聽越覺得可怕。她越害怕，越覺得有鬼迫近身邊。天氣還熱，她躺在竹床上沒蓋什麼。小油燈，她不敢吹滅它，怕滅了更不安心。她一閉着眼就不敢再睜開，因為她覺得有個大黑影已經站在她跟前。連蚊子咬，她也不敢拍，躺着不敢動，冷汗出了一身，至終還是下了床，把桌上放着的書包打開，取出《聖經》放在床上，口裏不歇地念乃西信經和主禱文，這教她的心平安了好些。四圍的聲音雖沒消滅，她已抱着《聖經》睡着了。一夜之間，她覺得被鬼壓得幾乎喘不了氣。好容易等到雞啼，東方漸白，她坐起來，抱着聖書出神。她想中國鬼大概不怕洋聖經和洋禱文，不然，昨夜又何故不得一時安寧？她下床到門口，見陳廉已經起來替她燒水做早餐，陳廉問她昨夜可睡得好。玉官不敢說什麼，只說蚊子多點而已。她看見陳廉的枕邊也放着一本小冊子，便問他那是什麼書。陳廉說是《易經》，因為他也怕鬼。她恍然大悟中國鬼所怕的，到底是中國聖書！

一夜的經過，使玉官確信世間是有鬼的。吃過早飯以後，身上覺得有點燒，陳廉斷定她是昨夜受了涼，她卻不以為然。她端詳地看着陳廉，心裏不曉得發生了一種什麼作用，形容不出來，好像得着極大的愉快和慰安。他伺候了一早晨，不但熱度不退，反加上另一樣的熱在心裏。本來一清早，陳廉得把擔子挑着到鎮上去批肉。這早晨伺候玉官，已是延遲了許多時候，見她確像害病，便到鎮裏順便替她找一頂轎子把她送回城裏。走了一天多，才回到家裏，她躺在床上發了幾天燒，自己不自在，卻沒敢告訴人。

她想，這也許是李家的祖先作祟，因為她常離家，神主沒有敬拜的原故。建德回家也是到杳官那邊去的時候多，自玉官調到別處，除教友們有時借來聚聚會以外，家裏可說是常關鎖着，她在床上想來想去，心裏總是不安，不由得起來，在夜靜的時候，從樑上取下紅口袋，把神主抱出來，放在案上。自己重新換了一套衣服，洗淨了手，拈着香向祖先默禱一回。她雖然改了教，祖先崇拜是沒曾改過。她常自己想着如果死後有靈魂的存在，子孫更當敬奉他們。在地獄裏的靈魂也許不能自由，在天堂裏的應有與子孫交通的權利。靈魂睡在墳墓裏等着最後的審判，不是她所佩服的信條。並且她還有她自己的看法，以為世界末日未到，善惡的審判未舉行，誰該上天，誰該入地，當然不知，那麼，世間充滿了鬼靈是無疑的。她沒曾把她這意思說過出來，因為《聖經》沒這樣說，牧師也沒這樣教她。她又想，凡是鬼靈都會作威作福，尤其是惡鬼的假威福更可怕，所以去除邪惡鬼靈的咒語圖書，應當隨身攜着。家裏的祖先雖不見得是惡鬼，為要安慰他們，也非常時敬拜不可。

自她拜過祖先以後，身體果然輕快得多，精神也漸次恢復了。此後每出門，她的書包裏總夾着一本《易經》。她有時也翻翻看，可是怪得很，字雖認得好些個，意義卻完全不懂！她以為這就是經典有神秘威力的所在，敬惜字紙的功德，她也信。在無論什麼地方，一看見破字條、廢信套、殘書斷簡，她都給撿起來，放在就近的倉聖爐裏。

第四節

匆匆又過了幾年，建德已經十來歲了。玉官被調到錦鯉去住，兼幫管附近村落的教務。

建德仍在城裏，每日到教堂去上課，放學後，便同雅言一起玩。杏官非常喜愛建德，每見他們在一起，便想像他們是天配的一對。她也曾把這事對玉官提過，不過二人的意見不很一致。杏官的理想是把建德送到醫院去當學生，七八年後，出來到通商口岸去開間西藥房，她知道許多西醫從外邊回來，個個都很闊綽。有些從醫院出來，開張不到兩年，便在鄉下買田置園，在城裏蓋大房子。這一本萬利的買賣，她當然希望她的未來女婿去幹。玉官的意見卻有兩端。第一，牧師們希望她的兒子去學神道，將來當傳教士；第二，她自己仍是望兒子將來能得一官半職，縱然不能為她建一座很大的牌坊，小小的旌節方匾也足夠滿她的意。關於第一端，杏官以為聰明的孩子不應當去學神道，應當去學醫；至於第二端，她又提醒玉官說的教人不能進學，因為進學得拜孔孟的牌位，這等於拜偶像，是犯誡的。基本的功名不能得，一官半職從何而來？在理論上杏官好像是勝一籌。可是玉官不信西藥房便是金礦坑，她仍是希望她的兒子好好地念書，只要文章做得好，不怕沒有稟保。建德的前程目前雖然看不清，玉官與杏官的意見儘管不一致，二人的子女的確是像形影相隨；至終，婚約是由雙方的母親給定好了。

在建德正會做文章的時候，科舉已經停了。玉官對於這事未免有點失望，然而她還沒拋棄了她原來的理想，希望建德得着一官半職，仍是她生活中最強的原動力。從許多方面，她聽見學堂畢業生也可以得到舉人進士的功名，最容易是到外洋遊學，她請牧師想法子把建德送出洋去，牧師的條件是要他習神學，回來當教士，這當然不是她理想中兒子的前程。不得已還是把建德安置在一個學膳費俱免的教會學堂。那時這種學堂是介紹新知的唯一機關。

她想十年八年後，她的積聚必能供給建德到外國去，因為有人告訴她說，到美國可以半工半讀，勤勞些的學生還可以寄錢回家，只要預備一千幾百的盤纏就可以辦得到，玉官這樣打定了主意，仍舊下鄉去做她的事情。

年月過得很快，玉官的積聚也隨着加增，因為計算給建德去留學，致使她的精神弄得恍恍惚惚，日忘飲食，夜失睡眠。在將近清明的一個晚上，她得着建德病得很厲害的信，使她心跳神昏，躺在床上沒睡着，睡着了，又做一個夢。夢見她公公、婆婆站在她跟前，形狀像很狼狽，衣服不完，面有菜色。醒來，坐床上，凝思了一回，便斷定是許多年沒到公姑墳上去祭掃，也許兒子的病與這事有關。從早晨到下午，她想不出什麼辦法。祭墓是吃教人所不許的。紙錢，她也不能自己去買。她每常勸人不要費錢買紙錢來燒，今日的難題可落在她自己身上了！她為這事納悶，坐不住，到村外，踱過溪橋，到樹林散步去。

自從錦鯉的福音堂修蓋好以後，陳廉已不為教會看守房子，每天仍舊挑着肉擔，到處吹螺。他與玉官相遇放林外，便坐在橋上攀談起來。談話之中，陳廉覺得她心神好像有所惦罣，問起原由，才知道她做了鬼夢。陳廉不用懷疑地說，她公婆本來並不信教，當然得用世俗的習慣來拜他們。若是不願意人家知道的話，在半夜起程，明天一早便可以到墳地。祭回再回城裏去也無不可。同時，他可以替她預備酒肉、香燭等祭品。玉官覺得他很同情，便把一切預備的事交待他去辦，到時候在村外會他。住在那鄉間的人們為趕程的原故，半夜動身本是常事，玉官也曾做過好幾次，所以福音堂的人都不大理會。

月光蓋着的銀灰色世界好像只剩下玉官和陳廉。山和樹只各伴着各的陰影，一切都靜得怪可怕的。能夠教人覺得他們還是在人間的，也許就是遠村裏偶然發出來的犬吠。他們走過樹下時，一隻野鳥驚飛起來，拍翅的聲，把玉官嚇得心跳肉顫，骨軟毛悚。陳廉為破除她的恐怖，便與她並肩而行，因為他若在前，玉官便跟不上；他若在後，玉官又不敢前進。他們一面走，一面談，談話的範圍離不開各人的家世。陳廉知道玉官是希望着她的兒子將來能夠出頭，給她一個好的晚景。玉官卻不知道陳廉到底是個什麼人，因為他不大願意說他家裏的事。他只說，他什麼人都沒有，只是賺多少用多少。這互述身世的談話剛起頭，魚白色的雲已經布滿了東方的天涯。走不多時，已到了目的地，陳廉為玉官把祭品安排停當，自己站在一邊。玉官拈着香，默禱了一回，跪下磕了幾個頭。當下她定要陳廉把祭品收下自用。讓了一回，陳廉只得聽從，領着她出了小道，便各自分手。

陳廉站在路邊，看她走遠了，心裏想，像這樣吃教的婆娘倒還有些人心。他讚羨她的志氣，悲嘆她的境遇，不覺嘆了幾口氣，挑着擔子，慢慢地望鎮裏去。

玉官心裏十分感激陳廉，自丈夫去世以後，在一想起便能使她身上發生一重奇妙的感覺的還是這個人。她在道上只顧想着這個知己，在開心的時候他會微笑，可是有時忽然也現出莊肅的情態，這大概是她想到陳廉也許不會喜歡她，或彼此非親非故所致罷。總之，假如「彼此為夫婦」的念頭，在玉官心裏已不知盤桓了多少次，在道上幾乎忘掉她趕程回家的因由。幾次的玄想，幫助她忘記長途的跋涉。走了很遠才到一個市鎮，她便僱了一頂轎子，坐在裏頭，還玄想着。不知不覺早已到了家門，從特別響亮的拍門聲中知道她很着急。門一開，站在她面前的不是別人，正正確確地是她的兒子建德。她發了愣，說她兒子應當在床上躺着，因為那時已經快到下午十點鐘了。建德説他並沒有病，不過前兩天身上有點不舒服，向學校告了幾天假罷了。其實他是戀上了雅言，每常藉故回家。玉官一踏進廳堂，便見雅言迎出來，建德對他母親説，虧得他的未婚妻每日來做伴，不然真要寂寞死了，這教玉官感激到了不得，建德順即請求擇日完婚，他用許多理由把母親説動了，杏官也沒異議，於是玉官把她的積金提些出來，一面請教會調她回來城裏工作，等過一年半載再回原任。

舉行婚禮那一天，照例她得到教堂去主婚。牧師念聖經祈禱，祝福，所有應有的禮節一一行過。回到家中，她想着兒子和新婦當向她磕頭，那裏想到他們只向她彎了彎腰。揖不像揖，拜不像拜！她不曉得那是什麼禮，還是杏官伶俐，對她説，教會的信條記載過除掉向神以外，不能向任何人物拜跪，所以他只能行鞠躬禮。玉官心想，想不到教會對於拜跪看得那麼嚴重，祖先不能拜已經是不妥，現在連父母也不能受子女最大的敬禮了！她以為兒子完婚不拜祖先總是不對的。第四天一早趁着建德和雅言出門拜客的時候，她把神主請下來，叩拜了一陣，心裏才覺稍微安適一點。

第五節

自從雅言嫁到玉官家裏，一切都很和氣，玉官真個享了些婆福，出外回來，總有熱茶熱湯送到她面前。媳婦是想不到地恭順，連在地上撿得一紅紙條都交回給她。一見面便媽媽長媽媽短的問，把她老人家奉承得眉飛目舞，逢人便讚。

花無百日香，媳婦到底不是自家人，不到半年，玉官對於雅言有些厭惡了，原因是建德入了革命黨。她以為雅言知道，沒勸他猶可說，連告訴她一聲都沒有。他同十幾個同志預謀到同安舉事，響應武漢；不料事機不密，被逮了十幾個人，連他也在內，知縣已經把好幾個人殺了。這消息傳到玉官耳邊，急得她捶胸蹌地，向天號哭，一面向上帝祈禱，一面向祖先許願。她以為媳婦不懂得愛護丈夫，連這殺頭大罪，也不會阻止他，教他莫去幹，她向着雅言一面哭，一面罵，罵得媳婦也哭起來。

玉官到牧師那裏，求他到縣裏去說人情，把兒子保出來。一面又用了許多銀子託人到縣裏去想法子。她的錢用夠了，也就有人出來證明建德是被誣陷，可不是嗎！他的年紀不過是十八九，懂得什麼革命呢？加以洋牧師到知縣面前面保，不好拒絕，恐怕惹出領事甚至公使的照會，不是玩的。當下知縣把建德提出來，教訓了幾句，命保人具結，當堂釋放。牧師摟着他，兩眼望天直禱告了一刻工夫。出了衙門，一面走，一面勸建德不要貪圖世間的功業，要獻身給天國。建德的入黨也是胡里胡塗地，自思既然受了天恩，便當隨教會的意思，要怎樣便怎樣，牧師當然勸他去當牧師。於是在他畢業中學之後，便被送到一個神學校去，牧師又勸玉官說，不要對於建德的將來太失望。他也許不能滿足她一切的期望，但她應當要求一個更高的理想，活在理論的世界裏。

玉官自從建德進神學校以後，仍舊下鄉去佈道，只留着雅言在家。她的私積為建德的婚事和官司用得精光，一想起來，那怨恨便飛到雅言身上。因此她一回來，媳婦雖然像往常那般奉承，她總免不了要挑眼，找岔，雅言常常受她的氣，不曉得暗地裏哭了多少次。這樣下去，兩人的感情便隨日喪失，竟然交口對罵起來。在玉官看來，媳婦當然是不孝，她想無論叫誰來評判，也要判雅言為不孝，可是她沒想到凡事都有例外。第一，她的兒子並不這樣想；第二，她的親家母也沒以她的女兒為不然。她兒子一從學校回來，她沒別的話，一切怨惡的箭都向雅言發射，射得她體無完膚。兒子聽得受不了，教她裝聾扮啞，這樣倒使他母親把他也罵個臭，說他不長進，聽媳婦的話，同媳婦一鼻孔出氣，合謀要氣死她。建德在家裏，最使她忿忿不平的是雅言躲在屋裏與兒子密談。她想，兒媳婦若非淫蕩，便是長舌，這於家庭，於她自己，都是有害無利。到親家母那裏去分會罷，她在氣不過的時候，總是這樣想。可是一到杏官那裏，她都沒得着同情的解答。她若說雅言親匿丈夫不招呼她，杏官便回答她，年輕的夫婦應當那樣，因為《聖經》說，夫婦應當合為一體，況且她女兒嫁的是丈夫，不是婆婆。

又是一個時候，玉官在杏官面前囉嗦得沒開交，激嬲了杏官，杏官便說她如果是眼紅兒媳婦與兒子親密，把她撇在一邊，沒人來理，為何不去改嫁？她又勸玉官不要把雅言迫得太甚，因為女兒已經有娠，萬一有什麼差錯，她是不答應的。這把玉官氣得捶胸大哭，伸過手來，一巴掌便落在杏官臉上。這樣的「斷然處置」，當然不能使杏官忍受，兩個女人在緊張的情形底下不宣而戰。

交了兩三手，杏官一句話提醒了她，說她身為佈道家，不能這般任性，玉官羞得滿臉漲熱，心裏的難受直如受了天上人間最酷的刑罰。她坐在一邊喘氣，眼淚源源地滴在襟前。慚愧的小心情迫着她向杏官求饒恕，杏官當下又安慰了她幾句，她將她自己作比，說她把丈夫丟了，把一個女兒丟了，也是這樣過活，萬事都依賴上天，隨遇而安，那就快活了。做人到不必斤斤於尋求自己的享樂受用，名譽恭敬，如她心裏想着子女無論如何是孝順的，他們也自然地不給她氣受了。

玉官出了杏官的門，心裏仍然有無限的愧恨。她還沒看出那「理想」的意義，她仍然要求「現實」：生前有親朋奉承，死後能萬古流芳，那才不枉做人。她雖走着天路，卻常在找着達到這目的人路。因為她不敢確斷她是在正當的路程上走着，她想兒子和媳婦那樣不理會她，將來的一切必使她陷在一個很孤寂的地步。她不信只是冷清的一個人能夠活在這世界裏。富，貴，福，壽，康，寧，最少總得攀着一樣。

到家裏，和衣躺在床上，雅言上前問好，她也沒理會，足足睡了一天一夜，她覺得她一切的希望都是空的。從希望、理想，想到實際，使她感到她現在的工作也沒意味。想透一點，甚至有點辜負良心。但是她又想回來，以為造就兒子的前程就是她的良心。她的工作，勞力，也和用在其它的事業上一樣，主人要她怎樣做，她便怎樣做，主人要她怎樣說，她便怎樣說。她是一個職業的婦人，不是一個尼姑。不過兒子是她的，如今他像是屬於別的女人，不大受她統制，再也不需要她了。這使她的工作意義根本動搖。想來想去，還是得為自己想。從自己想到她的亡夫，從亡夫又想到陳廉。她想到陳廉，幾乎把一切的苦惱都忘掉，好像他就是在黑洞裏的一盞引路燈，隨着它走，雖然旁的都看不見，卻深信它一定可以引到一條出路。

她已決定辭掉女傳道的職業，跟着陳廉在村裏住。她想陳廉一定會答應的，因為寫了一封沒具理由的辭職書遞給傳道公會。洋姑娘來慰留她，問她到底為什麼不滿意，她只是說不出來。用女人的心來猜女人，說不出來的不過是一兩件事而已。洋姑娘忖度玉官若非到鄉下傳教被不信的人們所侮辱，便是在隴陌間給暴徒傷害了她的清白，這個，除掉祈禱以外，絕不能對外人聲張。她們禱告了半天，卻也沒什麼結果，洋姑娘還是勸她權且擔任下去，等公會開會來討論。

她回到錦鯉，一心要同陳廉說她這一點心事。因為離社幾十里的一個村莊演戲賽會，陳廉到那戲台下賣滷味去了。等了一天，兩天，他都沒回來，以致她的心情時刻在轉動着。

五六天後，醮打完了，陳廉賺了些錢，很高興地回到社裏。他做了許多年的買賣，身邊有了夠上置幾十畝地的積蓄，都放在鎮上生利。大王廟口那棵樟樹有一條很粗的根露出地面一尺多高，往來的人們每坐在那上頭歇息，玉官出外回來也常坐在那裏與陳廉閒談。聽着隔溪的鳥聲很可以使人忘卻疲倦，他坐在那裏正計算着日間的收入，抬頭看見玉官立即讓坐，說了許多閒話，漸次談到他們倆人結合的事。這在陳廉方面是一件可詫異的事，吃教人願意嫁給世俗人。但是玉官把她的真情說出來，說得陳廉也動了心。他說，若是彼此成親，這社裏是不能住的，他可以把積蓄提出來，一同到南洋去做小買賣。

玉官一向不曾對陳廉說過她與家人不和的事情。陳廉是十幾年沒到過城裏去，所以玉官的實在光景，他也不大明瞭。還是他自己對玉官說，他從前也住在城裏，因為犯了些事，逃到錦鯉來。他把事情的原委說出來，玉官心裏想，那不就是杏官的事情嗎？她嘴裏雖沒說出來，從他說的妻子姓金、有兩個女兒的話推想起來，不是杏官是誰？玉官獨自忖度半晌，一言不發。陳廉看她發愣，以為是計劃到南洋的事情，也不細細問她。至終玉官站起來告訴他，彼此仔細想過，再作最後的決定，她快快地回到教堂，心裏盤算：這事是問明白好呢？還是由它呢？

陳廉本是個極反對信洋教的，自從在村裏與玉官認識以後，態度便漸漸變了，他雖不接近教會，然而一見玉官，每至談到不知時辰。他常說他從前的脾氣很壞，動不動就打人；自來到鄉間，性格便醇了許多；自與玉官相識以後，更善得像羔羊一般，玉官到底有什麼法力能夠吸引他，旁人也不得而知。他安分營生，從來沒曾與人動過口角，所有的村人都看他是個老實人。與玉官結婚原不是他的奢望，因為玉官的要求，他也就不加考慮地答允。但從玉官懷疑他是杏官的逃夫以後，心裏已冷了七八分。她沒敢把杏官與她的關係說出，也許是以為到南洋結婚還有考慮的餘地。

雅言分娩的日期近了，杏官只忙着做外孫的衣帽，沒工夫顧別的。玉官辭職的事，她一點也不理會，建德也從學校回來照料，到時請了一個西法接生婆來，玉官心裏是隨便請個本地的吉祥姥姥，所花的當要比用洋法、帶着鉗子、叉子的接生婆省得多。不過她這幾個月來的心事大變，什麼事都不願意主張，一心只等着公會准她辭職，她再改嫁。生產的一切只得由着杏官照料，接生婆足足鬧了一天也沒把嬰兒抱下來，雅言是痛得冒出一頭冷汗。全家的人也都急得坐也坐不住，站也站不住，到深夜，一個男嬰墮了地，產母躺在床上，面色慘白。大家忙着照料嬰兒，竟沒覺得雅言的靈魂已離開軀殼。玉官摩摩雅言的心頭還熱，可是呼吸已經停了，不由得大叫。個個看見這樣，也都隨着狂叫一陣，至終認定是沒希望。接生婆也沒法子，口中喃喃，一半像祈禱，一半像自白，杏官是哭得死去活來，玉官是眼瞪瞪說不出一句話，枯坐在一邊，建德也只顧擦着眼淚。第二天早晨，他便出門去辦一切應辦的事。全家忙了好幾天，才把喪事弄停妥了，孩兒由杏官看護，抱回外家去。

媳婦死了以後，玉官對着建德像恢復了從前一切的希望，自古道「一山不容二虎，一國不容二主」，也許家裏沒有兩個女人，婆媳對奏的交響樂作不起來，多有清靜的時間教她默想。她現在也不覺得再醮是需要，反而有了祖母的心情，她算算自己的年紀是四十二三，雖然現不出十分老，可是已有孫子。一個祖母還要嫁給一個後祖父麼？她想到這裏也不覺失笑。她還是安心做她的事，栽培兒子，接受了教會的慰留。

她覺得對陳廉不住，想把杏官的近況告訴他，但沒預備好要說的話。同時她又不敢告訴杏官，怕杏官酸性發作起來，奚落她幾句，反倒不好受。

第六節

自從雅言去世以後，教會便把玉官調回城裏，鄉間的工作暫時派別人去替代，為的是給她一點時間來照料孫兒。建德這時候也在神學校畢業了，教會一時沒有相當的位置安置他，校長因為愛惜他的才學，便把他送到美國再求深造，玉官年中也張羅些錢寄去給他。她的景況雖然比前更苦，精神卻是很活潑的。

流水賬一般的年月一頁一頁地翻得很快，她的孫兒天錫也漸次長大了。教會仍舊派她到錦鯉和附近的鄉間去工作，可是垂老的心情再也不向陳廉開放了。陳廉對於從前彼此所計劃的事本來是無可無不可的，何況已經隔了許多年，情感也就隨着冷下去。他在城裏自己開了一間小肉舖子，除非是收賬或定貨，輕易不到錦鯉來，彼此見面的機會越少。

歐洲的大戰，使教會在鄉間的工作不如從前那麼順利。這情形到處都可以看出來。因為一方面出錢的母會大減佈道的經費，一方面是反對基督教的人們因為回教的民族自相殘殺，更得着理論的根據。接着又來了種種主義，如國家主義、共產主義等等運動，從都市傳到鄉間，從口講達到身行。這是社會制度上一場大風雨，思想上一度大波瀾，區區的玉官雖有小聰明，也擋不住這新潮的激盪。鄉間的小學教師時常與她辯論，有時辯到使她結舌無言，只有閉目祈禱。其實她對於她自己的信仰，如說搖動是太重的話，最少可以說是弄不清楚。她也不大想做傳道，一心只等建德回來，若能給她一個恬靜安適的生活，心裏就非常滿足了。

建德一去便是八九年，戰後的美國，男女是天天狂歡着的。他很羨慕這種生活，到了該回國的年限也不願意回來。在最後一二年間，他不再向母親要錢，因為他每月有點小小的入款，是由輔助一位牧師記賬得來的工資。在留學生當中，他算是很能辦事的一個。

在一個社交的晚會上，他認識了一個南京的女學生黃安妮，建德與她一見面，便如前好幾生的相識，彼此互相羡慕。安妮家裏只有一位母親，父親留下的一大樁財產都是用母親和她名字存在銀行裏。要説她學的是什麼，卻很難説，因為她的興趣是常改變的。她學過一年多的文學，又改習家庭經濟。不久厭惡了，又改學繪畫，由繪畫又改習音樂，因為她受不了野外的日光。由音樂又改習哲學，因為美學是哲學的一部門。太高深的學問又使她頭痛，至終又改習政治。在美國，她也算是老資格，誰都知道她。缺德的同學給她起個外號叫「學園裏的黃蝴蝶」，但也有許多故意表示親切的同學管她叫安妮，她對人們怎樣稱呼她都不在意，因為她是蝴蝶，同時也是花；是藝術家，同時也是政治家。當她是花的時候，其它的蝴蝶都先後地擁護着她，追隨着她，向她表示這樣那樣。她常轉變的學業，使她滯留在外國，轉眼間已到了四七年華。不回國也不要緊，反正她不必為生活着急。在外國有受用處，便盡量受用，什麼野球會、麻雀會、晚餐會、跳舞會，乃至「公雞尾巴會」，她都有份，而且忙個不了。

建德是她意中人之一，她覺得他的性情與她非常相投。自從相識以後，二人常是如影隨形，分離不開。有一次，他接到杏官一封信說要給他介紹一個親戚的女兒。她說得天仙不如那位小姐的美麗，希望建德同意與她訂婚。建德把信拿給安妮看，安妮大半天也沒說半句話。這個使建德理會她是屬意於他，越發與她親密起來。

玉官知道兒子在外國已經有了女朋友，心裏雖然高興，只是為他不回來着急。她也常接建德的信說起安妮怎樣怎樣好，有時也附寄上二人同拍的照片。她看了自然很開心，早忘掉從前與雅言的淘氣，心境比前好得多。建德年來不要她再寄錢去使用，身邊的積蓄也漸次豐裕起來。天錫仍在杏官家住着，雖然到小學去念書，因為外祖母非常溺愛他，一早出門，便不定到那裏去玩，到放學的時候才回來。學校報告他曠課，杏官也不去理會。玉官從鄉間回家，最多也不過是十天八天，那裏顧到孫子的功課。

天錫在學校裏簡直就是花果山的小猴王，爬牆上樹，鑽洞揭瓦，無所不為，先生也沒奈他何。有一次他與一個小同學到郊外一座荒廢的玄元觀去，上了神座，要把偶像頭上戴的冕旒摘下來玩，神像拱着雙手捧着玉圭看來是非常莊嚴的。他們攀到袖子，不提防那兩隻泥手連袖子塌了下來，好像是神君顯靈把他們推到地下的光景。他的腦袋磕在龕欄上，血流不止。那小同學卻只擦破了皮，他把書包打開，拿出幾張竹紙，忙忙地捂在天錫頭上，不到一分鐘，滿都紅了，於是又加上幾張，脫下汗衫加裹得緊緊地，才稍微好一點。他們且不回家，還在廟裏穿來穿去，那玄元觀在幾十年前是一座香火很盛的廟宇，後來因為各鄉連年鬧兵，外處僑居在城裏的，人死了不能就葬，都把靈柩停厝在那裏，傳說那裏的幽鬼很猛烈，所以連乞丐都不敢在裏頭歇宿。各間屋子除掉滿布木板長箱以外，一個人都沒有，門窗早教人拉去做火燒了。

小同學自己到後院去，試要找出什麼好玩的東西。天錫卻因頭痛，抱着腦袋坐在大門的檻上等他。等了一回，忽然聽見一聲巨響從後院發出來。他趕緊進去，看見小同學躺在血泊當中，眼瞪瞪，說不出話來。他也莫名其妙，直去扶那孩子。孩子已經斷了氣，走不動，反染得他一身都是血。無可奈何，天錫只得把屍首擱在地下，臉青青地溜出廟門。

天錫不敢逕自回家，只在樹林裏坐着，直等到斜陽沒後，家家燈火閃爍到他眼前，才頹唐地踱進城去。一進家門，杏官看見他一身血漬，當然嚇得半晌說不出話來。天錫不敢說別的，只說在外頭摔了一交，把頭摔破了。杏官少不了一面罵，一面忙去舀水替他洗頭面手腳，換上衣服，端上吃的。在放學後，天錫每得在外頭玩到很晚才回家，所以常是吃完就睡。

過了兩天，城裏哄傳玄元觀裏出了命案，引得一般不投稿的新聞訪員，老的少的，男的女的，都趕出城去看熱鬧，不到半天工夫，玄元觀直像開了廟會，早有十幾擔賣花生湯、油炸膾、芝麻糖的排在那裏。廟門口已有幾個兵士把守住，不許閒人進去。人們把那幾個兵士團團圍住，好像來到只為看看他們似地。不一會，人們在喝讓道的聲中分出一條小道，縣長持着手杖和他的公人大搖大擺地來到廟門口。兵士舉槍立正，行禮，煞是威風，在場有些老百姓看見這種神氣，恐怕要想自己將來死的時候也得請一位官員來驗屍，才可以引得許多人來增光閭里。縣長進到後院，用香帕掩着鼻子，略為問了幾句，仵作照例也報告些死者的狀態。幾個公人東張西望，其中一個看見離屍首下遠的一個靈柩底蓋板是斜放着，沒有蓋嚴，便上前去檢驗。也一掀開棺蓋，便看見裏頭全是軍火，還有許多炸彈，不由嚷了一聲「炸彈呀！」那縣長是最怕這樣東西的，一聽見他嚷，嚇得扔了手杖，撒開腿望廟門外直奔，一般民眾見縣長直在人叢中亂竄，也各自分頭狂奔。有些以為是白日鬧鬼，有些以為是縣長着魔，有些是莫名其妙，看見人家亂跑，也跟着亂跑一陣。

縣長走了很遠，才教幾個公人把他扶住，請他先回衙門去，再請司令部派軍隊去搜查。原來近幾個月間，縣裏常發見私藏軍火的地方，閭中也找出畫上鐮刀、鐵錘的紅旗。軍政人員也不知道那是代表什麼，見了軍火，只樂得沒收，其餘的都不去理會它們。廟外還是圍滿了群眾，個個都昂着頭，望這裏，望那裏，好像等待什麼奇跡的出現一般。忽聽見遠地嚷着「一二三四」，「一二三四」，帶着整齊的腳音，越來越近。大家知道是兵隊來了，急忙讓道，兵士們進到廟裏，把發現的槍支炸彈等物分幫運進城裏。

仵作把屍驗完，出到廟門口，圍着他的群眾，忙問死的是什麼人。他把死者模樣、服飾，略略說出，不到片刻工夫都傳開了。當時有一個婦人大啼大哭，闖進廟裏，口裏不住地叫「兒，心肝，肉」她斷定是賊人把她兒子害死，非要把兇手找出來不可。那時兵士們已經回去了，隨着進去看熱鬧的人們中間，有勸她快到縣衙去報案的，有勸她出花紅緝凶的。她哭得死去活來，直說要到小學校去質問校長。公人把她帶到衙門裏，替她寫狀，縣長稍為問了幾句話，便命人送她回家。

好幾天的調查，搔動了全城的人。杏官被校長召去問話，才知道玄元觀的命案與天錫有關，回來細細地問孫子，果然。她立刻帶着天錫去找洋牧師，說明原委。洋牧師勸他自首去，說這事於他一點過失也沒有。杏官想想也是道理，於是忙帶着孫子去找校長，求他做過保證。校長卻勸她不要去惹官廳，一進衙門，是非是鬧不清的，說不定要用三千兩千才能洗刷乾淨，不如先請牧師到衙門去疏通一下，再定辦法，杏官無奈，又去找洋牧師。到了縣衙門，縣長忙把他請到客廳去，一見天錫年紀並不大，不像個凶首，心裏已想不追究，加上天錫自己說明那天的光景，命案一部分的情由就明白了。縣長說他還得細細調查那些軍火是哪裏來的，是不是與天錫和他的同學有關。洋牧師當然極力辯論天錫是個好孩子，請縣長由他擔保，隨傳隨到，縣長也就答應了。臨出門時，聽見衙門裏的人說，月來四處的風聲很緊，反對現政府的叛徒到處埋伏，那些軍火當然是他們秘密存貯在那廟裏的。他帶天錫回到杏官家裏，把一切的情形都告訴了她。杏官聽說大亂將到，心裏更加不安，等牧師去後，急急寫了一封信給玉官，問她怎樣打算。

玄元觀發現軍火的事，縣裏雖沒查出什麼頭緒，但杏官聽見街上有人說李建德曾做革命黨，這事又與他女婿有關，莫非就是他運的。事情又湊巧得很，在兵士運回去的軍火當中，發現了有些貼上李字第幾號的字條。他們正在研究這「李」字是什麼意思。天錫被傳到營裏問了好些次，終不能證明他知道其中的底細。誰也不知道那些假棺木是從那裏、在什麼時候停在廟裏，天錫也是偶然和同學到那裏玩，他家裏和常到的地方也沒一點與軍火相關的痕跡。為避禍起見，杏官在神不知鬼不的覺一個早晨，帶着天錫悄悄地離開縣城，到口岸去了。

第七節

玉官傳教的區域已不像往年那麼平靜，早晚牛羊牟牟於於聲音常從參着軍號戰鼓的雜響。什麼警備令和戒嚴令，一兩個月中總會來幾次。陳總司令退出福建以後，兵隊隨地紮營是好幾年來常見的事，玉官和其他民眾一樣，不加注意。

自從接到杏官報告天錫的事以後，她一心想回城裏去看看，那幾天是她在鄉間佈道的期間，好容易把禮拜天忙過了，想在星期以前趕到錦鯉過夜，第二天一早趕程回家，不料還沒看見大王廟，前路已有幾個行人回頭走。他們說大路上有許多臂纏紅布的兵士把住，無論是誰都不許通行。玉官不得已，只得折回，到一個小村裏。那裏有一家信教的農夫，因為地方不多，他把玉官安置在稻草房裏。她聞着稻草房附近的糞堆和茅廁的氣味已經不大受得住，又加上大大小小的老鼠，穿出竄進像沒理會她也在裏頭似地。她心裏斷定，凡老鼠自由來往的屋裏必定是有鬼的。不過她已得到陳廉防鬼的補術，把《聖經》和《易經》放在身邊，放心躺在稻草上。治鬼雖有妙術，避臭卻無奇方，玉官好容易到夜深了才合得眼睛睡着了。

她在夢中覺得有槍聲和許多人的腳步聲、吵嚷聲，睜開眼已看見離她不遠的稻草已經着了火，她無暇思索那是子彈引的火還是人放的火，扯起衣裙，望外便跑，那時已過夜半，全村都在火光裏照着。她想事情是凶多吉少，不如逃到瓜田邊那座看守棚去躲避一下。棚裏的人已不在，她鑽進去蹲着，心裏非常害怕，閉着眼睛求上帝，睜着眼睛求祖宗。村裏的人聲夾着火焰四處發射，原來一隊臂纏紅布的兵到村裏擄人。村裏的人早就聽聞數年來中國各地「鬧兵」的事情。他們也知道有一種軍隊叫做「土共」，其他還有「紅軍」，「蘇維埃軍」等名目。但土與非土到底有什麼分別，他們說不出來；他們只從行為來判斷，凡是焚掠村莊，擄人勒索，不顧群眾的安全與利益行為和強盜一般的，他們便叫那些人做土共。這次來的大概也是土共，因為他們在村裏足足擄掠了一夜。玉官在棚裏沒敢閉眼睛，直等到天亮。看守棚只是一片竹篷罩成的一個圓穹，兩頭沒什麼遮攔，她若不出來，往來的人必要看見她。她想，還是趕回錦鯉去再作計較，可是走不多遠，就被幾個開路先鋒斷道無帥攔住。

她成了那隊戴黑帽纏紅布的軍隊的俘虜，被送到另一個村裏。被擄來的婦女都聚在一處，有許多是玉官認識的。紛亂了幾天，各人都派上一種工作。所謂工作是浣洗，縫補，炊煮等等，玉官是專管縫補的，那隊人馬的破衣爛帽特別多，把她兩隻手忙得發顫，到連針也拿得像銅柱一樣重才勉強歇，這樣的生活於她算是破天荒第一遭。自從當了傳教士以後，她的生活的單調，天天循規蹈矩地生活着，沒人催促她，也沒人監視她。如今卻是相反，生活直如囚徒一般，她懷念着在外國的兒子和城裏的小孫，又想到不曉得什麼時候才能脫離這場大難。她沒有別的方法，流出幾行淚就當安慰了自己。

有十幾天的工夫在村外開了仗，纏紅布的人們被打死了不少。他們退到村裏，把輕重及其它一切貨寶匆忙地收拾起來，齊向村後二十多里的密林退卻。村中的男女丁口，馬牛羊雞犬豕，能帶的也都得跟着他們走，一時人畜的號叫聲響入雲際，因為誰也不願意跟他們做這樣危險的旅行，可也沒法擺脱。全村頓然顯得像死寂的廢墟，所剩的只有十幾個老公公老婆婆，嬰孩能走路也得隨着走，在懷抱的就由各人母親決斷，不能帶或不願帶的可以扔在路邊，或留在村裏。受傷的戰士走不動的也被打死，因為怕被敵方擄去受刑逼供。

走了七八里路，隊長忽然發現一張非常重要的地圖和一本編號名冊留在村裏被打死的一個領隊的身上。那是最重要的文件，絕對不能遺失，更不能落在敵人手裏。隊長要一個男人和一個女人扮成夫婦回去搜尋。玉官早想找機會逃脱，便即自告奮勇。她説，她認識幾條小捷徑，可以很迅速回來。同行的男子是「老同志」，一路監視着玉官，半步也不肯放鬆，從小道走果然很快就到了村外。那時官兵還沒來到，但隔着籬笆，那人已聽見村裏那幾個剩下的老人在罵他們是土匪，官兵一來要怎樣做他們的引導。玉官於是教那人就在竹陰底下等着，怕他進去不方便。那人把死者記在臂上的號數告訴她，由她自己進去。玉官本來是想一進村裏便躲起來的，繼而想到那人身邊有槍，若等急了，必會自己進來，豈不又是血鬥？她於是按着號數找尋，果然在路邊一具屍首的衣袋裏找出他們所要的文件。那時全村只是臥着凌亂的屍體和破碎的軍需品，各家的門戶都關得嚴嚴地。玉官在道上來回走了些時候，也沒見人。她帶着文件到林底下，交給那人，教他飛步向前走，説她走不動，隨後跟着來。那人得着地圖名冊也自很滿足，不顧一切地撒開腿便跑。玉官見那人走遠了，且自回到村裏。她想，那裏不能久停，於是沿着田邊的小徑，向着錦鯉社投奔。

她那一雙改組派的尖長腳，要手裏的洋傘來扶持才能放步的，如今還得在小徑上跋涉，所以更顯得蹣跚可憐。好容易走到社口，又被兩個灰衣軍士攔住。他們不由分説，把她帶到營長帳前。營長便命把她發落，顏色好像大失所望。他們都是外省人，説的話，玉官一句也不懂。兩個兵士把她領到一間大屋子裏，她認得是社裏祠堂後院的廂房，那前院還有兵一小隊駐紮着，她對二人説，是住在巷尾那間福音堂裏，但説來説去，都説不清。他們也不懂得她的話，在屋裏已有八九個女人，有在一邊啼哭的，有坐着發愣的，也有些像不很關心的。玉官想着，這大概也是拉來替兵士們縫補衣服的罷。

原來在用武之地，軍隊的紀律若是差一點，必有兩件事情是他們盡先要辦的：第一件是點點當地有多少糧食，第二是數數有多少婦女。沒有糧食和婦女，仗是不能打的，幾個婦女一見玉官進來都圍着她哭，要她搭救。玉官在那裏工作那麼些年，自然個個認得，但她也是女子，自己也沒把握。前些日子在那一村被逮的時候，她也承認過自己是教徒，結果是被打了幾個耳光，被罵了幾句「帝國主義走狗」，所以對於用教會的名義，她有點膽怯。婦女當中有一個是由玉官引進教的，反勸玉官在危難時不要捨棄她的上帝。她從袖裏取出一本《聖經》交給玉官，説她出來的時候什麼都沒有帶，就帶着那本書，請她翻開選一兩節給大家講。這話打中了玉官的心坎，於是從她手裏把《聖經》接過來，自己慎重地念了幾遍。

黄昏過後，各人啖了些粥水，玉官便要大家開始唱聖詩，祈禱，她翻開群眾中惟一的

《聖經》，揀出一章來念，一時全屋裏顯得很嚴肅。她越講越起勁，勸大家要鎮定，不要臨難慌張，好像大家都預備着見危授命的神情。玉官自己也覺得剛強起來，心裏想着所信的教也是常教人為義捨命。她講過又唱，唱完又解，解完又祈禱，覺得大家像在當日羅馬的鬥場等待野獸來吃她們一般。這樣把時間嚴肅地磨了幾點鐘，大約在九點鐘後，幾個兵士推進門來，就像餓虎撲食一般，個個動手來拉婦人們，笑嘻嘻地要望門外走。玉官因為挨着牆站着，沒等來抓她便嚷起來。她叫所有的人停住，講了一片「人都是兄弟姊妹，要彼此相愛，不得無禮」的道理。兵士中雖有一兩個懂得本地話，但多數是聽不明白，不過教堂聚會的儀式，他們是知道的。其中還有曾在別處的教堂聽過好些次道理的。玉官叫一個懂話的人同她傳譯，說得非常誠懇。她告訴他們淫掠是人間最大的罪惡。她告訴他們在教會裏男女都是兄弟姊妹。她告訴他們凡動蠻力必死蠻力之下。她告訴他們，她們隨時可以捨命。許多許多好教訓都從她口裏瀉出，好像翻開一部宗教倫理大辭書一般。她也莫名其妙，越說越像有像舌頭的火焰在身體裏頭燃燒着。那班兵士不知不覺地個個都鬆了手，把女人們放開。玉官又教大家都坐下，把本國傳統的陰陽哲學如「敬祖利人是種福給子孫」、「淫人妻女自己妻女也淫於人」的話說了一大套。有些話沾染了新思想的說「飲食男女」原是本能，男子動起情慾來要女子，也和餓的時候動起食慾要吃一般。玉官又開導他們說，那原是不錯，只是吃也得吃得合乎正義；殺人來吃固然不成，就是搶人所有的來吃，也是自私自利，不能算是正大光明的吃法。要女人是應該的，不過用強迫的手段，將來必要受報應的。兵士們本是要來取樂的，在聽玉官起頭教訓他們的時候，有些還說他們是來找開心，不是來教堂禮拜，可是十幾分鐘以後，他們越聽越入耳，終於大家坐下，聽着玉官和那些女教友唱詩。玉官教那些女人都叫兵士們做兄弟，也教兵士們叫她們為姊妹，還允許他們隨時可以來談話。他們來要她們做什麼都成，就是不許無禮。有什麼要縫補的，她們也樂意服勞。同時又勸他們也感化他們的同伴，不要來騷擾，正在大受感動的時候，又有另一批的兵士進來，說他們等得太久了，屋裏那班受感化的兵士便叫他們也坐下，經過幾乎動武的階段，情形也和緩下去了。知道他們外面還有人等着，索性把門關起來，保護着那幾個女人，果然門外不斷敲門帶罵的聲音。門裏的兵士成排站起來，把門頂住。亂了一夜，雞已啼了。玉官教兵士們回帳幕去，又教其中的小頭目去見營長，請他出一個不許姦淫婦女的手令。這事也不用經過什麼困難就辦到了，玉官想危險期已經過去。於是教同伴的婦女們隨便休息，她心想昨夜就像遇見鬼，平時她想着《易經》的功效可以治死鬼，如今她卻想着《新舊約聖書》倒可以治活鬼，她切意祈禱感謝了一回，也自躺下歇息。

祠堂的前門雖然有兵把着，但後門是常關着的，從後門的夾道轉過一條小巷便是福音堂。玉官那裏睡得着，她在想着黃昏一到，萬一兵士們變了卦，那時怎辦？她生來本是聰明，忽然便想起開了後門，帶着那班婦女逃到那樹起外國旗的教堂裏。鄉下的教堂就像洋道台衙門，誰敢胡亂撞進去？她立刻把意思告訴屋裏的人，大家便抖擻起精神，先教玉官去把後門打開，然後回來領導她們。她把後門倒扣好，前門站崗的士兵還不知道。一進到福音堂便把大門關起，如約教看門的到營盤裏問問有衣服要縫補的沒有，說婦女們都在福音堂裏。

她們在教堂裏安住了七八天，兵士沒敢去作非法的騷擾，可是拿衣服去縫補的和到堂裏談道的也不少。玉官惦念她的孫子，想着家裏的人知道她被土共擄去，一定也很懸念，便向眾婦女辭別，把保護的責任交給住在福音堂裏的職員。她出了村門，經過大王廟，見廟口一個哨兵在那裏踱來踱去，她給哨兵打個招呼，那兵已經知道她是社裏的女教士，也沒上前盤問她。過了橋，慢踱到鎮上，偶然想起陳廉許久沒相見了。一打聽，才知道前些日子鬧共的時候，他把肉店收起來，帶着老本「過番」去了，過番是到南洋去的意思，鎮裏的人告訴她說陳廉沒留下地址，只知道他是往婆羅洲的一個埠頭去。玉官本來懷疑陳廉便是金杏的男人，想把事由向他說明，希望他回家完聚的；如今聽見他出洋去了，心裏卻為金杏難過，因為她幾乎得着他，又丟失了他。莫名其妙的失意，伴着她慢慢地在大道上走着。

第八節

城裏的風聲比郊外更緊，許多殷實的住戶都預先知道大亂將至，遷避到別處去。玉官回到家門，見門已倒扣起來，便往教堂去打聽究竟。看堂的把鑰匙交給她，說金杏早已同天錫到通商口岸避亂去了。看堂的還告訴她，城裏有些人傳她失蹤，也有些說她被殺的。她只得暫時回家歇息，再作計較。

不到幾天工夫，官兵從錦鯉一帶退回城中。再過幾天，又不知退到那裏去，那纏紅布的兵隊沒有耗費一顆子彈安然地佔領了城郊一帶的土地。民眾說起來，也變得真快，在四十八點鐘內，滿城都是紅旗招展，街上有宣傳隊、服務隊、保衛隊等等。於是投機的地痞和學棍們都講起全民革命，不成腔調的國際歌，也從他們口裏唱出來了。這班新興的或小一號的土劣把老字號的土劣結果了不少，可以說是稍快人心。但是一般民眾的愉快還沒達到盡頭，憤恨又接着發生出來。他們不願意把房契交出，也不懂得聽「把群眾組織起來」，「擁護蘇軍」，這一類的話。不過願意儘管不願意，不懂儘管不懂，房契一樣地要交出來，組織還得去組織。全城的男子都派上了工作，據他們說是更基本的，然而門道甚多，難以遍舉。

因為婦女都有特殊工作，城中許多女人能逃的早已逃走了。玉官澹定一點，沒往別處去，當然也被徵到婦女工作的地方去。她一進門便被那守門的兵士向上官告發，說她是前次在錦鯉社通敵逃走的罪犯，領隊的不由分訴便把她送到司令部去，玉官用她的利嘴來為自己辯護，才落得一個遊街示眾的刑罰。自從在錦鯉那一夜用道理感化那班兵士以後，她深信她的上帝能夠保護她，一聽見要把她遊刑，心裏反為坦然，毫無畏懼。當下司令部的同志們把一頂圓錐形的紙帽子戴在她頭上，一件用麻布口袋改造的背心套在她身上。紙帽上畫着十字架，兩邊各寫一行「帝國主義走狗」，背心上的裝飾也是如此。「帝國主義走狗」是另一宗教的六字真言，玉官當然不懂得其中的奧旨。她在道上，心裏想着這是侮辱她的信仰，她自己是清白的。她低着頭任人擁着她，隨着她，與圍着她的人們侮辱，心裏只想着她自己的事。她想，自己現在已經過了五十，建德已經留學好些年，也已二十六七了，不久回來，便可以替她工作，她便可以歇息。想到極樂處，無意喊出「啊哩流也」，把守兵嚇了一跳，以為他是罵人，伸出手來就給她一巴掌。挨打是她日來嘗慣的，所以她沒有顯出特別痛楚，反而喊了幾聲「啊哩流也」！

第二天的遊刑剛要開始，一出衙門口便接到特赦的命令，玉官被釋，心境仍如昨天的光景，帶着一副腫臉和一雙乏腿慢慢地踱回家。家裏，什麼東西都被人搬走了，滿地的樹葉和搬剩的破爛東西，她也不去理會，只是急忙地走進廳中，仰望見樑上，那些神主還在懸着，一口氣才喘出來。在牆邊，只剩下兩條合起來一共五條腿的板櫈。她搖搖頭，嘆了一口氣，趕緊到廚房灶下，掀開一塊破磚，伸手進去，把兩個大撲滿掏了出來，臉上才顯着欣慰的樣子。她要再伸手進去，忽然暈倒在地上。

不曉得經過多少時間，玉官才從昏朦中醒過來。她又渴又餓，兩腳又乏到動不得，便就爬到缸邊掬了一掬水送到口裏，又靠在缸邊一會，然後站起來。到米甕邊，掀開蓋子一看，只剩下一點粘在缸底邊的糠。掛在窗口的，還有兩三條半乾的蔥和一顆大蒜頭。在壁櫥裏，她取出一個舊餅乾盒，蓋是沒有了，盒裏還有些老鼠吃過的餅屑，此外什麼都沒有了。她吃了些餅屑，覺得氣力漸漸復元，於是又到灶邊，打破了一個撲滿，把其餘的仍舊放回原處。她把錢數好，放在灶頭，再去舀了一盆水洗臉，打算上街買一點東西吃。走到院子，見地上留着一封信，她以為是她兒子建德寫來的，不由得滿心歡喜，俯着身子去撿起來。正要拆開看時，聽見門外有人很急地叫着「嫂嫂，嫂嫂」。

玉官把信揣在懷裏，忙着出去答應時，那人已跨過門檻踏進來。她見那人是穿一身黑布軍服，臂上纏着一條紅布徽幟，頭上戴着一頂土製的軍帽，手裏拿着一包東西。楞了一會，她才問他是幹什麼，來找的是誰。那人現出笑容，表示他沒有惡意，一面邁步到堂上，一面說他就是當年的小叔子李糞掃，可是他現在的官名是李慕寧了。他說他現在是蘇區政府的重要職員，昨天晚上剛到，就打聽她的下落，早晨的特赦還是他講的人情，玉官只有說些感激的話。她心裏存着許多事情要問他，一時也不知道從何處提起。她請慕寧坐在那條三腳板櫈上，聲明過那是她家裏剩下最好的傢具。問起他「蘇區政府」是什麼意思，他可說得天花亂墜，什麼共產主義、馬克思主義、唯物史觀，一套一套地搬，從玉官一句也聽不懂的情形看來，他也許已經成為半個文人或完全學者。但她心裏想這恐怕又是另一種洋教。其實慕寧也不是真懂得，除了幾個名詞以外，政治經濟的奧義，大概也是一知半解。玉官不配與他談論那關係國家大計的政論，他也不配與玉官解說，話門當然要從另一方面開展。慕寧在過去三十多年所經歷的事情也不少，還是報告報告自己的事比較能着邊際。他把手裏那一包東西遞給玉官，說是吃的東西。玉官接過來，打開一看，原來是鄉下某地最有名的「馬蹄酥」。她一連就吃了二十個，心裏非常感激。她覺得小叔子的人情世故比以前懂得透澈，談吐也不粗魯，真想不到人世能把他磨練到這步田地。

玉官並沒敢問他當日把杏官的女兒雅麗抱到那裏去，倒是他自己一五一十地說了些。他說在蘇松太道台衙門裏當差以後，又被保送到直隸將弁學堂去當學生。畢業後便隨着一個標統做了許久的哨官。革命後跟着人入這黨，入那黨，倒這個，倒那個，至終也倒了自己，壓碎自己的地盤。無可奈何改了一個名字，又是一個名字，不曉得經過多少次，才入深山組織政府。這次他便是從山裏出來，與從錦鯉的同志在城裏會師，同出發到別處去。他說「紅軍」的名目於他最合適，於是採用了，其實是彼此絕不相干，這也是所謂土共的由來。

雅麗的下落又怎樣？慕寧也很爽直，一起給她報告出來。他說，在革命前不久，那位老道台才由糧道又調任海關道，很發了些財。他有時也用叔叔的名義去看雅麗，所以兩家還有些來往。革命後，那老道台就在上海搖身一變而成亡國遺老。他呢，也是搖身一變，變成一個不入八分的開國元勳。亡國遺老與開國元勳照例當有產業置在租借地或租界裏頭，照便應有金鎊錢票存在外國銀行裏頭。初時慕寧有這些，經不起幾次的查抄與沒收，弄得他到現在要回到民間去。至於雅麗的義父，是過着安定的日子。他們沒有親生的女子，兩個老夫婦只守着她，愛護備至，雅麗從小就在上海入學。她的義父是崇拜西洋文明不過的人，非要她專學英文不可。她在那間教會辦的女學堂，果然學得滿口洋話，滿身外國習氣，吃要吃外國的，穿要穿外國的，用要用外國的，好像外國教會與洋行訂過合同一般，教會學堂做廣告，洋行賣現貨。慕寧說，在他丟了地盤回到南方以前，那老道台便去世了，一大樁的財產在老太太手裏，將來自然也是女兒的，雅麗在畢業後便到美國去留學。此後的事情，也就不知道了。他只知道她從小就不叫雅麗，在洋學堂裏換的怪名字，他也叫不上來。他又告訴玉官，切不可把雅麗的下落說給杏官知道，因為她知道她的幸福就全消失了。他也不要玉官告訴杏官說李慕寧便是從前糞掃的化身。他心裏想着到雅麗承受那幾萬財產的時候，他也可以用叔叔的名義，問她要一萬八千使使。

玉官問他這麼些年當然已經有了弟婦和侄兒女，慕寧搖搖頭像是說沒有，可又接着說他那年在河南的時候曾娶過一個太太。女人們是最喜歡打聽別人的家世的，玉官當然要問那位嬸子是什麼人家的女兒。慕寧回答說她父親是一個農人，欠下公教會的錢，連本帶利算起，就使他把二十幾畝地變賣盡了也不夠還。放重利的神父卻是個慈善家，他許這老農和全家人入教，便可以捐免了他的債，老頭子不得已入了教。不過祖先的墳墓就在自己的田地裏，入教以後，就不像以前那麼拜法，覺得怪對祖先不起的。在禮拜的時候，神父教他念天主經，他記不得，每用太陽經來替代。有一次給神父發現了，說了他一頓，但他至終不明白為什麼太陽經念不得。又每進教堂，神父教他「領聖體」的時候，都使他想不透一塊薄薄的餅，不甜，不辣，一經過神父口中念念咒語，便立刻化成神肉，教他閉着眼睛，把那塊神秘的神肉塞進他口裏的神妙意義。他覺得這是當面撒謊，因而疑心神父什麼特別作用，是要在他死後把他的眼睛或心肝挖去做洋藥材呢？或是要把他的魂魄勾掉呢？他越想越疑心那象徵的吃人肉行為一定更有深義存在，不然為什麼肯白白免了他幾百塊錢的債？他越想越怕，寧願把一個女兒變賣了來還債，於是這件事情展轉遊行到慕寧的軍營。他是個長官，當然討得起一個老婆，何況情形又那麼可憐，便花了三百塊錢財禮，娶了大姑娘過來當太太。他說他老丈人萬萬感激他，當他是大恩人，不敢看他是女婿。革命後還隨他上了兒任，享過些時老福，可惜前幾年太太死了，老頭子也跟着鬱鬱而亡，太太也沒生過一男半女，所以現在還是個老鰥。

玉官問他的軍隊中人為什麼反對宗教，沒收人家的財產。慕寧便又照他常從反對宗教的書報中摘出的那套老話複述一遍。他說，近代的評論都以為基督教是建立在一個非常貧弱而不合理的神學基礎上，專靠着保守的慣例與嚴格的組織來維持它的勢力。人們不願意思想，便隨着慣例與組織漂蕩。這於新政治、社會、經濟等的設施是很大的阻礙，所以不能不反對，何況它還有別的勢力夾在裏頭。玉官雖然不以為然，可也沒話辯駁。他又告訴玉官他們計劃攻打這附近的城邑已經很久，常從口岸把軍火放在棺材裏運到山裏去。前些日子，有一批在玄元觀被發現了，教他們損失了好些軍實。他又說，不久他們又要出發到一個更重要的地方去。這是微露出他們守不住這個城市和過幾天附近會有大戰的意思。他站起來、與玉官告辭，說他就住在司令部裏，以後有工夫必要常來看她。

把慕寧送出門之後，玉官從口袋裏掏出那封信，拆開一看，原來不是建德的，乃是杏官從鷺埠的租界寄來的。信裏告訴她說天錫從樓上摔到地下，把腰骨摔斷了。醫生說情形很危險，教她立刻去照料。金杏寄信來的時候，大概不知道玉官正在受磨折。那封信好像是在她被逮的那一天到的。事情已經過了三四天，玉官想着幾乎又暈過去了，逃得災來遭了殃。她沒敢埋怨天地，可是斷定這是鬼魔相纏。

她顧不了許多，摒擋一切，趕到杏官寓所，一進門，便暈倒在地上。杏官急忙把她扶起來，看她沒有什麼氣力，覺得她的病很厲害，也就送她到醫院去。

匆匆地一個月又過去了，鄉間還在亂着，從報章上，知李慕寧已經陣亡，玉官為這事暗地裏也滴了幾滴淚。她同天錫雖然出了醫院，一時也不能回到老家去，只在杏官家裏暫時住下。天錫的腰骨是不能復原的了，常常得用鐵背心束着。這時她只盼着得到建德回國的信，天天到傳教會的辦事處去打聽，什麼事情都不介意。這樣走了十幾天，果然有消息了。洋牧師不很高興，可也不能不安慰玉官。他說建德已經回來了，現在要往南京供職，不能回鄉看望大家。玉官以為是教會派她兒子到那麼遠去，便埋怨教會不在事前與她商量。洋牧師解釋他們並沒派建德到南京去，他們還是盼着他回來主持城裏的教會，不過不曉得他得了誰的幫助，把教會這些年來資助他的學費連本帶利，一概還清。他寫了一封很懇切的信，說他的興趣改變了，他的人生觀改變了，他現在要做官。學神學的可以做官，真不能不讚嘆洋教育是萬能萬通。玉官早也知道她兒子的興趣不在教會，她從那一年的革命運動早已看出，不過為履行牧師營救的條件，他不能不勉強學他所不感到興趣的學科。她自然也是心裏暗喜，因為兒子能得一官半職本來也是她的希望。洋牧師雖然說得建德多麼對不住教會，發了許多許多的牢騷，她卻沒有一句為兒子抱歉的話說出來，反問她兒子現在是薪金多少，當什麼官職。洋牧師只道他的外國官名，中國名稱他的本地話先生沒教過，所以說不出來。他只說是管地方事情的地方官，然而地方官當然是管地方事情的，到底是個什麼官呢？牧師也解不清，他只將建德的英文信中所寫出的官職指出給她看。

從那次夏令會以後，建德與安妮往來越密。安妮不喜歡他回國當牧師，屢次勸他改行。她家與許多政治當局有裙帶關係，甚至有些還在用着她家的錢。只要她一開口，什麼差使都可以委得出來。好在建德也很自量，他不敢求大職務，只要一個關於經濟的委員會裏服務，月薪是二百元左右。這比當傳教士的收入要多出三分之二。不過物質的收穫，於他並不算首要，他的最重要的責任是聽安妮的話。安妮在他身上很有統制的力量。這力量能鎮壓母親的慈愛，教會的恩惠。她替建德還清歷年所用教會的費用，不但還利，並且捐了一筆大款修蓋禮拜堂。她並不信教，更使建德覺得他是被贖出來的奴隸。他以為除掉與她結婚以外，再也沒有其它更好的報答。但這意見，兩方都還未曾提起。

玉官不久也被建德接到南京去了。她把家鄉的房子交給杏官管理，身邊帶着幾隻衣箱和久懸在樑上的神主，並殘廢的天錫。她以為兒子得着官職，都是安妮的力量，加以對於教會償還和捐出許多錢，更使她感激安妮的慷慨，雖然沒見過面，卻已愛上了她。建德見她兒子老穿着一件鐵背心，要扶着拐棍才能走路，動彈一點也不活潑，心裏總有一點不高興，老埋怨着他的丈母沒有用心調護。玉官的身體，自從變亂受了磨折，心臟病時發時癒。她在平時精神還好，但不能過勞，否則心跳得很厲害。建德對於母親是格外地敬愛，一切進項都歸她保管，家裏的一切都歸她調度。生活雖然富裕，她還是那麼瑣碎，廚房、臥房、浴室、天井，沒有一件她不親自料理。她比家裏兩個傭人做的還要認真。不到三個月，已經換了六次廚師傅，四次娘姨，他們都嫌老太太厲害，做不下去。

母子同住在一問洋房裏，倒也樂融融地。玉官一見建德從衙門回來，心裏有時也會想起雅言。在天朗氣清的時候，她也會憶起那死媳婦所做的一兩件稱心意的事，因而感嘆起來，甚至於掉淚，兒子的續弦問題同時也縈迴在她心裏。好幾次想問他個詳細，總沒能得着建德確實意見，他只告訴她安妮的父親是清朝的官，已經去世了。她家下有一個母親，並無兄弟姊妹，財產卻是不少，單就上海的地產就值得百萬。玉官自然願意兒子與安妮結婚，她一想起來自己便微微地笑，愉快的血液在她體內流行，使她幾乎禁不起。建德常對他母親說，安妮是個頂愛自由的女子，本來她可以與他一起回國，只因她還沒有見過北冰洋和極光，想在天氣熱一點的時節，從加拿大去買一艘甲板船到那裏去，過了冬天才回來。他們的事要等她回來才能知道，她沒有意思要嫁給人也說不定。

平平淡淡地又過了一年。殘春過去，已入初夏，安妮果然來電說她已經動身回國。日子算好了，建德便到上海去接她，就住在她家裏。在那裏逗留了好幾天，建德向她求婚，她不用考慮便點了頭。她走進去，拿出從外洋買回來的結婚頭紗來給建德看，說她早已預備着聽他說出求婚的話。他們心中彼此默印了一會，才坐下商量結婚的時日、地點、儀式等等。安妮的主張便是大家的主張，這是當然的哩。她把結婚那天願意辦的事都安排停當，最後談到婚後生活，安妮主張與玉官分居，她是一個小家庭的景慕者。

他們在上海辦些婚儀上應備的東西，安妮發現了她從外洋帶回來的頭紗還比不上海市上所賣的那麼時派，這大概是她在北冰洋的旅行太過長久，來不及看見新式貨物。她不遲疑地又買上一條，她又強邀建德到那最上等的洋服店去做一套大禮服，所費幾乎等於他的兩個月薪俸。足足忙了幾天，才放建德回南京去。

玉官知道兒子已經決定要與安妮結婚，愉快的心情頓然增長，可是在她最興奮的時候建德才把婚後與她分居的話說出來。老太太一聽便氣得十指緊縮，一時說不出什麼話，一副失望的神情又浮露在她臉上。她想，這也許是受革命潮流的影響。她先前的意識以為革命是：換一個政府；換一樣裝束；以後世故閱歷深，又想革命是：換一個夫人或一個先生。但是現在更進一步了，連「糟糠」的母親，也得換一個。她猜想建德在結婚以後要與他的丈母同住，心裏已十分不平；建德又提到結婚的日期和地點，更使她覺得兒子凡事沒與她商量，因為他們預定行禮的一天是建德的父親的忌日。這一點因為陽曆與陰曆的相差，建德當然是不會記得。而且他家的祭忌至終是由玉官一人秘密地舉行，玉官要他們改個日子，建德說那日子是安妮擇的，因為那天是她的生日。至於在上海行禮是因女家親朋多，體面大，不能不將就，這也不能使玉官十分滿意。她連嘆了幾口氣，眼淚隨着滴下來，回到房中，躺在床上，口中喃喃，不曉得喃些什麼。

婚禮至終是按着預定的時間與地點舉行，玉官在家只請出她丈夫的神主來，安在中堂，整整地哭了半天。一事不如意，事事都彆扭，她悶坐在廳邊發楞，好像全個世界都在反抗她。

第二天建德同新娘回來了，他把安妮介紹給他母親，母親非要她披起頭紗來對她行最敬禮不可。她的理由是從前她做新娘時候，鳳冠蟒襖總要穿戴三天。建德第一次結婚，一因家貧，儀文不能具備，二因在教堂行禮沒有許多繁文禮節。現在的光景可不同了，建德已是做了官，應該排場排場。她卻沒理會洋派婚禮，一切完蛋糕分給賀客吃了之後，馬上就把頭紗除去，就是第二次結婚也未必再戴上它。建德給老太太講理，越講越使老人家不明白，不得已便求安妮順從這一次，省得她老人家啼啼哭地。安妮只得穿上一身銀色禮服，披起一條雪白的紗。紗是一份在身上兩份在地上拖着，這在玉官眼裏簡直不順。她身上一點顏色都沒有，直像一個沒着色的江西瓷人。玉官嫌白色不吉祥，最低限度，她也得披一條粉紅紗出來。她在鄉下見人披過粉紅紗，以為這是有例可援。什麼吉祥不吉祥且不用管，粉紅紗壓根兒就沒有。安妮索性把頭紗禮服都卸下來，回到房中生氣，用外國話發牢騷，老太太也是一天沒吃飯。她埋怨政府沒規定一種婚禮必用的大紅禮服，以致有這忤逆的行為。她希望政府宣佈凡是學洋派披白頭紗、不穿紅禮服的都不能算為合法的結婚。

第三天新婚夫婦要學人到廬山去度蜜月，安妮勉強出來與玉官辭行。玉官昨天沒把她看得真，這次出門，她雖鼓着腮，眼睛卻盯在安妮臉上。她覺得安妮有許多地方與雅言相仿，可是打扮得比誰都妖艷得多。在他們出門以後，老太太的氣也漸漸平了。她想兒子和媳婦到底是自己的孩子們，意見不一致，也犯不上與他們賭氣。她這樣想，立時從心裏高興，喜容浮露出來。她把自己的臥房讓出來，叫匠人來，把門窗牆壁修飾得儼然像一間新房。屋裏的家俬，她也為他們辦妥，她完全是照着老辦法，除去新房以外，別的屋子都是照舊，一滴灰水也沒加上。

第九節

半個月以後，一對夫婦回來了。安妮一進屋裏，便嫌傢具村氣太重，牆壁的顏色也不對。走到客廳，說客廳不時髦；走到廚房，嫌廚房不乾淨；走到那裏，挑剔到那裏。玉官只想望好裏做，可是越做越討嫌，至終決意不管，讓安妮自己去佈置。安妮把玉官安置在近廚房的小房間，建德覺得過意不去，但也沒法教安妮不這樣辦，因為原來說定婚後是要分居的。

安妮不但不喜歡玉官，並也不喜歡天錫。玉官在幾個月來仔細地打聽安妮的來歷，懷疑她便是那年被她小叔子抱走的雅麗；屢次要告訴她，那是她的骨肉，至終沒有勇氣說出來。婆媳的感情一向不曾有過，有時兩人一天面對面坐着，彼此不說話。安妮對建德老是說洋話，玉官一句也聽不懂。玉官對建德說的是家鄉話，安妮也是一竅不通，兩人的互相猜疑從這事由可以想像得出來，最使玉官不高興的是安妮要管家。為這事情，安妮常用那副像掛在孝陵裏的明太祖御容向着玉官。建德的入款以前是交給老太太的，自從結婚以後，依老太太的意見仍以由她管理為是。她以為別的都可退讓，惟獨叫她不理家事做閒人，她就斷斷不依。安妮只許給她每月幾塊錢零用，使她覺得這是大逆不道。她心想，縱然兒子因她的關係做了「黨戚」，也不該這樣待遇家長。

安妮越來越感覺到不能與老太太同住，時時催建德搬家。她常對丈夫罵老太太這「老蟑螂」，耗費食物討人嫌。老太太在一個人地生疏的地方，縱然把委屈訴給人聽，也沒有可訴的。她到教堂去，教友不懂她的話；找牧師，牧師也不能為她出什麼主意，只勸她順應時代的潮流，將就一點。她氣得連教堂都不去了。她想她所信的神也許是睡着了，不然為什麼容孩子們這麼猖狂。

還有一件事使玉官不愉快的，她要建德向政府請求一個好像「懷清望峻」一類的匾額，用來旌表寡婦的。建德在衙門，才幹雖然平常，辦事卻很穩健。他想旌表節婦的時代已經過去了。玉官屢次對他要求找一個門徑，他總說不行。無論他怎麼解釋，玉官都覺得兒子沒盡心去辦，這樣使她對於建德也不喜歡。但是建德以為他父親為國捐軀，再也沒有更光榮的，母親實在也沒有完全盡了撫孤成人的任務，因此母子的意見，越來越相左。

安妮每天出去找房子，玉官只坐在屋裏出神。她回想自守寡以來，所有的行為雖是為兒子的成功，歸根，還是自私的。她幾十年來的傳教生活，一向都如「賣瓷器的用破碗」一般，自己沒享受過教訓的利益。在這時候，她忽然覺悟到這一點，立刻站起來，像在她生活裏找出一件無價寶一般。她覺得在初寡時，她小叔子對她說的話是對的。她覺得從前的守節是為虛榮，從前的傳教是近於虛偽，目前的痛苦是以前種種的自然結果，她要回鄉去真正做她的傳教生活，不過她先要懺悔，她至少要為人做一件好事，在她心裏打定了一個主意。

她要離開她兒子那一天，沒有別的話，只對他說她沒對不住他，以後她所做的一切還是要為他的福利着想。兒子不知道她是什麼意思，漫敷衍她幾句便到衙門去了。兒媳婦是忙着找房子，一早便出門。她把幾座神主包裹停當，放在桌上，留下一封信，便帶着天錫，悄悄地到下關車站去。

第十節

回到家鄉，教會仍然派她到錦鯉去。這次她可不做傳教工作了，因為上了年紀的人，不能多走路，所以教會就派她做那裏的小學校長。天錫與她住在一起，她很注意教育他。杏官在城裏住，反感覺到孤寂，每常寫信要天錫去住幾天。

玉官每要把她對於安妮便是雅麗的懷疑說給杏官知道，卻又防着萬一不對，倒要惹出是非來。她想好在她的小叔子也死掉了，若她不說，再也沒有知道這事的人，於是索性把話擱住。她覺得年來的工作非常有興趣，不像從前那麼多罷慮。教會雖然不理會這個，她心裏卻很明白現在是為事情而做事情，並不要求什麼。建德間中也有信寄回來，有時還給她捎錢來。這個使她更喜歡，她把財物都放在發展學校的事業上頭，認識她的都非常地誇讚她，但她每說這是她的懺悔行為。

兩三年的時間就在忙中消失了。玉官辦的學校越發發達，致她累得舊病不時發作，不得不求杏官來幫助她。杏官本也感覺非常寂寞，老親家同在一起倒可以解除煩悶。她把城裏的房子連同玉官的都交給了教會管理，所得的租金也充做學校經費，那錦鯉小學簡直就是她們辦的。

地方漸次平靜，村裏也恢復了像從前一般的景況，只是短了一個陳廉。一想起他，玉官也是要對杏官說的，可是他現在在南洋什麼地方，她也不知道。她只記着當時他是往婆羅洲去的，就是說出來也未必有用。在朝雲初散或晚煙才濃的時候，她有時會到社外的大王廟那被她常坐的樹根上少坐，憶想當年與陳廉談話的情景。衰年人的心境仍如少年，一點也沒改變，仍然可以在回憶中感到愉悅。

錦鯉幾個鄉人偶然談起玉官的工作，其中有人想起她在那裏的年數不少，在變亂的時候，她又護衛了許多婦女，便要湊份子給她做生日，藉此感謝她。這意思不到幾天，連鄰鄉都知道了。教會看見大家那麼誠意，不便不理會。於是也發起給她舉行一個服務滿四十年的紀念會，村莊的人本是愛熱鬧的，一聽要給玉官做壽，開紀念會，大家都很興奮，在很短的期間已湊合了好幾百元。玉官這時是無心無意地，反勸大家不要為她破費精神和金錢。她說，她的工作是應當做的，從前她的錯誤就是在貪求報酬，而所得的只是失望和苦惱。她現在才知道不求報酬的工作，才是有價值的，大眾若是得着利益就是她的榮耀了。話雖如此說，大家都不聽她的，一時把全個村莊佈置起來。

傳道先生對大眾說既然有那麼些錢，可以預備一件比較永久留念的東西。有些人提議在社外給她立一座碑，有些說牌坊比較堂皇，玉官自己的意思是要用來發展學校。杏官知道她近年對於名譽也不介意，沒十分慫恿她。她只寫信給建德，說他母親在鄉間如何受人愛戴，要給一點東西來紀念她。建德接信以後，立刻寄五千元，還說到時候他必與安妮回來參加那盛典。

玉官知道建德要回來，心裏的愉快比受那五千元還要多萬萬倍，紀念大會在分頭進行着。大眾商議的結果，是用二千元在社外建築一道橋，這因為跨在溪上的原來只有一道木橋，村人早應募緣改建，又因大王廟口是玉官常到那裏徘徊的地方，還有對岸的樹林，政府已撥給學校經營，所以橋是必要修築的。

動了四五個月的工程，橋已修好了。大王廟也修得煥然一新，村人把它改做公所，雖然神像還是供着，卻已沒有供香火的廟祝，橋是丈五寬，三丈長，裏面是水泥石子的混凝體，表面是用花崗石堆砌起來的。過了橋，一條大道直穿入樹林裏頭，更顯出風景比前優秀得多。

紀念會的日期就要到了，建德果然同安妮一起回來，玉官是喜歡得心跳不堪。她知道又是病發了，但不願告訴人。安妮算是給她很大的面子，所以肯來赴會。當時也與杏官見過面，安妮卻很傲慢，好像不大愛理那村婆子似地。她住了一兩天就催建德回南京去，最大的原因，大概是在水廁的缺乏。

建德在鄉人的眼光中已是個大得很的京官，因為太太說要早日回京，便不得不提早舉行這個紀念典禮。玉官在那天因為喜歡過度，倒是暈過幾次，杏官見這情形不便教她到教堂去，只由她歇着。行過禮以後，建德領着大眾行獻橋禮。大眾擬了許多名字，最後決定名為「玉澤橋」。當時的鼓樂炮仗，喧鬧得難以形容，加以演了好幾台戲，更使鄉人感覺這典禮的嚴重。

第二天，建德要同安妮回到城裏，來與玉官告辭。杏官在身邊，很羨慕這對夫婦，不覺想起她的亡女，直向建德流淚。玉官待要把真情說出來時，又怕安妮不承認破口罵人，反討沒趣。她又想縱然安妮承認了，她也未必能與他們住在一起。她也含着眼淚送他們過了那新成的玉澤橋。

回到學校裏，左思右想，又後悔沒當着安妮說明情由。等到杏官來，她便笑着問她假如現在她能找着她的丈夫或她的丟了的女兒，她願意先見誰，杏官不介意地回答說那是做夢。如果她能見到女兒一面，她已很滿足，至於丈夫恐怕是絕無希望的了。說過許多話，玉官忽對杏官說，她要到城裏去送送兒子和兒媳婦上船去，杏官因為她精神像很疲乏，不很放心，爭執了半天，她才教杏官陪着她去。

她們二人趕到城裏，建德與安妮已經到口岸去了。幸而船期未到，玉官與杏官還可以趕到。她們到教會打聽，知道建德二人住在洋牧師家裏。見面時，安妮非常感動。她才起頭覺得玉官愛她的兒子建德是很可欽佩的，玉官對他們說她的病是一天一天地加重了，這次相見，又不知什麼時候再有機會，希望他們有工夫回來，說得建德也哭起來了，他允許一年要回來探望她一次。

玉官在那晚上回到杏官的藥局，對杏官說她還有一件未了的事要趕着去辦完。杏官不了解她的意思，問了幾遍，她才把要到婆羅洲找陳廉的話說出來。她說，自從她當了洋教士的女傭以來，一切的一切都是受着杏官的恩惠。原先她還沒理會到這層，自從南京回來以後，日日思維，越覺得此恩非報不可。杏官既知道陳廉的下落，心裏自然高興萬分，但願她自己去。玉官從懷裏取出船票來，說她日間已打聽到明天有船往南洋去，立即買了一個艙位，只有她知道怎樣去找，希望杏官在家裏照顧天錫，料理學校，她也可以藉此吸吸海風，養養病。

第二天一早，杏官跑去告訴建德說他母親要到南洋去休息休息，當天就要動身。他也不以為然，說他母親的心臟病，怕受不了海浪的顛簸，還是勸她莫去為是。來到藥局，玉官已上了船，於是又同杏官和安妮到船上去。建德見她在三等艙裏，掖在一班華工當中，直勸她說，如果要走，可以改到頭等艙去，何必省到這步田地。她說在三等艙裏有伴，可以談話，同時她平日所見的也都是這類的人，所以不覺得有什麼難過之處。安妮是站都站不住，探一探頭便到頭等艙的起坐間去了。杏官看看她的行李非常簡單，只有一個鋪蓋和一個小提箱。她笑問玉官說，那小的箱子裝些什麼？玉官也笑着回答說那還是幾十年隨身帶着的老骨董：一本白話《聖經》，一本《天路歷程》，一本看不懂的《易經》。玉官勸他們不必為她擔憂，她知道一切都無妨礙，終要平安和圓滿地回來。她指着建德回頭來對杏官說他還是她的女婿，希望她不要覺得生疏起來。她此行必要把事情辦妥才回來，請她回錦鯉靜候消息。又復勸勉了建德一番，船上催客的鑼才響起來。

杏官們上了舢板，還見玉官含淚在舷邊用手帕向着他們搖幌，幾根灰白的頭髮，也隨着海風飄揚。到了岸邊，船已鼓着輪，向海外開去。他們直望到船影越過港外的燈台，才各含着眼淚回去。

鐵魚底鰓[1]

那天下午警報底解除信號已經響過了。華南一個大城市底一條熱鬧馬路上排滿了兩行人，都在肅立着，望着那預備保衛國土的壯丁隊遊行。他們隊裏，說來很奇怪，沒有一個是扛槍的。戴的是平常的竹笠，穿的是灰色衣服，不像兵士，也不像農人。巡行自然是為耀武揚威給自家人看，其他有什麼目的，就不得而知了。

大隊過去之後，路邊閃出一個老頭，頭髮蓬鬆得像戴着一頂皮帽子，穿的雖然是西服，可是縫補得走了樣了。他手裏抱着一卷東西。匆忙地越過巷口，不提防撞到一個人。

「雷先生，這麼忙！」

老頭抬頭，認得是他底一個不很熟悉的朋友。事實上雷先生並沒有至交。這位朋友也是方才被遊行隊阻撓一會，趕着要回家去的。雷見他打招呼，不由得站住對他說：「唔，原來是黃先生。黃先生一向少見了。你也是從避彈室出來的罷？他們演習抗戰，我們這班沒用的人，可跟着在演習逃難哪！」

「可不是！」黃笑着回答他。

1　首刊《大風》（香港）一九四一年第四一期。

兩人不由得站住，談了些閒話。直到黃問起他手裏抱着的是什麼東西，他才說：「這是我底心血所在，說來話長，你如有興致，可以請到捨下，我打開給你看看，看完還要請教。」

黃早知道他是一個最早被派到外國學制大炮的官學生，回國以後，國內沒有鑄炮的兵工廠，以致他一輩子坎坷不得意。英文、算學教員當過一陣，工廠也管理過好些年，最後在離那大城市不遠的一個割讓島上底海軍船塢做一份小小的職工，但也早已辭掉不幹了。他知道這老人家底興趣是在兵器學上，心裏想看他手裏所抱的，一定又是理想中的什麼武器底圖樣了。他微笑向着雷，順口地說：「雷先生，我猜又是什麼『死光鏡』『飛機箭』一類的利器圖樣罷？」他說着好像有點不相信，因為從來他所畫的圖樣，獻給軍事當局，就沒有一樣被採用過。雖然說他太過理想或說他不成的人未必全對，他到底是沒有成績拿出來給人看過。

雷回答黃說：「不是，不是，這個比那些都要緊。我想你是不會感到什麼興趣的。再見罷。」說着，一面就邁他底步。

黃倒被他底話引起興趣來了。他跟着雷，一面說：「有新發明，當然要先睹為快的。這裏離捨下不遠，不如先到捨下一談罷。」

「不敢打攪，你只看這藍圖是沒有趣味的。我已經做了一個小模型，請到捨下，我實驗給你看。」

黃索性不再問到底是什麼，就信步隨着他走。二人默默地並肩而行，不一會已經到了家。老頭子走得有點喘，讓客人先進屋裏去，自己隨着把手裏底紙捲放在桌上，坐在一邊。黃是頭一次到他家，看見四壁掛的藍圖，各色各樣，說不清是什麼。廳後面一張小小的工作桌子，鋸、鉗、螺絲旋一類的工具安排得很有條理。架上放着幾隻小木箱。

「這就是我最近想出來的一隻潛艇底模型。」雷順着黃先生底視線到架邊把一個長度約有三尺的木箱拿下來，打開取出一條「鐵魚」來。他接着說：「我已經想了好幾年了。我這潛艇特點是在它像一條魚，有能呼吸的鰓。」

他領黃到屋後底天井，那裏有他用鉛版自製的一個大盆，長約八尺，外面用木板護着，一看就知道是用三個大洋貨箱改造的。盆裏盛着四尺多深的水。他在沒把鐵魚放進水裏之前，把「魚」底上蓋揭開，將內部底機構給黃說明了。他說，他底「魚」底空氣供給法與現在所用的機構不同。他底鐵魚可以取得氧氣，像真魚在水裏呼吸一般，所以在水裏的時間可以很長，甚至幾天不浮上水面都可以。說着他又把方才的藍圖打開，一張一張地指示出來。他說，他一聽見警報，什麼都不拿，就拿着那卷藍圖出外去躲避。對於其他的長處，他又說：「我這魚有許多『游目』，無論沉下多麼深，平常的折光探視鏡所辦不到的，只要放幾個『游目』使它們浮在水面，靠着電流底傳達，可以把水面與空中底情形投影到艇裏底鏡板上。浮在水面的『游目』體積很小，形狀也可以隨意改裝，雖然低飛的飛機也不容易發現它們。還有它底魚雷放射管是在艇外，放射的時候艇身不必移動，便可以求到任何方向，也沒有像舊式潛艇在放射魚雷時會發生可能的危險的情形。還有艇裏底水手，個個有一個人造鰓，萬一艇身失事，人人都可以迅速地從方便門逃出，浮到水面。」

他一面說，一面揭開模型上一個蜂房式的轉盤門，說明水手可以怎樣逃生。但黃已經有點不耐煩了。他說：「你底專門話，請少說罷，說了我也不大懂，不如先把它放下水裏試試，再講道理，如何？」

「成，成。」雷回答着，一面把小發電機撥動，把上蓋蓋嚴密了，放在水裏。果然沉下許久，放了一個小魚雷再浮上來。他接着說：「這個還不能解明鐵鰓底工作。你到屋裏，我再把一個模型給你看。」

他順手把小潛艇托進來放在桌上，又領黃到架底另一邊，從一個小木箱取出一副鐵鰓底模型。那模型像一個人家養魚的玻璃箱，中間隔了兩片玻璃板，很巧妙的小機構就夾在當中。他在一邊注水，把電線接在插銷上。有水的那一面底玻璃板有許多細緻的長縫，水可以沁進去，不久，果然玻璃板中間底小機構與唧筒發動起來了。沒水的這一面，代表艇內底一部，有幾個像唧筒的東西，連着板上底許多管子。他告訴黃先生說，那模型就是一個人造鰓，從水裏抽出氧氣，同時還可以把炭氣排泄出來。他說，艇裏還有調節機，能把空氣調和到人可呼吸自如的程度。關於水底壓力問題，他說，戰鬥用的艇是不會潛到深海裏去的。他也在研究着怎樣做一隻可以探測深海的潛艇，不過還沒有什麼把握。

黃聽了一套一套他所不大懂的話，也不願意發問，只由他自己說得天花亂墜，一直等到他把藍圖卷好，把所有的小模型放回原地，再坐下想與他談些別的。

但雷底興趣還是在他底鐵鰓。他不歇地說他底發明怎樣有用，和怎樣可以增強中國海底軍備。

「你應當把你底發明獻給軍事當局，也許他們中間有人會注意到這事，給你一個機會到船塢去建造一隻出來試試。」黃說着就站起來。

雷知道他要走，便阻止他說：「黃先生忙什麼？今晚大家到茶室去吃一點東西，容我做東道。」

黃知道他很窮，不願意使他破費，便又坐下說：「不，不，多謝，我還有一點別的事要辦，在家多談一會罷。」

他們繼續方才的談話，從原理談到建造底問題。

雷對黃說他怎樣從制炮一直到船塢工作，都沒得機會發展他底才學。他說，別人是所學非所用，像他簡直是學無所用了。

「海軍船塢於你這樣的發明應當注意的。為什麼他們讓你走呢？」

「你要記得那是別人底船塢呀，先生。我老實說，我對於潛艇底興趣也是在那船塢工作的期間生起來的。我在船塢工作之前，是在製襪工廠當經理。後來那工廠倒閉了，正巧那裏底海軍船塢要一個機器工人，我就以熟練工人底資格被取上了。我當然不敢說我是受過專門教育的，因為他們要的只是熟練工人。」

「也許你說出你底資格，他們更要給你相當的地位。」

雷搖頭說：「不，不，他們一定會不要我。我在任何時間所需的只是吃。受三十元『西紙』的工資，總比不着邊際的希望來得穩當。他們不久發現我很能修理大炮和電機，常常派我到戰艦上與潛艇裏工作。自然我所學的，經過幾十年間已經不適用了，但在船塢裏受了大工程師底指揮，倒增益了不少的新知識。我對於一切都不敢用專門名詞來與那班外國工程師談話，怕他們懷疑我。他們有時也覺得我說的不是當地底『咸水英語』，常問我在哪裏學的，我說我是英屬美洲底華僑，就把他們瞞過了。」

「你為什麼要辭工呢？」

「說來，理由很簡單。因為我研究潛艇，每到艇裏工作的時候，和水手們談話，探問他們底經驗與困難。有一次，教一位軍官注意了，從此不派我到潛艇裏去工作。他們已經懷疑我是奸細。好在我機警，預先把我自己畫的圖樣藏到別處去，不然萬一有人到我底住所檢查，那就麻煩了。我想，我也沒有把我自己畫的圖樣獻給他們的理由，自己民族底利益得放在頭裏，於是辭了工，離開那船塢。」

黃問：「照理想，你應當到中國底造船廠去。」

雷急急地搖頭說：「中國底造船廠？不成，有些造船廠都是個同鄉會所，你不知道嗎？我所知道的一所造船廠，凡要踏進那廠底大門的，非得同當權的有點直接或間接的血統或裙帶關係，才能得到相當的地位。縱然能進去，我提出來的計劃，如能請得一筆試驗費，也許到實際的工作上已剩下不多了。沒有成績不但是惹人笑話，也許還要派上個罪名。這樣，誰受得了呢？」

黃說：「我看你底發明如果能實現，卻是很重要的一件事。國裏現在成立了不少高深學術底研究院，你何不也教他們注意一下你底理論，試驗試驗你底模型？」

「又來了！你想我是七十歲左右的人，還有愛出風頭的心思嗎？許多自號為發明家的，今日招待報館記者，明日到學校演講，說得自己不曉得多麼有本領，愛迪生和安因斯坦都不如他，把人聽膩了。主持研究院的多半是年輕的八分學者，對於事物不肯虛心，很輕易地給下斷語，而且他們好像還有『幫』底組織，像青、紅幫似的。不同幫的也別妄生玄想。我平素最不喜歡與這班學幫中人來往。他們中間也沒人知道我底存在。我又何必把成績送去給他們審查，費了他們底精神來批評我幾句，我又覺得過意不去，也犯不上這樣做。」

黃看看時表，隨即站起來，說：「你老哥把世情看得太透徹，看來你底發明是沒有實現的機會了。」

「我也知道，但有什麼法子呢？這事個人也幫不了忙，不但要用錢很多，而且軍用的東西又是不能隨便製造的。我只希望我能活到國家感覺需要而信得過我的那一天來到。」

雷說着，黃已踏出廳門。他說：「再見罷，我也希望你有那一天。」

這位發明家底性格是很板直的，不大認識他的，常會誤以為他是個犯神經病的，事實上已有人叫他做「戇雷」。他家裏沒有什麼人，只有一個在馬尼剌當教員的守寡兒媳婦和一個在那裏念書的孫子。自從十幾年前辭掉船塢底工作之後，每月的費用是兒媳婦供給。因為他自己要一個小小的工作室，所以經濟的力量不能容他住在那割讓島上。他雖是七十三四歲的人，身體倒還康健，除掉做輪子、安管子、打銅、挫鐵之外，沒有別的嗜好，煙不抽，茶也不常喝。因為生存在兒媳婦底孝心上，使他每每想着當時不該辭掉船塢底職務。假若再做過一年，他就可以得着一份長糧，最少也比吃兒媳婦的好。不過他並不十分懊悔，因為他辭工的時候正在那裏大罷工的不久以前，愛國思想膨脹得到極高度，所以覺得到中國別處去等機會是很有意義的。他有很多造船工程底書籍，常常想把它們賣掉，可是沒人要。他底太太早過世了，家裏只有一個老傭婦來喜服侍他。那老婆子也是他底妻子底隨嫁婢，後來嫁出去，丈夫死了，無以為生，於是回來做工。她雖不受工資，在事實上是個管家，雷所用的錢都是從她手裏要。這樣相依為活已經過了二十多年了。

黃去了以後，來喜把飯端出來，與他一同吃。吃着，他對來喜說：「這兩天風聲很不好，穿屐的也許要進來。我們得檢點一下，萬一變亂臨頭，也不至於手忙腳亂。」

來喜說：「不說是沒什麼要緊了嗎？一般官眷都還沒走，大概不至於有什麼大亂罷。」

「官眷走動了沒有，我們怎麼會知道呢？告示與新聞所說的是絕對靠不住的。一般人是太過信任印刷品了。我告訴你罷，現在當局的，許多是無勇無謀、貪權好利的一流人物，不做石敬瑭獻十六州，已經可以被人稱為愛國了。你念摸魚書和看殘唐五代底戲，當然記得石敬瑭怎樣獻地給人。」

「是，記得。」來喜點頭回答，「不過獻了十六州，石敬瑭還是做了皇帝！」

老頭子急了，他說：「真的，你就不懂什麼叫作歷史！不用多說了，明天把東西歸聚一下，等我寫信給少奶奶，說我們也許得往廣西走。」

吃過晚飯，他就從桌上把那潛艇底模型放在箱裏，又忙着把別的小零件收拾起來。正在忙着的時候，來喜進來說：「姑爺，少奶奶這個月的家用還沒寄到，假如三兩天之內要起程，恐怕盤纏會不夠吧？」

「我們還剩多少？」

「不到五十元。」

「那夠了。此地到梧州，用不到三十元。」

時間不容人預算，不到三天，河堤底馬路上已經發現侵略者底戰車了。市民全然像在夢中被驚醒，個個都來不及收拾東西，見了船就下去。火頭到處起來，鐵路上沒人開車，弄得雷先生與來喜各抱着一點東西急急到河邊胡亂跳進一隻船，那船並不是往梧州去的，沿途上船的人們越來越多，走不到半天，船就沉下去了。好在水並不深，許多人都坐了小艇往岸上逃生。可是來喜再也不能浮上來了。她是由於空中底掃射喪的命或是做了龍宮底客人，都不得而知。

雷身邊只剩十幾元，輾轉到了從前曾在那工作過的島上。沿途種種的艱困，筆墨難以描寫。他是一個性格剛硬的人，那島市是多年沒到過的，從前的工人朋友，就使找着了，也不見得能幫助他多少。不説梧州去不了，連客棧他都住不起。他只好隨着一班難民在西市底一條街邊打地鋪。在他身邊睡的是一個中年婦人帶着兩個孩子，也是從那剛淪陷的大城一同逃出來的。

在幾天的時間，他已經和一個小飯攤底主人認識，就寫信到馬尼剌去告訴他兒媳婦他所遭遇的事情，叫她快想方法寄一筆錢來，由小飯攤轉交。

他與旁邊底那個中年婦人也成立了一種互助的行動。婦人因為行李比較多些，孩子又小，走動不但不方便，而且地盤隨時有被人佔據的可能，所以他們互相照顧。雷老頭每天上街吃飯之後，必要給她帶些吃的回來。她若去洗衣服，他就坐着看守東西。

一天，無意中在大街遇見黃，各人都訴了一番痛苦。

「現在你住在什麼地方？」黃這樣問他。

「我老實説，住在西市底街邊。」
「那還了得！」
「有什麼法子呢？」
「搬到我那裏去罷。」
「大家同是難民，我不應當無緣無故地教你多擔負。」
黃很誠懇地說：「多兩個人也不會破費得到什麼地步。我跟着你去搬罷。」説着就要叫車。
雷阻止他說：「多謝，多謝盛意。我現在人口眾多，若都搬了去，於府上一定大大地不方便。」
「你不是只有一個用人嗎？」
「我那來喜不見了。現在是另一個帶着兩個孩子的婦人，是在路上遇見的。我們彼此互助，忍不得，把她安頓好就離開她。」
「那還不容易嗎？想法子把她送到難民營就是了。聽說難民營底組織，現在正加緊進行着咧。」
他知道黃也不是很富裕的，大概是聽見他睡在街邊，不能不說一兩句友誼的話。但是黃卻很誠懇，非要他去住不可，連說：「不像話，不像話！年紀這麼大，不說你媳婦知道了難過，就是朋友也過意不去。」
他一定不肯教黃到他底露天客棧去，只推到難民營組織好，把那婦人送進去之後再說。黃硬把他拉到一個小茶館去。一說起他底發明，老頭子就告訴他那潛艇模型已隨着來喜喪失了。他身邊只剩下一大卷藍圖，和那一座鐵鰓底模型。其餘的東西都沒有了。他逃難的時候，那藍圖和鐵鰓底模型是歸他拿，圖是卷在小被褥裏頭，他兩手只能拿兩件東西。在路上還有人笑他逃難逃昏了，什麼都不帶，帶了一個小木箱。

「最低限度，你把重要的物件先存在我那裏罷。」黃說。

「不必了罷，住家孩子多，萬一把那模型打破了，我永遠也不能再做一個了。」

「那倒不至於。我為你把它鎖在箱裏，豈不就成了嗎？你老哥此後的行止，打算怎樣呢？」

「我還是想到廣西去。只等兒媳婦寄些路費來，快則一個月，最慢也不過兩個月，總可以想法子從廣州灣或別的比較安全的路去到罷。」

「我去把你那些重要東西帶走罷。」黃還是催着他。

「你現在住什麼地方？」

「我住在對面海底一個親戚家裏。我們回頭一同去。」

雷聽見他也是住在別人家裏，就斷然回答說：「那就不必了，我想把些少東西放在自己身邊，也不至於很累贅，反正幾個星期的時間，一切都會就緒的。」

「但是你總得領我去看看你住的地方，下次可以找你。」

雷被勸不過，只得同他出了茶館，到西市來。他們經過那小飯攤，主人就嚷着：「雷先生，雷先生，信到了，信到了。我見你不在，教郵差帶回去，他說明天再送來。」

雷聽了幾乎喜歡得跳起來。他對飯攤主人說了一聲「多煩了」，回過臉來對黃說：「我家兒媳婦寄錢來了。我想這難關總可以過得去了。」

黃也慶賀他幾句，不覺到了他所住的街邊。他對黃說：「對不住，我底客廳就是你所站的地方，你現在知道了。此地不能久談，請便罷。明天取錢之後，去拜望你。你底住址請開一個給我。」

黃只得從口袋裏掏出一張名片，寫上地址交給他，說聲「明天在捨下恭候」，就走了。

那晚上他好容易盼到天亮，第二天一早就到小飯攤去候着。果然郵差來到，取了他一張收據把信遞給他。他拆開信一看，知道他兒媳婦給他匯了一筆到馬尼剌的船費，還有辦護照及其他需用的費用，都教他到匯通公司去取。他不願到馬尼剌去，不過總得先把需用的錢拿出來再說。到了匯通公司，管事的告訴他得先去照相辦護照。他說，是他兒媳婦弄錯了，他並不要到馬尼剌去，要管事的把錢先交給他；管事的不答允，非要先打電報去問清楚不可。兩方爭持，弄得毫無結果，自然錢在人家手裏，雷也無可如何，只得由他打電報去問。

從匯通公司出來，他就踐約去找黃先生，把方才的事告訴他。黃也贊成他到馬尼剌去。但他說，他底發明是他對國家的貢獻，雖然目前大規模的潛艇用不着，將來總有一天要大量地應用；若不用來戰鬥，至少也可以促成海下航運的可能，使侵略者底封鎖失掉效力。他好像以為建造底問題是第二步，只要當局採納他的，在河裏建造小型的潛航艇試試，若能成功，心願就滿足了。材料底來源，他好像也沒深深地考慮過。他想，若是可能，在外國先定造一隻普通的潛艇，回來再修改一下，安上他所發明的鰓、游目等等，就可以了。

黃知道他有點戇氣，也不再去勸他。談了一回，他就告辭走了。

過一兩天，他又到匯通公司去，管事人把應付的錢交給他，說：馬尼剌回電來說，隨他底意思辦。他說到內地不需要很多錢，只收了五百元，其餘都教匯回去。出了公司，到中國旅行社去打聽，知道明天就有到廣州灣去的船。立刻又去告訴黃先生。兩人同回到西市去檢行李。在卷被褥的時候，他才發現他底藍圖，有許多被撕碎了。心裏又氣又驚，一問才知道那婦人好幾天以來，就用那些紙來給孩子們擦髒。他趕緊打開一看，還好，最裏面的那幾張鐵鰓底圖樣，仍然好好的，只是外頭幾張比較不重要的總圖被毀了。小木箱裏底鐵鰓模型還是完好，教他雖然不高興，可也放心得過。

他對婦人說，他明天就要下船，因為許多事還要辦，不得不把行李寄在客棧裏，給她五十元，又介紹黃先生給她，說錢是給她做本錢，經營一點小買賣；若是辦不了，可以請黃先生把她母子送到難民營去。婦人受了他的錢，直向他解釋說，她以為那卷在被褥裏的都是廢紙，很對不住他。她感激到流淚。眼望着他同黃先生，帶着那卷剩下的藍圖與那一小箱底模型走了。

黃同他下船，他勸黃切不可久安於逃難生活。他說越逃，災難越發隨在後頭；若回轉過去，站住了，什麼都可以抵擋得住。他覺得從演習逃難到實行逃難的無價值，現在就要從預備救難進到臨場救難的工作，希望不久，黃也可以去。

船離港之後，黃直盼着得到他到廣西的消息。過了好些日子，他才從一個赤坎來的人聽說，有個老頭子搭上兩期的船，到埠下船時，失手把一個小木箱掉下海裏去，他急起來，也跳下去了。黃不覺滴了幾行淚，想着那鐵魚底鰓，也許是不應當發明得太早，所以要潛在水底。

一九四一年二月

螢燈[1]

螢是一種小甲蟲。它底尾巴會發出青色的冷光，在夏夜底水邊閃爍着，很可以啟發人們底詩興。它底別名和種類在中國典籍裏很多，好像耀夜、景天、熠耀、丹良、丹鳥、夜光、照夜、宵燭、挾火、據火、炤燐、夜遊女子、蛢、炤等等都是。種類和名目雖然多，我們在說話時只叫它做螢就夠了。螢底發光是由於尾部薄皮底下有許多細胞被無數小氣管纏繞着。細胞裏頭含有一種可燃的物質，有些科學家懷疑它是一種油類，當空氣通過氣管的時候，因氧化作用便發出光耀。不過它到底成分是什麼，和分泌底機關在那裏，生物學家還沒有考察出來，只知道那光與燈光不同，因為後者會發熱，前者卻是冷的。我們對於這種螢光，希望將來可以利用它。螢底脾氣是不願意與日月爭光的。白天固然不發光，就是月明之夜，它也不大喜歡顯出它底本領。

自然的螢光在中國或外國都被利用過。墨西哥海岸底居民從前為防海賊底襲掠，夜間寧願用螢火也不敢點燈。美洲勞動人民在夜裏要通過森林，每每把許多螢蟲綁在腳趾上。古巴底婦人在夜會時，常愛用螢來做裝飾，或繫在衣服上，或做成花樣戴在頭上。我國晉朝底車

1 首刊香港《新兒童》半月刊，一九四一年六、七月號。

胤，因為家貧，買不起燈油，也利用過螢光來讀書。古時好奇的人也曾做過一種口袋叫做聚螢囊，把許多螢蟲裝在囊中，當做玩賞用的燈。不但是人類，連小裁縫鳥也會逮捕螢蟲，用濕泥黏住它底翅膀安在巢裏，為的是教那囊狀的垂巢在夜間有燈。至於撲螢來玩或做買賣的，到處都有。有些地方，像日本，還有螢蟲批發所，一到夏天就分發到都市去賣。隋煬帝有一次在景華宮，夜裏把好幾斛的螢蟲同時放出才去遊山，螢光照得滿山發出很美麗的幽光。

關於螢蟲故事很多。北美洲人底傳說中有些說太古時候有一個美少年住在森林裏，因為失戀便化成一隻大螢飛上天去，成為現在的北極星。我國從前都以為螢是腐草所變的。其實螢底幼蟲是住在水邊的，所以池塘底四圍在夏夜裏常有螢火點綴着。岸邊底樹影加上點點的微光，我們想想，是多麼優美呢！

我們既經知道螢蟲那樣含有濃厚詩意，又是每年的夏夜在到處都可以看見的，現在讓我說一段關於螢底故事罷。

從前西方有一個康國，人民富庶，土地膏腴，因而時常被較貧乏的鄰國瓶原所侵略。康國在位的常喜王只有一個兒子，名叫難勝，很勇敢強健，容貌也非常的美，遠看着他站在殿上就像一根玉柱立着一樣。有一次，瓶原人又來侵犯邊境，難勝太子便請求父王給他一支兵，由他領出都門去抵禦寇敵。常喜王因為愛他太甚，捨不得教他上前敵，沒有應許他。無奈難勝時刻地申請，常喜王就給他一個難題，說：「若是你必要上前敵去的話，除非是不用油和蠟，也不用火把，能夠把那座燈台點亮了才可以。這是要試驗你底智力，因為戰爭是不能單靠勇力的。」

難勝隨着父王所指的地方看去，只見大堂當中安着一座很大很大的燈台，一丈多高，周圍滿布着小燈，各色各樣的玻璃罩子罩在各盞燈上，就是不點也覺得它很美麗。父王指着他看過之後，便垂着頭到外殿去了。難勝走到燈台跟前，細細地觀察它。原來那燈台是純金打成的，台柱滿鑲上各樣寶貝。因為受寶光底眩惑，使他不由得不用手去摩觸那上頭底各個寶飾。他觸到一顆紅寶的時候，忽然把柱上底一扇門打開了。這個使他很詫異，因為宮裏底好東西太多了，那座燈台放在堂中從來也沒人注意過，沒人知道它底構造，甚至是在什麼時代傳下來的，連官裏最老的太監都不知道。國王捨不得用它，怕把它弄髒了，所以只當做一種奇物陳設着。那台柱底直徑有三尺左右，台座能容一個人躺下還有很寬裕的空間。它支持着一千盞燈，想來是世間最大的燈台。難勝踏進台柱裏去，門一關，正好把自己藏在裏頭。他蹲下去，躺在台座裏，仰望着各色的小圓光從各種寶石透射進來，真是好看。他又理會座上鋪着一層厚墊子，好像是預備給人睡的。他想這也許是宮裏底一個臨時避難所，外邊有什麼變故，國王盡可以避到這裏頭來。但是他父親好像不知道有這個地方，不然，怎麼一向沒聽見他說過，也沒人見他開過這扇門？他胡思亂想了一陣，幾乎忘了他父親所要求於他的事情。過了一會，他才想回來，立刻站起，開了門，從原處跳出來。他把門關好，繞着燈台一面望，一面想着方才的問題。

幾天之後，戰爭底消息越發不利了。難勝卻還想不出一個不用油蠟等物而可以把那座燈台點起來的方法。可是他心裏生出一個別的計劃，他想萬一敵人攻到都城附近，父王難免領兵出去迎戰，假如不幸城被攻破，宮裏底寶物一定會被掠奪盡的。他雖然能戰，無奈一個兵也沒有，無論如何，是不成功；不如藏在燈台裏頭，若是那東西被搬到瓶原去，他便可以找機會出來報復。他想定了，便把乾糧、水，和一切應備的用具及心愛的寶貝、兵器，都預先藏在燈台裏頭。

果然不出所料，強寇竟破了都城，常喜王也陣亡了。全城到處起火，號哭和屠殺的慘聲已送到宮裏。太子立刻教他底學伴慧思自想方法逃避些時，他又告訴了他他底計策。難勝看見慧思走了，自己才從容地踏進燈台去。不到一頓飯的工夫，敵兵已進入王宮，到處搜掠東西。一群兵上走到燈台跟前，個個認定是金的，都爭着要動手擊毀，以為人人可以平分一份。幸而主帥中來到，說：「這燈台是要獻給大王的，不許毀壞。」大家才不敢動手。他教十幾個兵士守着，當天把它搬上大車，載回本國去。

「好美的燈台！」瓶原國底王鳶眼看見元帥把戰利品排在寶座前的時候這麼說。他命人把它送到他最喜歡的玉華公主底寢室去。難勝躺在燈台裏，聽見這話，暗中叫屈，因為他原來是希望被放在國王底寢殿裏，好乘機會殺了他的。但是他一聲也不敢響，安然地被放在公主底房裏。

公主進來，叫它們都來看這新受賜的寶燈，人人看了都讚美一番。有一個宮女說：「這燈台來得正好，過兩個月，不是公主底生日嗎？我們可以把它點起來，請大王和王后來賞玩。」

「這得用多少油呢？」另一個宮女這樣問。她數着，忽然發覺了什麼似地，嚷起來：「你看！這燈台是假的！」大家以為她有什麼發現，都注視着她。她卻說：「沒有油盞，怎樣點呢？」又一個說：「就使有油盞，一千盞燈，得多少人來點？當下議論紛紛，毫無結果。玉華也被那上頭底寶光眩惑住，不去注意點它的方法。

夜深了，玉華睡在床上，宮女們也歇息去了。難勝輕輕地從燈台跳出來，手裏拿着一把刀，慢慢踱到公主底床邊。在稀微的燈光底下，看見她躺着，直像對着一片被月光照耀的銀渚。她胸前底一高一低，直像沙頭底微浪在寒光底下蕩漾着。他看呆了，因為世間從來沒有比對着這樣一個美人更能動人心情的事。他沒想着那是仇人底女兒，反而發生了戀慕的情懷。他把刀放下，從身上取出一個小金盒，打開，在燈光底下用小刀輕輕地刻了幾個字：「送給最可愛的公主。」刻完之後，合回去，輕微地放在公主底枕邊。他不敢驚動公主，只守着她，到聽見掌燈火的宮女底腳步聲，才急忙地踏進燈台去。

第二天早晨，公主醒來，摩着枕邊底小金盒，就非常驚異。可是她不敢聲張，心裏懷疑是什麼天神鬼怪之類。晚煙又上來了，公主回到寢室去。到第二天早晨，她在枕邊又得到一個很寶貴的戒指。這樣一連好些日子，什麼手鐲、足釧、耳環、臂纏種種女子喜歡的裝飾品都莫名其妙地從枕頭邊得着了，而且比她在大典大節時候所用的還要好得多。原來康國底風俗，男女底裝飾品沒有多大的分別；他所贈與的，都是他日常所用的。

公主倒好奇起來了，她立定主意要看看夜間那來送東西的人物。但是她常熟睡，候了好幾夜都沒看見。最後，她不告訴別人，自己用針把小指頭刺傷，為的是教夜間因痛而睡不着。到夜靜之後，果然看見燈台底中柱開了一扇門，從門裏跳出一個美男子來。她像往時一樣，睡在床上，兩眼卻微微地開着。那男子走近床邊，正要把一顆明珠放在她枕邊，她忽然坐起來，問：「你是誰？」

難勝看見她起來，也不驚惶，從容地回答：「我是你底俘虜。」

「你是燈台精罷？」

「我是人，是難勝太子。你呢？」

「我名叫玉華。」

公主也曾聽人說過難勝太子底才幹，一來心裏早已羨慕，二來要探探究竟，於是下床把燈弄亮了，請他坐下。彼此相對着，便互相暗讚彼此底美麗。從此以後，每夜兩人必聚談些時，才各自睡去。從此以後，公主也命人每日多備些好吃的東西，放在房裏。這樣日子久了，就惹起宮女們底疑惑，她們想着公主底食糧忽然增加起來，而且據她說都是要在夜間睡了一會兒才起來吃的。不但如此，洗衣服的宮女也理會到常洗着奇怪的衣服，不是公主平日所穿的。她們大家都以為公主近來有點奇怪，大家都願意輪流着伺察她在夜間的動靜。

自從玉華與難勝親熱之後，公主便不許任何人在她睡後到她底臥室裏，連掌燈的宮女也不教進去。她也不要燈光了。她住的宮庭是靠着一個池塘，在月明之夜，兩人坐在窗邊，看月光印在水裏，玉簪和晚香玉底香氣不時掠襲過來，更幫助了他們相愛底情。在眾星歷落的時分，就有無數的螢火像拿着燈的一群小仙人在樹林中做閒逸的夜遊。他倆每常從窗戶跳出去，到水邊坐下談心。在幽好的夜間，彼此相對着，使他們感到天地間底一切都是屬於他們的。

宮女們輪流偵察的結果，使宮中遍傳公主着了邪魔。有些說聽見公主在池邊和男子談話，有些說看見一個人影走近燈台就不見了。但是公主一點也不知道大家底議論，她還是每夜與難勝相會，雖然所談的幾乎是一樣的話，可是在他們彼此聽來，就像唱着一闋百聽不厭的妙歌，雖然唱了再唱，聽過再聽，也不覺得是陳腐。

這事情教王后知道了，她怕公主被盤問不好意思，只教人把燈台移到大堂中間。公主很不願意，但王后對她說：「你底生日快到了，留着那珍貴的燈台不點做什麼？」

「兒不願意看見這燈台被弄髒了，除非媽媽能免掉用油蠟一類底東西，使全座燈台用過像沒用一樣，兒才願意咧。」玉華公主這個意思當然是從難勝得着的。難勝父王把難題交給他，公主又同調地把它交給母后。可是她底母親並不重視她底難題，只說：「要燈台不髒還不容易嗎？難道我們沒有夜明珠？我到你父親庫裏撿出一千顆出來放在燈盞上不就成了嗎？」「她於是教人到庫裏去要，可是真正的夜明珠是不容易得到，司寶庫的官吏就給王后出一個主意，教她還是把工匠召來，做上一千盞燈，說明不許用油和蠟。工匠得了這個難題便到處請教人家，至終給他打聽出一個方法。

他聽見人說在北方很遠的地方有個山坑，恒常地發出一種氣體，那裏底人不點油，不用蠟，只用那種氣。他想這個很符合王后底要求，於是請求王后給他多些日子預備，把燈盞底大小量好，騎着千里馬到那地方去。他看見當地底人們用豬膀胱來盛那種氣體，便蒐集了二千個，用好幾天的工夫把它們充滿了，才趕程回都城去。

在預備着燈盞的時候，玉華老守着那座燈。甚至晚上也鋪上一張行床在旁邊。王后不願意太拂她的意思，只令一個侍女在她身邊侍候。在侍女躺在床上的時候，她用一種安眠香輕輕地放在她鼻孔旁邊，這樣可以使她一覺睡到天明。玉華仍然可以和難勝在大堂底一個犄角的珠幔底下密談。

工匠回到都城，將每個豬膀胱都嵌在金球裏，每個金球底上端露出一根小小的氣管，遠看直像一顆金橙子。管與球底連接處有個小掣可以擰動。那就是管制燈火大小的關鍵。好容易把一千個燈球做好了，把一千個豬膀胱裝進去，其餘一千個留着替換。

玉華底生日到了。王與後為她開了很大的宴會，當夜把燈台上的一千盞燈點着了。果然一點油髒和煤炭都沒有，而且照得滿庭光亮無比。正在歌舞得高興的時候，台柱裏忽然跳出一個人，嚇得貴族們都各自躲藏起來。他們都以為是神怪出現。玉華也嚇楞了。原來難勝在燈台裏受不了一千盞燈火底熱，迫得他要跳出來。國王底侍衛們沒等他走到王跟前就把他逮起來。王在那裏審問他，知道他是什麼人以後，就把他送到牢裏去。

玉華要上前去攔住，反被父王申斥了一頓，不由得大哭着往自己底寢室去了。

自從那晚上起，玉華老躺在床上，像害很重的病，什麼都不進口。王后着急，鳶眼王也很心痛，因為她們只有這個愛女。王后勸王把難勝放出來與她結婚，鳶眼王為國仇底關係老不肯點頭。他一面教把難勝刑罰得遍體受傷，把他監在城外一個暗洞；一面教宣令官布告全國尋找名醫。這樣的病，不說全國，就是全世界也少有人能夠把它治好的。現在先要辦的事是用方法教玉華吃東西，因為她底身體越來越荏弱了。御膳房所做的羹湯沒有一樣是她要吃的。王於是命令全國底人都試做一碗或一盆菜羹，如公主吃了那人所做的東西，他就得受很寶貴的獎品，而且可以自己挑選。

我們記得當日難勝太子當國破家亡的時候，曾教他底學伴自己逃生。這個學伴名叫慧思，也流落到瓶原國底都城來。他是為着打聽難勝下落來的，所以不敢有固定的職業，只是到處乞食，隨地打聽。宮裏底變故他已聽説過，所以他用盡方法去打聽難勝監禁的地方。他從一個獄卒那裏知道太子是被禁在城外一個暗洞裏，便到那裏去查勘。原來那是一個水洞，洞裏底水有七八尺深，從洞口泅水進去，許久還不到盡頭處，而且從來就沒有人敢這樣嘗試過。洞裏底黑暗簡直不能形容，曾有人用小筏持火把進去，但走不到百尺，火就被洞裏底風吹滅了。聽説洞裏那邊是通天上的，如有人走到底，他便會成仙，可是一向也沒有人成功過，甚至常見屍首漂流出來。很奇怪的是洞裏底水老向洞口流出，從沒見過水流進去。王教人把難勝幽禁在暗洞底深處，那裏頭有一個浮礁，可容四五人，歷來犯重罪的人都被送到那上頭去。犯人一到裏頭只好等死，無論如何，不能逃生。

難勝在那洞裏經過三天，睜着眼，什麼都看不見，身上底傷痕因着冷氣漸漸不覺得痛苦，可是他是沒法逃脱的。離他躲的地方兩三尺，四圍都是水，所以他在那裏只後悔不該與仇人底女兒做朋友，以至仇沒報得，反被拘禁起來。

慧思知道太子在洞裏，可沒法拯救他。他想着惟有教玉華公主知道，好商量一個辦法。他立意找個機會與公主見面，可巧鳶眼王徵求調羹的命令發出來，於是他也預備一鉢盂的菜湯送到王宮去。眾守衛看見他穿得那麼襤褸，用的是乞丐底鉢盂，早就看不起他，比着劍要驅逐他。其中一個人説：「看你這樣賤相，配做菜給公主嘗嗎？一大幫的公子王孫用金盆、銀盞來盛東西，她還看不上眼哪。快走罷，一會大王出來大家都不方便。」

「好老爺，讓我把這點粗東西獻給公主罷。我知道公主需要這樣特異的風味。若是她肯嘗，我必要將所得的一半報答你們。」

守衛的兵士商量了一會，便領他進宮裏去。宮女們都掩着嘴偷笑，或提着鼻子走開。他可很莊嚴，直像領班的宰相在大街上走着一般。到公主底寢室門口，侍女要上前來接他手捧着的鉢盂，他說：「我得親自獻給公主，不然，這湯底味道就會差了。」侍女不由得把他領到公主床邊。公主一睜眼看見是個乞丐，就很生氣說：「你是哪裏來的流氓，敢冒昧地到我這裏來？」

慧思說：「公主，請不要憑外貌來評定人，我這鉢盂菜湯除掉難勝太子嘗過以外，誰也沒嘗過。公主請……」

他還沒說完，玉華已被太子底名字吸住了。她急問：「你認得難勝太子麼？你是誰？」

他把手上戴着的一個戒指向着公主說：「我是他底學伴。我手上戴的是他贈與我的。他有一對這樣的戒指，我們兩人分着戴。」

公主注視那戒指，果然和太子所給她的是一對東西。不由得坐起來，說：「好，你把湯端來我嘗嘗。」

她一面喝，一面問慧思與太子底關係。那時侍女們都站得遠遠地，他們說什麼都聽不見，只看見公主起來喝着那乞丐底東西。有一個性急的宮女趕緊跑到王面前報告。王隨即到公主寢室裏來。

「你說！現在你想要求什麼呢？」王問。

「求大王賜給我那陳列在大庭中間的金燈台。」

王一聽見要那金燈台便注視看慧思，他問：「那燈台於你有什麼用呢？看你底樣子，連房子都不會有一間的，那東西你拿去安排在哪裏？」

慧思心裏以為若要到黑洞裏去找難勝，非得用那座燈台不可，因為它可以發出很大的光，而且每盞都有燈罩，不怕洞裏底風把它吹滅了，但是鳶眼盤問之後，知道他也是難勝底人，不由得大怒，立刻命令侍衛來把他拖下去，也幽禁在那暗洞裏。侍衛還沒到之前，宮女忽然來報宰相在外庭有要事要見他。王於是徑自出去了。

玉華教慧思到她底床前，安慰他。在宮裏，無論如何他是不能逃脫的。他只告訴公主他要那座燈台的意思。公主知道難勝被幽在洞裏，也就教他先去和太子作伴，等她慢慢想方法把那座燈台弄出宮外去。剛剛說了幾句話，侍衛們便來把慧思帶出去了。

慧思在路上受盡許多侮辱。他只低着頭任人恥笑，因自己有主意，一點也不發作，怒氣只隱藏在心裏，非要等到復國那一天，最好是先不要表示什麼。他們來到水邊，兩個獄卒把慧思放在筏上，慢慢地撐進洞裏。那兩人是進去慣了的，他們知道撐幾篙就可以到那浮礁。把慧思推上去之後，還從原筏泛出來。

慧思摩觸難勝，對他說：「我是慧思呀。」又告訴他怎樣從公主那裏來。難勝底創痕雖好了些，可是餓得動不得了，好在慧思臨出宮庭的時候，公主暗自把一些吃的掖在他懷裏。他就取出來，在黑暗中送到太子底嘴裏。

洞裏是永遠的夜，他們兩個不說話的時候，除去滴水和流水底聲音以外，一點也聽不見什麼。他們不曉得經過多少時候，忽然看見遠遠有光射進來，不覺都坐在礁上觀望。等到那光越來越近，才聽見玉華喊叫難勝的聲音。她踏上浮礁，與難勝相見。這時滿洞都光亮得很，筏上底燈台印在水面，光度更加上一倍。

玉華公主開始說她怎樣慫恿母后把燈台交給金匠去熔化掉，然後教一兩個親近的人去與那匠人說通了，用高價把它買回來，偷偷地運出城外去。有一個親信的宮女底家就在那洞口底水邊，就把那燈台暫時藏在那裏。她底難題在要把燈台送進洞裏去的時候發生了。小小的筏子絕不能載得起那麼重的金燈台，而且燈球當着洞口底風也點不着。公主私自在夜間離開宮庭，幫着點燈，在太陽沒出來以前又趕着回宮去。這樣做了好些晚上，可是燈點着了，筏子又載不起，至終把燈球底氣都點完了。到最後幾盞，在將滅未滅的時候，忽然樹林裏飛來一大群螢火，有些不曉得怎樣飛進燈罩裏去，不能出來，在罩裏射出閃閃爍爍的光輝。這個，激發了公主底心思，她想為什麼不把螢火裝在一千盞燈裏頭呢？她既有了主意，幾個親信立刻用紗縫了些網子到水邊各處去捕獲。不到兩晚上，已經裝滿了一千盞燈。公主一面又想着怎樣把燈台安在小筏上面。最後她決定用那一千個金球，連結起來，放在水面，然後把筏子壓在球上頭。這樣做法，使筏子底浮力增加了好些倍，燈台於是被安置得上。一切都安排好了，公主和兩個親近的人就慢慢地撐進洞裏去。幸而水流還不很急，燈台和人在筏子上也有相當的重量，所以進行得很順利。

洞裏現在是充滿了青光，一切都顯得更美麗。好冒險的難勝太子提議暫時不出洞外，可以試試逆溯到洞底。大家因為聽過傳說，若能達到洞底，就可以到另一個天地，就可以成仙，所以暫時都不從危險方面着想；而且人多膽壯，都同意溯流而進。慧思底力量是很大的，只有他一個撐篙。那筏離開浮礁漸漸遠了。一路上看見許多怪樣的石頭，有時筏上人物底影子射在洞壁上頭，顯得青一片，黑一片的。在走了好些水程之後，果然遠遠地看見前面一點微光好像北極星那麼大。筏子再進前，那光丸越顯得大了些。他們知道那是另外一個洞口。原來這洞是一條暗河，難勝許久沒與強度的陽光接觸，不由得暈眩了一會。至終他認識所在的四圍好像是他從前曾在那裏打過獵的地方。他對慧思說：「這不是到了我們底國境嗎？這不就是龍潭嗎？你一定也認得這個地方。」慧思經過這樣提醒，也就認得是本國底邊境龍潭，一向沒有人理會，那潭水還通着一條暗河。他說：「可不是？我們可以立刻回到宮裏去。」

康國自從常喜王陣亡了之後，就沒人敢承繼，因為大家都很尊敬難勝，知道他有一天終會回來，所以國政是由幾個老臣攝行。鳶眼王底軍隊侵略進來之後，大隊不久也自退出去了，只留下些小隊伍守着都城。太子同慧思到村落裏找村長。村長認得是小主，喜歡得很，立刻騎上馬到都城去，告訴那班老臣，幾個老臣趕到村裏來迎接他們，相見之下，悲喜交集。太子問了些國家大事，都說兵精糧足，可以報仇了，現在散布在都城外的各地，所等待的只是一位領兵底元帥。現在太子回來，什麼都具備了。

慧思勸太子不要用兵，說：「對於鄰國是要和睦的，我們既有了精強的兵力，本來可以復仇，但是這不會太傷玉華公主底心嗎？不如把軍隊從剛才來的那個水洞送到那邊去，再分一隊把都城底敵兵圍起來，若不投降便殲滅他們，我單人去見國王，要他與我們訂盟，彼此不相侵略，從前的損失要他償還；他若不答應我們再開仗也不遲。他們一定不會防到我們底兵會從那水洞泛出來的。勝算操在我們手裏，我們為什麼要多殺人呢？」

這話把與會的文武官員都説服了。難勝即日登了王位，老臣們分頭調動軍隊，預備竹筏，又派慧思為使者騎着快馬到羝原國去。

鳶眼王看見當日的乞丐忽然以使者底身份現在他座前，不由得生氣，命人再把他送到黑洞裏去，慧思心裏只好笑，臨行的時候對他說：「大王不要太驕傲，我們底兵不久就會到你底城下來。」

兵士把他送進暗洞裏像往時一樣。但一到浮礁，早有難勝底哨兵站在那裏。他們把送慧思來的兵士綁起來，一面用螢火底光做信號報告到帥府。不到三個時辰，大兵已進到水洞。個個兵士頭上都頂着一盞螢燈，竹筏連結起來，簡直成為一條很長的浮橋。暗洞裏又充滿了青光，在水面像凌亂的星星浮泛着。

大隊出了洞口，立刻進到都城。鳶眼王真是驚訝難勝進兵的神速，卻還不知道兵是從哪裏來的，他恐慌了，群臣都勸他和平解決，於是遣派了最信任的宰相來到難勝軍帳中與他議和。難勝只要求償還歷次侵略的損失，和將玉華許配給他。這條件很順利地被接納了。他們把玉華公主送回國去，擇個吉日迎娶過來。

從此以後，那黑暗的水洞變成賞螢火的名勝，因為兩國人民從此和好，個個都憶起那條水和水邊底螢蟲，都喜歡到那裏去遊玩。

難勝把那座金燈台仍然安置在宮庭中間。那是它永久的地方。它這回出國帶着光榮回來，使人人尊仰。所以每到夏夜，難勝王必要命人把螢火裝在一千個燈罩裏，為的是紀念他和玉華王后底舊事。

桃金娘[1]

桃金娘是一種常綠灌木，粵、閩山野很多，葉對生，夏天開淡紅色的花，很好看的，花後結圓形像石榴的紫色果實。有一個別名廣東土話叫做「岡拈子」，夏秋之間結子像小石榴，色碧絳，汁紫，味甘，牧童常摘來吃，市上卻很少見。還有常見的蒲桃，及連霧（土名番鬼蒲桃），也是桃金娘科底植物。

一個人沒有了母親是多麼可悲呢！我們常看見幼年的孤兒所遇到的不幸，心裏就會覺得在母親底庇蔭底下是很大的一份福氣。我現在要講從前一個孤女怎樣應付她底命運的故事。

在福建南部，古時都是所謂「洞蠻」住着的。他們底村落是依着山洞建築起來，最著名的有十八個洞。酋長就住在洞裏，稱為洞主。其餘的人們搭茅屋圍着洞口，儼然是聚族而居的小民族。十八洞之外有一個叫做仙桃洞，出的好蜜桃，民眾都以種桃為業，拿桃實和別洞底人們交易，生活倒是很順利的。洞民中間有一家，男子都不在了，只剩下一個姑母一個小女兒金娘。她生下來不到一個月，父母在桃林裏被雷劈死了。迷信的洞民以為這是他們二人犯了什麼天條，連他們底遺孤也被看為不祥的人。所以金娘在社會裏是沒人敢與她來往的。

---

1 首刊香港《新兒童》半月刊，一九四一年七、八月號。

雖然她長得絕世的美麗，村裏底大歌舞會她總不敢參加，怕人家嫌惡她。

她有她自己的生活，她也不怨恨人家，每天幫着姑母做些紡織之外，有工夫就到山上去找好看的昆蟲和花草。有時人看見她戴得滿頭花，便笑她是個瘋女子，但她也不在意。她把花草和昆蟲帶回茅寮裏，並不是為玩，乃是要辨認各樣的形狀和顏色，好照樣在布匹上織上花紋。她是一個多麼聰明的女子呢！姑母本來也是很厭惡她的，從小就罵她，打她，說她不曉得是什麼妖精下凡，把父母底命都送掉。但自金娘長大之後，會到山上去採取織紋的樣本，使她家底出品受洞人們底喜歡，大家拿很貴重的東西來互相交易，她對姪女底態度變好了些，不過打罵還是不時會有的。

因為金娘家所織的布花樣都是日新月異的。許多人不知不覺地就忘了她是他們認為不祥的女兒，在山上常聽見男子底歌聲，唱出底下底辭句：

你去愛銀姑，
我卻愛金娘。
銀姑歌舞雖漂亮，
不如金娘衣服好花樣。
歌舞有時歇，
花樣永在衣裳上。
你去愛銀姑，

我來愛金娘，
我要金娘給我做的好衣裳。

銀姑是誰？說來是很有勢力的。她是洞主底女兒，誰與她結婚，誰就是未來的洞主。所以銀姑在社會裏，誰都得巴結她。因為洞主底女兒用不着十分勞動，天天把光陰消磨在歌舞上，難怪她舞得比誰都好。她可以用歌舞教很悲傷的人快樂起來，但是那種快樂是不恆久的，歌舞一歇，悲傷又走回來了。銀姑只聽見人家讚她的話，現在來了一個藝術底敵人，不由得嫉妒心發作起來，在洞主面前說金娘是個狐媚子，專用顏色來蠱惑男人。洞主果然把金娘底姑母叫來，問她怎樣織成蠱惑男人的布匹，她一定是使上巫術在所織的布上了。必要老姑母立刻把金娘趕走，若是不依，連她也得走。姑母不忍心把這消息告訴金娘，但她已經知道她底意思了。

她說：「姑媽，你別瞞我，洞主不要我在這裏，是不是？」

姑母沒做聲，只看着她還沒織成的一匹布滴淚。姑媽，你別傷心，我知道我可以到一個地方去。你照樣可以織好看的布。你知道我不會用巫術，我只用我底手藝。你如要看我的時候，可以到那山上向着這種花叫我，我就會來與你相見的。」金娘說着，從頭上摘下一枝淡紅色的花遞給她姑母，又指點了那山底方向，什麼都不帶就望外走。

「金娘，你要到那裏去，也得告訴我一個方向，我可以找你去。」姑母追出來這樣對她說。

「我已經告訴你了。你到那山上，見有這樣花的地方，只要你一叫金娘，我就會到你面前來。」她說着，很快地就向樹林裏消逝了。

原來金娘很熟悉山間底地理，她知道在很多淡紅花底所在有許多野果可以充飢，在那裏，她早已發現了一個僅可容人的小洞，洞裏底墊褥都是她自己手織的頂美的花布。她常在那裏歇息，可是一向沒人知道。

村裏底人過了好幾天才發見金娘不見了，他們打聽出來是因為一首歌激怒了銀姑，就把金娘攆了。於是大家又唱起來：

誰都恨銀姑，
誰都愛金娘。
銀姑雖然會撒謊，
不能塗掉金娘底花樣。
撒謊塗污了自己，
花紋還留衣裳上。
誰都恨銀姑，
誰都想金娘，
金娘回來，給我再做好衣裳。

銀姑聽了滿山底歌聲都是怨她的辭句，可是金娘已不在面前，也發作不了。那裏底風俗是不能禁止人唱歌的。唱歌是民意底表示，洞主也很詫異為什麼群眾那麼喜歡金娘。有一天，他召集族中底長老來問金娘底好處。長老們都說她是一個頂聰明勤勞的女子，人品也好，所差的就是她是被雷劈的人底女兒；村裏有一個這樣的人，是會起紛爭的。看現在誰都愛她，將來難保大家不為她爭鬥，所以把她攆走也是一個辦法。洞主這才放了心。

天不做美，一連有好幾十天的大風雨，天天有雷聲繞着桃林。這教村裏人個個擔憂，因為桃子是他們唯一的資源。假如桃林教風拔掉或教水沖掉，全村底人是要餓死的。但是村人不去防衛桃樹，卻忙着把金娘所織的衣服藏在安全的地方。洞主問他們為什麼看金娘所織的衣服比桃樹重。他們就唱說：

桃樹死掉成枯枝，
金娘織造世所稀。
桃樹年年都能種，
金娘去向無人知。

洞主想着這些人們那麼喜歡金娘，必得要把他們底態度改變過來才好。於是他就和他底女兒銀姑商量，說：「你有方法教人們再喜歡你麼？」

銀姑唯一的本領就是歌舞，但在大雨滂沱的時候，任她底歌聲嘹亮也敵不過雷音泉響，任她底舞態輕盈，也踏不了泥淖礫場。她想了一個主意，走到金娘底姑母家，問她金娘底住處。

「我不知道她住在那裏，可是我可以見着她。」姑母這樣說。

「你怎樣能見着她呢？你可以教她回來麼？」

「為什麼又要她回來呢？」姑母問。

「我近來也想學織布，想同她學習學習。」

姑母聽見銀姑底話就很喜歡地說：「我就去找她。」說着披起蓑衣就出門。銀姑要跟着她去，但她阻止她說：「你不能跟我去，因為她除我以外，不肯見別人。若是有人同我走，她就不出來了。」銀姑只好由她自己去了。她到山上，搖着那紅花，叫：「金娘，你在那裏？姑媽來了。」

金娘果然從小林中踏出來。姑母告訴她銀姑怎樣要跟她學織紋。她說：「你教她就成了。我也沒有別的巧妙，只留神草樹底花葉，禽獸底羽毛，和到山裏找尋染色底材料而已。」

姑母說：「自從你不在家，我底染料也用完了，怎樣染也染不出你所染的顏色來。你還是回家把村裏底個個女孩子都教會了你底手藝罷。」

「洞主怎樣呢？」

「洞主底女兒來找我，我想不至於難為我們罷。」

金娘說：「最好是教銀姑在這山下搭一所機房，她如誠心求教，就到那裏去，我可以把一切的經驗都告訴她。」

姑母回來，把金娘底話對銀姑說。銀姑就去求洞主派人到山下去搭棚。眾人一聽見是為銀姑搭的，以為是她底歌舞，都不肯去做。這教銀姑更嫉妒。她當着眾人說：「這是為金娘搭的。她要回來把全洞底女孩子都教會了織造好看的花紋。你們若不信，可以問問她底姑母去。」

大家一聽金娘要回來，好像吃了什麼興奮藥，都爭前恐後地搭竹架子，把各家存着的茅草搬出來。不到兩天工夫，在陰晴不定的氣候中把機房蓋好了。一時全村底女兒都齊集在棚裏，把織機都搬到那裏去，等着金娘回來教導她們。

金娘在眾人企望的熱情中出現了，她披着一件帶寶光的蓑衣，戴的一頂籜笠，是她在小洞裏自己用細樹皮和竹籜交織成的。眾男子站在道旁爭着唱歡迎她的歌：

大雨淋不着金娘底頭；
大風飄不起金娘底衣。
風絲雨絲，
金娘也能安它上織機；
她是織神底老師。

金娘帶着笑容向眾男子行禮問好，隨即走進機房與眾婦女見面。一時在她指導底下，大家都工作起來。這樣經過三四天，全村底男子個個都企望可以與她攀談，有些提議晚間就在棚裏開大宴會。因為她回來，大家都高興了。又因露天地方雨水把土地淹得又濕又滑，所以要在棚裏舉行。

銀姑更是不喜歡，因為連歌舞底後座也要被金娘奪去了。那晚上可巧天晴了，大家格外興奮，無論男女都預備參加那盛會。每人以穿着一件金娘所織的衣服為榮；最低限度也得搭上一條她所織的汗巾，在燈光底下更顯得五光十色。金娘自己呢，她只披了一條很薄的輕紗，近看是像沒穿衣服，遠見卻像是一個在一根水晶柱子裏藏着，只露出她底頭——一個可愛的面龐向各人微笑。銀姑呢，她把洞主所有的珠寶都穿戴起來，只有她不穿金娘所織的衣裳。但與金娘一比，簡直就是天仙與獨眼老獮猴站在一起。大家又把讚美金娘的歌唱起來，銀姑覺得很窘。本來她叫金娘回來就是不懷好意的，現在怒火與妒火一齊燃燒起來，趁着人不覺得的時候，把茅棚點着了，自己還走到棚外等着大變故底發生。

一會火焰底舌頭伸出棚頂，棚裏底人們個個爭着逃命。銀姑看見那狼狽情形一點也沒有惻隱的心，還在一邊笑，指着這個說：「嚇嚇！你底寶貴的衣服燒焦了！」對着那個說：「餵，你底金娘所織的服裝也是禁不起火的！」諸如此類的話，她不曉得說了多少。金娘可在火棚裏幫着救護被困的人們，在火光底下更顯出她為人服務的好精神。忽然嘩啦一聲，全個棚頂都塌下來了。裏面只聽見嚷救的聲音。正在燒得猛烈的時候，大雨猛然降下，把火淋滅了。可是四圍都是漆黑，火把也點不着，水在地上流着，像一片湖沼似的。

第二天早晨，逃出來的人們再回到火場去，要再做救人的工作，但仔細一看，場裏底死屍很多，幾乎全是村裏底少女。因為發現火頭起來的時候，個個都到織機那裏，要搶救她們所織的花紋布。這一來可把全洞底女子燒死了一大半，幾乎個個當嫁的處女都不能幸免。

事定之後，他們發見銀姑也不見了。大家想着大概是水流衝激的時候，她隨着流水沉沒了。可是金娘也不見了！這個使大家很着急，有些不由得流出眼淚來。

雨還是下個不止，山洪越來越大，桃樹被沖下來的很多，但大家還是一意找金娘。忽然霹靂一聲，把洞主所住的洞也給劈開了。一時全村都亂着各逃性命。

過了些日子天漸晴回來，四圍恢復了常態，只是洞主不見。他是給雷劈死了。一時大家找不着銀姑，所以沒有一個人有資格承繼洞主底地位。於是大家又想起金娘來，說：「金娘那麼聰明，一定不會死的。不如再去找找她底姑母，看看有什麼方法。」

姑母果然又到山上去，向着那小紅花嚷說：「金娘，金娘，你回來呀。大家要你回來，你為什麼不回來呢？」

隨着這聲音，金娘又面帶笑容，站在花叢裏，說：「姑媽，要我回去幹什麼？所有的處女都沒有了。我還能教誰呢？」

「不，是所有的處男要你，你去安慰他們罷。」

金娘於是又隨着姑母回到茅寮裏。所有的未婚男子都聚攏來問候她，說：「我們要金娘做洞主。金娘教我們大家紡織，我們一樣地可以紡織。」

金娘說：「好，你們如果要我做洞主，你們用什麼來擁護我呢？」

「我們用我們底工作來擁護你，把你底聰明傳播各洞去。教人家覺得我們底布匹比桃實好得多。」

金娘於是承受眾人底擁戴做起洞主來。她又教大家怎樣把桃樹種得格外肥美。在村裏，種植不忙的時候，時常有很快樂的宴會。男男女女都能採集染料，和織造好看的布匹。一直做到她年紀很大的時候，把所有織布、染布底手藝都傳給眾人。最後，她對眾人說：「我不願意把我底遺體現在眾人面前教大家傷心。我去了之後，你們當中，誰最有本領、最有為大家謀安全的功績的，誰就當洞主。如果你們想念我，我去了之後，你們看見這樣的小紅花就會記起我來。」說着她就自己上山了。

因為那洞本來出桃子，所以外洞底人都稱呼那裏底眾人為「桃族」。那仙桃洞從此以後就以織紋著名，尤其是織着小紅花的布，大家都喜歡要，都管它叫做「桃金娘布」。

自從她底姑母去世之後，山洞底方向就沒人知道。全洞底人只知道那山是金娘往時常到的，都當那山為聖山，每到小紅花盛開的時候，就都上山去，冥想着金娘。所以那花以後也就叫做「桃金娘」了。

對於金娘的記憶很久很久還延續着，當我們最初移民時，還常聽到洞人唱的：

桃樹死掉成枯枝，
金娘織造世所稀。
桃樹年年都能種，
金娘去向無人知。

二、散文

我的童年[1]

小時候的事是很值得自己回想的，父母的愛固然是一件永遠不能再得的寶貝，但自己的幼年的幻想與情緒也像靉靆的孤雲隨着旭日升起以後，飛到天頂，便漸次地消失了。現在所留的不過是強烈的後像，以相反的色調在心頭映射着。

出世後幾年間是無知的時期，所能記的只是從家長們聽得關於自己的零碎事，雖然沒什麼趣味，卻不妨記記實。在公元一八九四年二月三日，正當光緒十九年十二月二十八的上午丑時，我生於台灣台南府城延平郡王祠邊的窺園裏。這園是我祖父置的。出門不遠，有一座馬伏波祠，本地人稱為馬公廟，稱我們的家為馬公廟許厝。我的乳母求官是一個佃戶的妻子，她很小心地照顧我。據母親說，她老不肯放我下地，一直到我會在桌上走兩步的時候，她才驚訝地嚷出來：「丑官會走了！」叔丑是我的小名，因為我是丑時生的。母親姓吳，兄弟們都稱她叫「嫗」，是我們幾弟兄跟着大哥這樣叫的，鄉人稱母親為「阿姐」、「阿姨」、「奶娘」，卻沒有稱「嫗」的，家裏叔伯兄弟們稱呼他們的母親，也不是這樣，所以「嫗」是我們幾兄弟對母親所用的專名。

1 又名台南《延平郡王祠邊》，首刊一九四一年八月香港《新兒童》第一卷第六期。

嫗生我的時候是三十多歲，她說我小的時候，皮膚白得像那剛蛻皮的小螳螂一般。這也許不是讚我，或者是由乳母不讓我出外曬太陽的原故。老家的光景，我一點印象也沒有。在我還不到一周年的時候，中日戰爭便起來了。台灣的割讓，迫着我全家在一八九五年秋日離開鄉里。嫗在我幼年時常對我說當時出走的情形，我現在只記得幾件有點意思的，一件是她要在安平上船以前，到關帝廟去求籤，問問台灣要到幾時才歸中國。籤詩回答她的大意說，中國是像一株枯楊，要等到它的根上再萌新芽的時候才有希望。深信着台灣若不歸還中國，她定是不能再見到家門的。但她永遠不了解枯樹上新枝是指什麼，這謎到她去世時還在猜着。她自逃出來以後就沒有回去過。第二件可紀念的事，是她在豬圈裏養了一隻「天公豬」，臨出門的時候，她到欄外去看牠，流着淚對牠說：「公豬，你沒有福分上天公壇了，再見吧。」那豬也像流着淚，用那斷藕般的鼻子嗅着她的手，低聲嗚嗚地叫着。台灣的風俗男子生到十三四歲的年紀，家人必得為他抱一隻小公豬來養着，等到十六歲上元日，把牠宰來祭上帝，所以管牠叫「天公豬」，公豬由主婦親自豢養的，三四年之中，不能叫牠生氣、吃驚、害病等。食料得用好的，絕不能把污穢的東西給牠吃，也不能放牠出去遊蕩像平常的豬一般。更不能容牠與母豬在一起。換句話，牠是一隻預備做犧牲的聖畜。我們家那隻公豬是為大哥養的。他那年已過了十三歲。她每天親自養牠，已經快到一年了。公豬看見她到欄外格外顯出親切的情誼。她說的話，也許牠能理會幾分。我們到汕頭三個月以後，得着看家的來信，說那公豬自從她去後，就不大肯吃東西，漸漸地瘦了，不到半年公豬竟然死了。她到十年以後還在想念着牠。她嘆息公豬沒福分上天公壇，大哥沒福分用一隻自豢的聖畜。故鄉的風俗男子生後三日剃胎，必在囟門上留一撮，名叫「囟鬃」。長了許剪不許剃，必得到了十六歲的上元日設壇散禮玉皇上帝及天宮，在神前剃下來。用紅線包起，放在香爐前和公豬一起供着，這是古代冠禮的遺意。

還有一件是嫗養的一雙絨毛雞。廣東叫做竹絲雞，很能下蛋。她打了一雙金耳環戴在牠的碧色的小耳朵上。臨出門的時候，她叫看家好好地保護牠。到了汕頭之後，又聽見家裏出來的人說，父親常騎的那匹馬被日本人牽去了。日本人把牠上了鐵蹄。牠受不了，不久也死了。父親沒與我們同走。他帶着國防兵在山裏，劉永福又要他去守安平。那時民主國的大勢已去，在台南的劉永福，也沒有什麼辦法，只好預備走。但他又不許人多帶金銀，在城門口有他的兵搜查「走反」的人民。鄉人對於任何變化都叫做「反」。反朱一貴，反戴萬生，反法蘭西，都曾大規模逃走到別處去。乙未年的「走日本反」恐怕是最大的「走」了。嫗說我們出城時也受過嚴密的檢查。因為走得太倉猝，現銀預備不出來。所帶的只有十幾條紋銀，那還是到大姑母的金舖現兑的。全家人到城門口，已是擁擠得很。當日出城的有大伯父一家五口，四嬸一家四口，嫗和我們姊弟六口，還有楊表哥一家，和我們幾兄弟的乳母及家丁七八口，一共二十多人。先坐牛車到南門外自己的田莊裏過一宿，第二天才出安平乘竹筏上輪船到汕頭去。嫗說我當時只穿着一套夏布衣服；家裏的人穿的都是夏天衣服，所以一到汕頭不久，很費了事為大家做衣服。我到現在還彷彿地記憶着我是被人抱着在街上走，看見滿街上人擁擠得很，這是我最初印在我腦子裏的經驗。自然當時不知道是什麼，依通常計算雖叫做三歲，其實只有十八個月左右。一切都是很模糊的。

我家原是從揭陽移居於台灣的。因為年代遠久，族譜裏的世系對不上，一時不能歸宗。爹的行止還沒一定，所以暫時寄住在本家的祠堂裏。主人是許子榮先生與子明先生二位昆季，我們稱呼子榮為太公，子明為三爺。他們二位是爹的早年的盟兄弟。祠堂在桃都的溪園村，地方很宏敞。我們一家都住得很舒適。太公的二少爺是個秀才，我們稱他為紀南兄，大少爺在廣州經商，我們稱他做梅坡哥。祠堂的右邊是紀南兄住着，我們住在左邊的一段。嫗與我們幾兄弟住在一間房。對面是四嬸和她的子女住。隔一個天井，是大伯父一家住。大哥與伯父的兒子辛哥住伯父的對面房。當中各隔着一間廳。大伯的姨太清姨和遜姨住左廂房，楊表哥住外廂房，其餘乳母工人都在廳上打鋪睡。這樣算是在一個小小的地方安頓了一家子。

祠堂前頭有一條溪，溪邊有蔗園一大區，我們幾個小弟兄常常跑到園裏去捉迷藏；可是大人們怕裏頭有蛇，常常不許我們去。離蔗園不遠的地方還有一區果園，我還記得柚子樹很多。到開花的時候，一陣陣的清香教人聞到覺得非常愉快；這氣味好像現在還有留着。那也許是我第一次自覺在樹林裏遨遊。在花香與蜂鬧的樹下，在地上玩泥土，玩了大半天才被人叫回家去。

嫗是不喜歡我們到祠堂外去的，她不許我們到水邊玩，怕掉在水裏；不許到果園裏去，怕糟蹋人家的花果；又不許到蔗園去，怕被蛇咬了。離祠堂不遠通到村市的那道橋，非有人領着，是絕對不許去的，若犯了她的命令，除掉打一頓之外，就得受締佛的刑罰。締佛是從鄉人迎神賽會時把偶像締結在神輿上以防傾倒的意義得來的，我與叔庚被締的時候次數最多，幾乎沒有一天不「締」整個下午。

危巢墜簡[1]

一、給少華

近來青年人新興了一種崇拜英雄的習氣，表現底方法是跋涉千百里去向他們獻劍獻旗。我覺得這種舉動不但是孩子氣，而且是毫無意義。我們底領袖鎮日在戎馬倥傯、羽檄紛沓裏過生活，論理就不應當為獻給他們一把廢鐵鍍銀的、中看不中用的劍，或一面銅線盤字的幡不像幡、旗不像旗的東西，來耽誤他們寶貴的時間。一個青年國民固然要崇敬他底領袖，但也不必當他們是菩薩，非去朝山進香不可。表示他的誠敬的不是劍，也不是旗，乃是把他全副身心獻給國家。要達到這個目的，必要先知道怎樣崇敬自己。不會崇敬自己的，決不能真心崇拜他人。崇敬自己不是驕慢的表現，乃是覺得自己也有成為一個有為有用的人物的可能與希望，時時刻刻地、兢兢業業地鼓勵自己，使他不會丟失掉這可能與希望。

在這裏，有個青年團體最近又舉代表去獻劍，可是一到越南，交通已經斷絕了。劍當然還存在他們底行囊裏，而大眾所捐的路費，據説已在異國的舞娘身上花完了。這樣的青年，

1 首刊《大公報》（香港）。

你說配去獻什麼？害中國的，就是這類不知自愛的人們哪。可憐，可憐！

二、給樾人

每日都聽見你在說某某是民族英雄，某某也有資格做民族英雄，好像這是一個官銜，凡曾與外人打過一兩場仗，或有過一二分勳勞的都有資格受這個徽號。我想你對於「民族英雄」底觀念是錯誤的。曾被人一度稱為民族英雄的某某，現在在此地擁着做「英雄」的時期所榨取於民眾和兵士的錢財，做了資本家，開了一間工廠，驅使着許多為他底享樂而流汗的工奴。曾自詡為民族英雄的某某，在此地吸鴉片，賭輪盤，玩舞女和做種種墮落的勾當。此外，在你所推許的人物中間，還有許多是平時趾高氣揚、臨事一籌莫展的「民族英雄」。所以說，蒼蠅也具有蜜蜂底模樣，不仔細分辨不成。

魏冰叔先生說：「以天地生民為心，而濟以剛明通達沉深之才，方算得第一流人物。」凡是夠得上做英雄的，必是第一流人物，試問亙古以來這第一流人物究竟有多少？我以為近幾百年來差可配得被稱為民族英雄的，只有鄭成功一個人。他於剛明敏達四德具備，只惜沉深之才差一點。他底早死，或者是這個原因。其他人物最多只夠得上被稱為「烈士」、「偉人」、「名人」罷了。《文子》《微明篇》所列的二十五等人中，連上上等的神人還夠不上做民族英雄，何況其餘的？我希望你先把做成英雄的條件認識明白，然後分析民族對他的需要和他對民族所成就的勳績，才將這「民族英雄」底徽號贈給他。

三、覆成仁

來信說在變亂的世界裏，人是會變畜生的。這話我可以給你一個事實的證明。小汕在鄉下種地的那個哥哥，在三個月前已經變了馬啦。你聽見這新聞也許會罵我荒唐，以為在科學昌明的時代還有這樣的怪事。但我請你忍耐看下去就明白了。

嶺東底淪陷區裏，許多農民都缺乏糧食，是你所知道的。即如沒淪陷的地帶也一樣地鬧起米荒來。當局整天說辦平崇，向南洋華僑捐款，說起來，米也有，錢也充足，而實際上還不能解決這嚴重的問題。不曉得真是運輸不便呢，還是另有原由呢？一般率直的農民受飢餓底迫脅總是向阻力最小、資糧最易得的地方奔投。小汕底哥哥也帶了充足的盤纏，隨着大眾去到韓江下游底一個淪陷口岸，在一家小旅館投宿，房錢是一天一毛，便宜得非常。可是第二天早晨，他和同行的旅客都失了蹤！旅館主人一早就提了些包袱到當舖去。回店之後，他又把自己幽閉在賬房裏數什麼軍用票。

店後面，一股一股的鹵肉香噴放出來。原來那裏開着一家滷味舖，賣的很香的鹵肉、灌腸、熏魚之類。肉是三毛一斤，說是從營盤批出來的老馬，所以便宜得特別。這樣便宜的食品不久就被吃過真正馬肉的顧客發現了它底氣味與肉裏都有點不對路，大家才同調地懷疑說：大概是來路的馬罷。可不是！小池底哥哥也到了這類的馬群裏去了！變亂的世界，人真是會變畜生的。

這裏，我不由得有更深的感想。那使同伴在物質上變牛變馬，是由於不知愛人如己，雖然可恨可憐，還不如那使自己在精神上變豬變狗的人們。他們是不知愛己如人，是最可傷可悲的。如果這樣的畜人比那些被食的人畜多，那還有什麼希望呢？

無法投遞之郵件（續）[1]

一、給憐生

偶出郊外，小憩野店，見綠榕葉上糝滿了黃塵。樹根上坐着一個人，在那裏呻吟着。裊說大概又是常見底那叫化子在那裏演着動人同情或惹人憎惡底營生法術罷。我喝過一兩杯茶，那淒楚的聲音也和點心一齊送到我面前，不由得走到樹下，想送給那人一些吃底用底。我到他跟前，一看見他底臉，卻使我失驚。憐生，你說他是誰？我認得他，你也認得他。他就是汕市那個頂會彈三弦底殷師。你記得他一家七八口就靠着他那十個指頭按彈出底聲音來養活底。現在他對我說他底一隻手已留在那被賊格殺底城市裏。他底家也教毒火與惡意毀滅了。他見人只會嚷：「手手一手！」再也唱不出什麼好聽底歌曲來。他說：「求乞也求不出一隻能彈底手，白活着是無意味的。」我安慰他說：「這是賊人行凶底一個實據，殘廢也有殘廢生活底辦法，樂觀些罷。」他說：「假使賊人切掉他一雙腳，也比去掉他一個指頭強。有完全底手，還可以營謀沒慚愧底生活。」我用了許多話來鼓勵他，最後對他說：「灬息尚存，

1 首刊香港《大公報》，選自《危巢墜簡》，商務印書館一九四七年四月版。

機會未失。獨臂擎天，事在人為。把你底遭遇唱出來，沒有一隻手，更能感動人，使人人底手舉起來，為你驅逐醜賊。」他沉吟了許久，才點了頭。我隨即扶他起來。他底臉黃瘦得可怕，除掉心情底憤怒和哀傷以外，肉體上底飢餓、疲乏和感冒，都聚在他身上。

我們同坐着小車，輪轉得雖然不快，塵土卻隨着車後捲起一陣陣的黑旋風。頭上一架銀色飛機掠過去。殷師對於飛機已養成一種自然的反射作用，一聽見聲音就蜷伏着。㝵說那是自己的，他才安心。回到城裏，看見報上說，方才那機是專載烤火雞到首都去給夫人小姐們送新年禮底。好貴重底禮物！它們是越過滿布殘肢屍體底戰場、敗瓦頹垣底村鎮，才能安然地放置在粉香脂膩底貴女和她們底客人面前。希望那些烤紅底火雞，會將所經歷底光景告訴她們。希望它們說：我們底人民，也一樣地給賊人烤着吃咧！

二、答寒光

你說你佩服近來流行底口號：革命是不擇手段底。我可不敢贊同。革命是為民族謀現在與將來的福利底偉大事業，不像潑一盆髒水那麼簡單。我們要顧到民族生存底根本條件，除掉經濟生活以外，還要顧到文化生活。縱然你說在革命的過程中文化生活是不重要的，因為革命便是要為民族製造一個新而前進的文化，你也得做得合理一點，經濟一點。

革命本來就是達到革新目的底手段。要達到目的地，本來沒限定一條路給我們走。但是有些是崎嶇路，有些是平坦途，有些是捷徑，有些是遠道。你在這些路程上，當要有所選擇。如你不擇道路，你就是一個最笨的革命家。因為你為選擇了那條崎嶇又復遼遠的道路，你豈不是白糟蹋了許多精力、時間與物力？領導革命從事革命底人，應當擇定手段。他要執持信義、廉恥、振奮，公正等等精神的武器，踏在共利互益的道路上，才能有光明的前途。要知道不問手段去革命，只那手段有時便可成為前途最大的障礙。何況反革命者也可以不問手段地摧殘你底工作？所以革命要擇優越的、堅強的與合理的手段；不擇手段底革命是作亂，不是造福。你贊同我的意思罷！寫到此處，忽覺冷氣襲人，於是急開窗戶，移座近火，也算衛生上所擇底手段罷，一笑。

雍來信說她面貌醜陋，不敢登場。我已回信給她說，戲台上底人物不見得都美，也許都比她醜。只要下場時留得本來面目，上場顯得自己性格，塗朱畫墨，有何妨礙？

三、給華妙

瑰容她底兒子加入某種秘密工作。孩子也幹得很有勁。他看不起那些不與他一同工作底人們，說他們是活着等死。不到幾個月，秘密機關被日人發現，因而打死了幾個小同志。他幸而沒被逮去，可是工作是不能再進行了，不得已逃到別處去。他已不再幹那事，論理就該好好地求些有用的知識，可是他野慣了，一點也感覺不到知識底需要。他不理會他們底秘密底失敗是由組織與聯絡不嚴密和缺乏知識，他常常舉出他底母親為例，說受了教育只會教人越發頹廢，越發不振作，你說可憐不可憐！

瑰呢？整天要錢。不要錢，就是跳舞；不跳舞，就是……

總而言之，據她底行為看來，也真不像是鼓勵兒子去做救國工作底母親。她底動機是什麼，可很難捉摸。不過我知道她底兒子當對她底行為表示不滿意。她也不喜歡他在家裏，尤其是有客人來找她底時候。

前天我去找她，客廳裏已有幾個歐洲朋友在暢談着。這樣的盛會，在她家裏是天天有底。她在群客當中，打扮得像那樣的女人。在談笑間，常理會她那抽煙、聳肩、瞟眼底姿態，沒一樣不是表現她底可鄙。她偶然離開屋裏，我就聽見一位外賓低聲對着他底同伴說：「她很美，並且充滿了性的引誘。」另一位說：「她對外賓老是這樣的美利堅化。……受歐美教育底中國婦女，多是擅於表歐美的情底，甚至身居重要地位底貴婦也是如此。」我是裝着看雜誌，沒聽見他們底對話，但心裏已為中國文化掉了許多淚。華妙，我不是反對女子受西洋教育，我反對一切受西洋教育底男女忘記了自己是什麼樣人，自己有什麼文化。大人先生們整天在講什麼「勤儉」、「樸素」、「新生活」「舊道德」，但是節節失敗在自己底家庭裏頭，一想起來，除掉血，還有什麼可嘔底？

三、戲劇

《女國士》

（獨幕劇）

人物：柳迎春（薛仁貴之婦）——二十歲。
　　薛仁貴（驢哥）——二十二歲。
　　薛大伯（仁貴之父）——六十歲。
　　李婆婆（仁貴之母）——約六十歲。
　　崔寶奴（小偷）——十八歲。

時間：唐太宗貞觀十九年秋（公曆六四五年）。

地點：絳州龍門鎮大黃莊。

佈景：大黃莊薛家村捨前瓜棚下。門前散置些農具。牆下有寬長櫈橫着。棚下雞籠邊母雞引雛啄食。棚上垂瓜累累，雜懸鐵馬一二，時作錚丁聲。棚外小樹三四，微風吹動，頗有涼意。

幕開時，小偷寶奴樹邊踱步出，撒米引雞，伺機攜取。

舍內時有咳嗽聲達於戶外。寶奴聽見聲音就藏在一邊，聲停又出。這樣做了幾次。

薛大伯：婆婆，這時候我們底驢哥還不回來，大概又是到河津那邊射雁玩耍去了。（咳）唉，養了個孩子不務農業，眼看田土荒蕪，真是沒法辦。等我到門口張望張望，看他回來沒有。

薛大伯持杖出，時作咳嗽，見寶奴。寶奴飛遁。

薛大伯：你這小子，又想來偷我底雞！你別欺負我年紀大，走不動，追不着你，等驢哥回家，再與你計較。（咳）婆婆，你還不出來？（一面轟雞。）

李婆婆出。

李婆婆：大伯，轟雞幹什麼？現在還早咧。

薛大伯：早！也得收。咱們驢哥不回來，（咳）那裏還有早晚？現在鬧到白天也有人偷東西！（咳，一面把雞放在籠裏，拿到牆後。）

李婆婆：大伯，您看見誰來着？（坐在棚下櫈上。）

薛大伯：隔村那個小奴才，崔二叔底侄子，寶奴。往常我田裏丟了東西，早已想到是他幹的，老也找不着證據，今兒可教我看見了。（坐李婆婆對面）一會驢哥回來，一定教他去把那小子逮來，治他一治。（咳）想不到崔二叔那麼好，他侄子可這麼下流！

李婆婆：驢哥一早出去，到現在還沒回來，也許是到田裏去了罷。

薛大伯：他到田裏去！（咳）你別想。這孩子正事不幹，天天在廣場裏耍槍，舞劍，弄刀，玩棒。早晨我見他帶着弓箭出去，大概又是到河津射雁去了。（咳）婆婆，你說，孩子今年是二十二歲了，我們指望他能夠做個好好的農夫，守住這幾十畝田莊，也就滿足了。

那裏知道他近幾年來老是用工夫在練習武藝上頭，田裏底事總是我一個人幹，幹得氣喘，流汗，腰酸，骨痛。（咳）唉，照這樣情形延下去，我底命可就完了。（咳）我有好幾天沒下田去了，這病恐怕一時好不了。你也得勸勸他，不要荒廢了莊稼人底本務才是。（咳）

李婆婆：大伯您也不必管他。自古道，父母能生出兒女身，不能生得兒女心；他不願意種地，您又何必強他？我看他長得一表身材，不怕餓得着他。

薛大伯：餓不着他，可餓得着我們哪！（咳）我前天聽見他說現在高麗侵入國境，聖上御駕親征，大兵不久要過絳州，地方官已經貼出黃榜招軍。若是他去報名。豈不白白葬送了我們兩口子？（咳）

李婆婆：大伯放心。他雖不顧父母，可有妻子，恩愛難捨。我想不如叫媳婦出來問問，看看她底口氣如何。

（叫）媳婦，媳婦。

柳迎春出。

柳迎春：有什麼事情叫喚媳婦？

李婆婆：沒有別的，只因你公公惦念着驢哥不務莊稼，整天在廣場比武，到河津射雁，這兩天又說到絳州投軍去，他老人家心裏不安，要你出來商量商量。

柳迎春：商量什麼？

李婆婆：商量一個教他不去的方法。

柳迎春：婆婆，驢哥學得一身武藝，而且志向很大，您要他困守着這幾十畝田地，豈不是用小鳥籠來養大鵬嗎？

薛大伯：怎見得他是大鵬鳥呢？連你也替他說起話來！

婆婆，我說他們是夫妻一條心，你還與她有什麼商量？

李婆婆：媳婦你不怕你驢哥一去不回來嗎？

柳迎春：媳婦信得過，他底武藝比誰都高，若去投軍，決不會打敗仗，不打敗仗，自然是會回來的。

薛大伯：你怎見得他底武藝比誰都高？

柳迎春：他底武藝若不高，那能天天打得許多飛雁和許多野兔？他每天提着兔、雁到城市去換錢，誰見了都說薛大哥武藝高。媳婦那天趕集去，還聽人對媳婦誇他，說：你們薛大哥可以不種莊稼啦，他一天打得的禽獸，賣的錢就等於代你公公在田裏出了十天的汗。

薛大伯：可不是嗎？不過飛雁、走兔不定常有，田地裏底出產，才是正項入款。（咳）唉，你看我底病一天沉重似一天，今天勉強可以起來，明天怎樣，就說不準，我怎能讓驢哥離鄉別井，遠道從軍呢？（咳）

李婆婆：大伯累了，您進去歇歇罷。

薛大伯：不，我不能進去，一進去，那偷東西的小奴才又要來的。

李婆婆：不然，您就躺在此地一會。媳婦你去替公公煎一碗湯藥來喝喝。

柳迎春欲下。

李婆婆：慢着，先把被窩取出來給他老人家蓋上。

柳迎春：外面有風，還是到屋裏罷。

薛大伯：不，我要在這裏歇歇。現在天氣還暖，太陽也還照着，躺一躺也不妨。

柳迎春：那麼，待媳婦去把被褥抱出來。

柳迎春入，取被窩出，與婆婆把臥具鋪在門口牆下底櫈上，扶大伯臥，蓋好。

李婆婆：我去把那一簍紗紡完，再來陪你。媳婦你去煎藥來給公公喝，一會驢哥回來要做晚飯，又沒工夫了。

柳迎春：媳婦就去。（與李婆婆同下。）

寶奴出，四面張望。見雞不在，大伯正發出鼾聲，便躡步到瓜棚底下摘瓜。鐵馬連瓜落在地上作響，大伯驚醒。

薛大伯：你這小奴才，又來偷瓜！這次我可不饒你了。

寶奴逃跑。

薛大伯：你別跑，等老夫來逮你。（起，追寶奴，欲用杖來打他，撲個空，摔倒）噯呀！噯呀！（聲漸細。）

薛仁貴上，背負弓箭，手提野雁數隻。

薛仁貴：呀！爸爸倒在地上！媽媽，大嫂，快來。（扶大伯，放下弓箭等物）

李婆婆、柳迎春先後出。

李婆婆：怎麼啦？

薛仁貴：不曉得。扛到屋裏再說罷。（扛大伯入）

李婆婆、柳迎春隨入。婆婆在屋裏哭：「大伯，您怎樣就摔死了！您就這樣死了！……」

薛仁貴與柳迎春出。

薛仁貴：到底是怎麼一回事？

柳迎春：奴也不知道。公公說要歇歇，婆婆教奴到後邊煎一碗湯藥來給他喝，火還沒上來，就聽見您嚷啦。

薛仁貴：爸爸這幾天不高興，因為我告訴他我要投軍去，莫不是為這事出了岔子罷。

柳迎春：他方才還說着咧。教奴想個方法阻攔大哥，可也好好地，並沒有什麼。他原是躺在那裏，不曉得起來要幹什麼，以至摔了一跤。（看見瓜棚凌亂）哦，奴知道了！一定是寶奴又來偷瓜。他老人家起來追他。

（把鐵馬撿起，仍掛在棚上。）

薛仁貴：那寶奴這麼可惡，連我大黃莊薛仁貴家底東西都敢來偷。

柳迎春：公公方才出來，也是因為他來偷雞。叫婆婆把雞籠收了。這次他又來偷瓜。

薛仁貴：那小子這麼可惡，待我去把他逮來！（欲去。）

柳迎春：（攔住）大哥且慢，我們還有許多事情要辦呢。……今天大哥為什麼晚回來？

薛仁貴：我今天打完雁，到鎮裏去打聽，得知後天大兵要在絳州聚齊，要投軍的務必在明天報名。正要回來告辭爸爸、媽媽，收拾收拾行李，趕着入伍去，不想到爸爸又去了世，教我空羨慕着別的從軍的人們。——有幾個相知方才已經起程了。

柳迎春：大哥，您的意思是……

薛仁貴：我想不去了。

柳迎春：怎麼又不去了呢？

薛仁貴：大嫂，若是我走了，家裏只剩下兩個女人，你們怎辦呢？

柳迎春：我們嗎，大哥請不用掛慮。前天您不是說過田裏底事可以拜託崔二叔照料麼？至於家裏底零星用費，奴手裏雖沒有多少積蓄，若是織些布匹，做些針黹，也可以勉強度得下去。

薛仁貴：話雖如此說，做可不定做得到。

柳迎春：大哥未免小看了奴。（有點生氣）

薛仁貴：大嫂別生氣。怎見得我是小看了你？一個家庭沒有男子是萬萬不成的。

柳迎春：大哥，您底話說差了，一個家庭沒有男子卻還可以過得去。若是一個國家沒有像您這樣的男子去當兵，才是萬萬不成哪。

薛仁貴：我是為媽媽和你打算。

柳迎春：您還是打算您底罷。您當奴是什麼樣的女人，事事都要依賴男子？

薛仁貴未答。

柳迎春：您想奴平日當您做什麼人？

薛仁貴：大嫂一向看得起薛仁貴，當我是個非凡的人。

柳迎春：那就是了。古語説「好女不作凡人妻，也不為庸夫婦」，奴以為大哥為非凡的人，奴自己就不願做凡人之妻，也不願意您成為庸夫。

薛仁貴：我怎麼會是庸夫？

柳迎春：凡是有大志而不求達到的，便是庸夫，他只會做夢。

薛仁貴：我終有一天會達到我底大志願，不過現在爸爸過去了，只得暫時安心做個農夫。

柳迎春：大哥枉費了您學會了十八般武藝，還是做個農夫！若是外寇侵淩到來，您想安然地做農夫，恐怕也不能夠罷。您沒聽過人家説起古時候魯國底漆室女底事麼？她説：「有外人底馬踐踏了她園裏底葵，還可以使她一年不能吃得着葵葉。若是魯國有難，君臣上下，人人都要受害，決然安逸不了。」大哥是個男子漢，見識卻不如一個女子，豈不是個庸夫麼？（見薛仁貴似不以為然）大哥若不投軍去，奴只有回娘家或逃到別處去，索性把家事一切都交還您，永遠也不回到您薛家來。（説着要走，被薛仁貴揪住。）

薛仁貴：大嫂請不要生氣，你走了，我更沒辦法了。你既然一心要我投軍去，田裏底事當然可以請崔二叔照料；家裏底事，你能做也就罷了。不過爸爸底後事沒有來得及辦，媽媽在家單仗你奉侍，於心實在不安。

柳迎春：大哥不是個凡人，當然知道古來的大孝子是要立身建功，保衛邦家；若是早晚的請安，春秋的祭祀，不過是人子底末節，凡夫底常行罷了。如今邊疆這麼吃緊，寇賊這麼猖狂，做子民的須當以身許國，掃除夷虜，才是正理。

薛仁貴：大嫂真是個賢慧的婦人，我自當為國家保衛疆土去，只怕……

柳迎春：只怕什麼？

薛仁貴：只怕媽媽不放我走。

柳迎春：婆婆麼？奴想婆婆也是個明理的人，大哥盡可以對她説説。

薛仁貴：這樣，等我試試。

柳迎春：待奴把婆婆請出來。

柳迎春欲入，薛仁貴望棚後有所見。

薛仁貴：哪，那不是寶奴！（與柳迎春同向棚後望）寶奴，你別跑，再跑一步，我便要用箭來追你了。……你還跑！（對柳迎春）你且進去招呼媽媽；待我去追他。（與柳迎春分頭下。）

柳迎春扶李婆婆出。

李婆婆：驢哥白學了一身武藝，連他爸爸，到今日也教人欺負死了！

柳迎春：婆婆，請您別傷心，大哥把他逮回來，自有分曉。

薛仁貴揪寶奴出。

薛仁貴：我看你跑得過我？你再跑？

崔寶奴：薛大哥饒命，我寶奴再不敢了。

李婆婆見寶奴，忿極，趨前欲打；柳迎春扶住，阻她前進。

柳迎春：婆婆別閃了手，打他那副賤骨頭做什麼？請在一邊坐下，等大哥處置他。（扶李婆婆坐在棚下，把地上底雁撿起，掛在牆上。下。）

李婆婆：（對寶奴）你這小子，把我家老頭子害死了，今天非要你償命不可。

崔寶奴：婆婆，我沒害死他，是他自己摔的跤。他那兩條腿沒骨頭，干我什麼事？

薛仁貴：我把你這小子！你不認罪，還敢罵人。（揪寶奴耳）

崔寶奴：噯唷，噯唷！我不敢了！

薛仁貴：待我把他綁起來，再找地面去。（解寶奴腰帶把他綁起來。）

崔寶奴：薛大哥饒了我這一次罷。就算我全身沒骨頭，跑起來，一陣風把他老人家颳倒了，好不好？

薛仁貴：你還胡說，非打不可。（打）

崔寶奴：饒了我罷，我再不敢了。

薛仁貴：我把你綁在這樹上。（縛寶奴在樹幹上。）

李婆婆：把他綁得牢牢地，待我親自來打他一頓。（望薛仁貴縛寶奴，哭）驢哥，你若是早一點回來，也沒有今天的事。你怎麼今天回來得這麼遲呢？

薛仁貴：孩兒到鎮上去，與人商量到絳州投軍的事，故此回遲了。

李婆婆：我年紀這麼大，你爸爸又死掉了，你怎能去呢？

薛仁貴縛完，到棚下李婆婆跟前。

薛仁貴：媽媽，孩兒已經立定志向要從軍去。田裏底事可以託崔二叔照料，家裏底事自有大嫂招呼，請您不要掛念。我此去，快則一年半載，至遲也不過三年五年便要回來的。那時就在媽媽身邊，永遠不離開媽媽。

寶奴試自解縛。

李婆婆：唉，驢哥，你媽媽也是風前燭，說不定甚麼時候便要熄滅的，你還是安心做個太平家農罷。

薛仁貴：媽媽，說到安心，誰不喜歡！不過現在遼東有事，聖上尚且御駕親征，可見得這場戰爭與平常的不同，我們做子民的又怎能安心，不去為國守土？

李婆婆：打仗？打仗自有別的人去。短了你一個也不見得就不成。

薛仁貴：媽媽，我們先不說別的，孩兒請問，爸爸今天過去是為什麼？

李婆婆：不是為寶奴（望寶奴，寶奴忽不動）偷我們底瓜，他起來追，才摔了跤嗎？

薛仁貴：不錯。一個小偷來偷我們家底東西，便會教我們家裏鬧出這個大亂子，不但丟了東西，並且喪失人口。

寶奴聽。

薛仁貴：假如外夷侵入我國土地，媽媽，您想我們要喪失多少東西，死亡多少人口？我們是種地的人，若是土地丟失了，豈不要白白餓死？種地的人們更應當上陣去保衛國土。我們不能容外寇侵略，就是不能容小偷、（指寶奴，見寶奴作靜止態）強盜進屋裏竊掠財物一般。而且這絳州地面離遼東不算遠，若不趁早把敵兵打退，再遲一步，就要看見這大黃莊上都是破屋荒田，人煙斷絕了。

寶奴解縛逃走。

薛仁貴：你這小子又想跑？快給我回來，不然，就不饒你。（追上，執寶奴問）你還逃？

崔寶奴：不敢了，饒了我罷。
李婆婆：（站起）驢哥別放了他，待我到園裏去取一枝老荊條來抽他幾下。（下。）
薛仁貴仍欲縛寶奴。
崔寶奴：薛大哥，看我二叔叔面上，別綁了罷。
薛仁貴：不綁，教你好逃？
崔寶奴：我這次不逃了。你已經打了我一頓，還不放我回去，難道偷東西會問個死罪不成？
薛仁貴：不管死罪不死罪，今晚你別想回去。
崔寶奴：留我在您家裏幹什麼？孝子份定是您做，還要我來替不成。
薛仁貴：胡說，我要你替什麼？你今晚得同我到田裏開個墓壙去。
崔寶奴：那我可沒做過。
薛仁貴：我刨土，你挑。
崔寶奴：我底肩膀骨是燈心草做的，挑不動。
薛仁貴：你刨，我來挑。
崔寶奴：您家底地全是石頭，我刨不動。
薛仁貴：看來你是不幹。
崔寶奴：我不幹。
薛仁貴：（擬拳向寶奴）看見沒有？

崔寶奴：好啦，別動手。君子用口，小人動手。
薛仁貴：你配說嗎？偷東西的是君子，還是小人？
崔寶奴：我說君子才偷東西，您沒聽說過我這一行叫做「樑上君子」嗎？
薛仁貴：又胡說了。你剛說君子用口，小人動手，偷東西是用手，還是用口？
崔寶奴：偷東西為的是吃，到底還是用口。
薛仁貴：我把你這用口的君子！（欲打。）
李婆婆上。
李婆婆：待我來打你這小奴才。
薛仁貴：寶奴，過來跪在地下，等我媽媽來打你一頓。
崔寶奴：方才已打過了，饒了我罷。（不肯前進）
薛仁貴揪住他，強他跪下。
薛仁貴：你這副賤皮囊，只好拿來當鼓打。
李婆婆打數下，幾乎暈過去。薛仁貴扶住。
薛仁貴：媽媽歇歇罷。這事不必媽媽動氣，孩兒自會辦理。（扶李婆婆坐下。）
李婆婆：可把我氣壞了。（喘）這小奴才老是來攪擾我們，非得想個方法來裁制他不可。
薛仁貴：他嗎？（到寶奴身邊，看他底身材，沉思一會）不用怕，孩兒把他也帶走，一來可為地方除後患，二來可以把一個壞孩子改變成為有用的人。回頭到崔二叔那裏請他去買棺木的時候，一起對他說說就是。孩兒想崔二叔整日裏只為他發愁，怕他犯了王法，連累一家大小，若是孩兒肯帶他去，崔二叔一定是很歡喜的。

崔寶奴：我不投軍，我不投軍。

薛仁貴：沒有你說的。

李婆婆：驢哥，你真要去麼？我卻捨不得。戰場上底人命是脆得像乾了的葉子一般，很容易毀滅的呀。（哭。）

薛仁貴：媽媽請不要過慮，孩兒自信武藝高超，攻城陷陣，比在身上撿起一根毛還容易，絕不會有什麼差錯的。此地風大，不可坐得太久，請到屋裏歇歇，回頭再商量罷。（望寶奴）你可不許走，一會出來與你說話。不然，你就逃到天邊，我也能夠把你逮回來。

（扶李婆婆下。）

崔寶奴：（從地上站起，摩身搓膝，指門內罵）可恨可惡的驢！我一點東西也沒拿到你的，平白地把老子打了幾頓。打人不用花本錢，還要我跟着當兵去。你不怕做沙場底野鬼，我可怕。你要人陪你去死，為什麼不把你底婆娘也帶上營盤去？你……

柳迎春出，欲端臥具，寶奴正指着她。

柳迎春：寶奴，你瘋了！怎麼在這裏罵人？你在罵奴麼？

崔寶奴：我沒罵，我罵了您爛嘴。

柳迎春：誰爛嘴？

崔寶奴：我……我……爛嘴，我爛嘴。

柳迎春：別胡說。你到底在罵什麼？

崔寶奴：我沒說什麼。薛大哥方才要我跟他去投軍，我不願意。

柳迎春：投軍是人民底本分，為什麼不願意？

崔寶奴：我不去。「好男不當兵，好鐵不打釘」。

柳迎春：你倒不配說這話。你要知道現在話不是這樣說的；現在應當說：好男當好兵，好鐵打好釘。

崔寶奴：您驢哥打他底好釘去，我怕死。您不知道，高麗兵厲害得很，一枝箭可以連貫三個人的。我打老虎，也不去打高麗。

柳迎春：你跟着你驢大哥可以練練膽。你知道他是一箭可以貫穿六層堅甲的聖手。他比高麗人厲害得多，你別害怕。

崔寶媽：他會射，我可只會做箭垛。

柳迎春：你不必害怕。奴信得過，你是可以跟你薛大哥去的。你想你這麼年輕，又這麼聰明，若是肯立志，將來必定會成為一個很有用的人。

寶奴注意聽。

柳迎春：若是你不改變你底行為，一直流氓當到底，那有什麼好處？也許會引你到牢獄裏過一輩子。若是你去投軍，就有立功的希望。你不但自己受人恭敬，連國家也有光榮。要知道為人民的，捍御外侮是他最高的責任。奴雖然是個女子，若是用得着奴，奴也要去。何況你是個堂堂的男子漢？你想想罷。

崔寶奴：哦！（想）投軍有這麼些個意思！薛大哥方才對老婆婆說的話，我也聽見了。我就想不到我寶奴可以受人恭敬！我底國家得着光榮！（看自己身手）這是有用的身手。不錯，應當做有用的事。

柳迎春：那就對了。你底身體強健；你底國家需要你。

崔寶奴：我明白了，我明白了。我要去。

薛仁貴上。

崔寶奴：我要去。

薛仁貴：來，等我來治你一治。「你要去」，你往哪裏去？

崔寶奴：我跟你投軍去。薛大嫂底話是對的，我應當跟你去。

薛仁貴望柳迎春。

柳迎春：奴方才勸寶奴一番來着。

薛仁貴：大嫂真是一個賢明的女國士！若是個個女子都像您一樣，國家就沒有被侵略的時候，天下就太平了。——幕落

《女國士》後記

薛仁貴底名字全國都知道。關於他底事跡底戲劇很多，現存最古的劇本也許是在元曲裏的《薛仁貴榮歸故里》雜劇。本劇底人物，除寶奴以外，都是從這劇本取出的。近代許多戲劇，所演出的薛仁貴都是根據《說唐後傳》、《徵西演義》、《薛家將平西演義》等書的故

事。但薛仁貴底從軍是由於他底妻柳氏底勸勉，從前的作家都忽略了這一點。《新唐書（卷一百十一）本傳》載：「薛仁貴絳州龍門人，少貧賤，以田為業，將改葬其先，妻柳曰：『夫有高世之才，要須遇時乃發。今天子自徵遼東，求猛將，此難得之時，君盍圖功名以自顯，富貴還鄉，葬未晚。』仁貴乃往見將軍張士貴，應募至安地……」柳氏在《新唐書》裏沒有名字，通俗稱她為迎春，不知所本。仁貴小名驢哥，雖不見於《新唐書》在元曲裏卻是用這名字。今京劇《汾河灣》作薛禮，「禮」也是「驢」底變音。本劇注重在柳氏勸夫投軍，其他腳色不過是陪襯而已。

此劇係為香港大學女生同學會演劇籌賑寫的，排演時有些地方是女生鮑××女士底暗示。佈景係陳××先生所設計，順在此處致謝。

《兇手》編後語[1]

這兩幕話劇是依據元曲「楊氏女殺狗勸夫」雜劇改編的。「殺狗記」是元代四名劇之一。它所以負盛名的緣故也許是由於情節有趣，雖然詞藻不甚典雅，也妨礙不着它。編者以為劇中底女主人楊氏可以算是中國女子底一種典型，「所謂賢慧婦人」，故嘗試地把她重新描畫一下。賢慧的女子如果要干涉她丈夫底生活，教他走上正常的軌道，不上下流官吏和劣等書生的當，我想，最好是學學她底智慧與手段。能夠這樣，家庭與公眾底生活當要清潔得多。

一九四〇年四月

1 首刊於一九四〇年十月《宇宙風》半月刊百期紀念號。

改編顧一樵的《西施》粵語劇（殘本）

筆者（胡文曦，華東師範大學中文系中國現當代文學碩士）在閱讀許地山港大時的同事及好友陳君葆的日記時，發現其一九三六年十月十七日日記裏提到許地山曾經改編過一部名《西施》的話劇，「許先生改編過《西施》一劇二、三、四幕都印好了，全用廣東話，比頭作好多了。我説若果連第一幕也改寫過，那末粵語文學不愁沒資料了。許先生也想譯成英文，這意與我暗合。」而後在十月三十一日日記中又寫到「《西施》一劇的英文本事寫好後，交了李思義拿去印。」由這兩條記載來看，許地山於一九三六年完成了《西施》後三幕的粵語劇本以及《西施》英語劇本的改編。遺憾的是，這兩個劇本現均散失，在現有許地山文集和年譜中都未有著錄。

陳君葆在十月廿二日的日記裏提到，「《西施》暫定十一月七日公演。」但由於陳君葆日記中缺失十一月七日這天的記載，所以無法從陳君葆日記裏確認《西施》粵語公演是否舉行。由香港大學歷史系教授徐國琦二〇一三年發表的論文《空谷靈雨許地山》則確定這次演出已經舉行，「一九三六年撰寫劇本《西施》並由陳君葆導演在港大大禮堂公演。」筆者認為，無論這次公演是否如期舉行，許地山最初改編粵語話劇《西施》是為了給港大學生公演應是確切無疑。

筆者在香港中文大學盧瑋鑾教授的幫助下，得知《西施》粵語劇本手稿曾重現於二〇一三年港大檔案館及港大中文系共同主辦的《空山靈雨落華生：許地山教授手稿珍藏特展》。經過港大檔案館和盧瑋鑾老師的幫助，筆者終於一睹這份四幕粵語話劇手稿的風采。這份手稿由許地山生前好友馬鑒教授的家人提供，手稿從第二幕開始，至第四幕共存二十頁，第四幕結局部分遺失。保存下來的這部殘稿紙張材質非常軟，頁面已泛黃，背面為香港大學中文系英文辦公表格，可見這份手稿是許地山臨時取用辦公用紙進行創作，手稿字跡較為潦草，為鋼筆書寫，但文字基本可以辨認，塗改痕跡也較少。手稿從第二幕始，至第四幕結束（結局部分遺失），整部劇本從右往左豎排書寫，一行二十字左右，一頁約二十行，一頁四百字上下，因此現存手稿大致共存八千餘字。

《西施》是目前發現的許地山唯一一部方言話劇。全文以粵語口語創作，講述了西施嫁去吳國卻逐步與夫差產生感情的一段歷史，主要人物有西施、范蠡、夫差、東施和太宰等。

通過文本對讀，筆者認為這部劇本改編自顧一樵的話劇劇本《西施》，這部劇本最初發表於一九三三年《新月》第4卷第二、三期，一九三六年收入單行本《西施與其他》，由商務印書館作為「文學研究會創作叢書」之一出版。兩部《西施》的人物設定和情節走向大致相同，在第二幕范蠡與西施的對白、第三幕西施和宮女的對白上台詞設置也幾乎一致，甚至許版中部分台詞只是把顧版翻譯成粵語，可見許地山版《西施》受顧毓琇版《西施》影響之深。以下取一段西施與范蠡的對話具體對比：

許地山版《西施》	顧毓琇版《西施》
西：（沉思一回。取佩玉交范，意甚堅決）范哥，我而今以身許國，在國難未有輓救以前，我冇愛你嘅自由。多謝你一向愛我，而家只得將你嘅愛同寶玉一齊送返俾你。	西：（沉思一回。取佩玉交范，意甚堅決）范哥哥，我今以身許越國，在國難沒有輓救以前，我沒有愛你的自由。謝謝你一向愛我的好意，我今只得把你的愛和寶玉送還於你。
范：妹妹。……（不肯受玉。）	范：妹妹！（不肯受玉）
西：請你原諒我，收咗呢件寶玉吧。免得我悲傷心痛起來。	西：請你饒恕我，收了寶玉吧，免得我悲傷心痛。
范（收）：妹妹，我總有一日再把寶玉獻俾你。	范：（無法，只得收了）妹妹，我總有一日再把寶玉獻給你。
西：我地後會有期。——或者啦。	西：我們後會有期——也許。
范：妹妹，我一定就要來搭救你逃出呢個虎口。	范：妹妹，我一定就要來搭救你逃出這個虎口！
西：你點能話得定呀。一切都為發夢噉。試想「朝為越溪女暮作吳宮妃」，有邊個能夠想得到呢。或者我地計劃都會失敗都唔定，或者冇幾耐我會俾人殺咗。	西：天下的事誰知道？一切都像是夢境——試想「朝為越溪女，暮為吳宮妃」，有誰能預料呢？

所引的對話共有十五句話，其中有四句話完全相同，有九句直接從國語翻譯成粵語，還有一句只是比原句多了「起來」兩字，只有一句顧毓琇版沒有。可見許地山版《西施》受顧

毓琇版影響之深。

兩部《西施》情節相似，主題也是相似的。在《西施》序裏，顧毓琇如此說：「『十年生聚，十年教訓』，越之所以報吳，國人國人，其有之以報寧蘿村之浣紗女乎？」顧毓琇對個人在國家機器和時代大局影響下的失語和犧牲表現了無限的同情和思考，這一主題延續至許版《西施》上。但是遺憾的是，許版《西施》最後一幕結局部分散失，我們無從知道許地山將如何處理西施最後的結局，而顧版最為精妙部分正是在結局：西施與夫差殉情而亡，卻被范蠡樹立成為越國犧牲的英雄形象，西施的真實想法在時代巨潮中無從表達，留下了無限諷刺和可嘆的餘味。

此外，許地山和顧毓琇共同赴美留學，許地山一向關注顧毓琇的作品，曾在閱讀顧毓琇《芝蘭與茉莉》後發表《讀〈芝蘭與茉莉〉因而想及我底祖母》，表達對顧毓琇作品的重視。而顧版《西施》公開發表在《新月》上，許地山完全有機會讀到。

這種「順其自然」的人生觀也體現在劇中人物面對民族大義之時。許版《西施》中人物的國家情懷因染上了宗教色彩而顯得模糊不清，這尤其體現在兩個版本對夫差形象塑造的差異上，雖然許版《西施》缺失了結局，我們無從知曉許版的夫差最後會做出什麼選擇，但是從越國攻進吳國後夫差的反應來看，他並不那麼在意國家的得失，在破城後與西施的對話仍是平靜日常，但是在顧版中，夫差非常渴望擁有國家英雄的身份，並對愛情有着英雄美人的想像：

許地山	顧毓琇
太：大王如果聽伍將軍的說話，邊處重會有這麼好的娘娘，同大王過噉耐日子呢。 **夫**：又係噉。一得一失。我寧願失彼得此。…… **西**：吳國大事緊急，請起來都係冇法子噉。呀，大王，我一路行過嚟，聽見後面好亂波。唔通[15][i]越兵已經入咗城。 **夫**：咪管佢噉多啦。我地向呢個時候重得相見，豈不是天賜嘅機緣？哎，夷光，呢排[16][ii]身體無乜[17][iii]呀嘛？ （太宰：大王如果聽伍將軍的話，那怎麼還會有這麼好的娘娘） **夫差**：那又是的，一得一失，我寧願失（國）得（西施）。 **西**：吳國大事緊急，請起來都是沒有辦法的啊。呀，大王，我一路走過來，聽見後面好亂。難道越兵已經入城了？ **夫**：不用管那麼多啦，我們在這個時候相見，豈不是天賜的良緣？哎，夷光最近身體怎麼樣啊？	**夫差**：西施，我的美人，你要記得夫差是英雄，夫差是戰而死的。 **西**：大王。 **夫**：西施。 **西**：英武的大王，你是英雄！ **夫**：英雄愛美人—— **西**：美人愛英雄—— **夫**：西施，你是愛英雄的美人—— **西**：夫差，你是愛美人的英雄！

[i] 唔通：表示難道。
[ii] 呢排：表示最近。
[iii] 無乜：表示沒什麼。

除此之外，許地山先後兩次借由顧毓琇的作品生發進行創作，可見他對顧毓琇作品的興趣。兩人文化背景和學術旨趣相似，楊義在《論顧毓琇的創作》中指出：「他不是過激派，也不是保守派，而是以穩健中正的文化態度，踐履着他的文藝復興的主張。」這種「文化復興」的文化觀與許地山是否有幾分相似？這些都是我們研究這部許版《西施》時應該加以注意的。

許地山是香港一九三〇—四〇年代之交文藝界的一面鏡子，通過對許地山在港文學創作的探究，可對許地山的文藝思想有更完整的把握，更是對處於風雲動盪的一九三〇年—四〇年代出的香港文壇給予更為同情之理解，而許地山改編的粵語劇《西施》殘稿的發現提供了最新的例子，本文只是初步的探討而已。

四、音樂

神佑中華歌[1]

《神佑中華歌》原作曲家是法國音樂史專家、曲作家。

1、神明選擇賜與，一片荊原棘地，我祖開闢；
子孫繼續努力，瘦瘠變為膏腴，使我衣食無虧，生活順利。

2、舊邦文化雖有，許多消滅已久，惟我獨留；
求神永遠庇佑，賜我一切成就，使我永遠享受平等自由。

3、懇求加意護庇，天災人患永離中華美地；
民眾樂業安居，到處生產豐裕，信仰、道德、智慧，向上不息。

1 首刊於《紫晶》一九三五年第九卷第一期。

五、雜文

畫報底須要[1]

無論是誰，見了圖畫，沒有不想看一看底，因為圖畫畫天然就含有吸引人底力量。好書固然不必說，即如劣圖，甚至小孩子初次亂塗底幾條線，也有博人注意的能力，在沒有「有聲書」底現在，人們得知識底工具是文字與圖書，所以眼窗仍是知識底主要門徑，而文字並不是一直便懂底。

為一般的教育，有插圖底書本很須要。畫報也是一樣，第一個理由，人看圖畫比較看文字容易領略。在教育不普及底中國，畫報尤其須要。有很多人因為愛看圖畫便去讀「說明」，因而刺激他們對認字底要求，養成讀書報的習慣。以前畫報的材料很難得，成本也重，所以

---

1 首刊於《東方季刊》一九三六年第一期。

楊仁飛（廈門大學南洋研究院博士，現為廈門市台灣學會副秘書長、許地山研究所特約研究員、廈門市社科聯委員）認為，這應是許地山為《東方畫報》與寫的約稿，時間為其出任香港大學中文學院院長、教授之後小議論文，有關圖畫類書報、畫報對傳遞知識、教育孩子、保存時代的真相，從形式上展現歷史的觀點，至今仍有價值。一九〇四年《東方雜誌》在上海創刊，一九三二年時任總編輯的胡愈之將雜誌刊頭的卷頭插圖擴展為「東方畫報」欄目，並請當時著名的設計師莫志恆擔任封面設計與圖畫排版，每一期令人視覺驚艷。在從一九三二年到一九三七年的五年中，《東方畫報》內刊，曾是上海第一大刊，其刊登的攝影照片及封面有「滬戰一月」「和平之威脅」「羅店血戰」「我們空軍的戰績」「敵人鐵蹄踐踏下的北國」等，具有強烈的視覺衝擊力。鑒於胡愈之與許地山有深厚的革命友誼，推測〈畫報底須要〉一文有可能是胡愈之請許地山寫的。

出版畫報底地方很少。現在交通利便，攝影底技術也精良，刊印畫報的事業應該受到鼓勵。每一個城市都要有一兩家來經營才能滿足一般教育家底要求。第二，畫報底本身，無論如何，比較文字的刊物更有濃厚的興趣。美底成分，在畫報上是佔很多的。拿起報來，翻出風景底照片，令人生出神遊底感想，翻到知名的人像，令人發起神交底心緒，這些是記載文字所難做到的，有時甚至不能做到，而畫報在用不很多的文字上便可以表現出來。第三是畫報底材料有時比記載還來得真確。它能把時代活動底真相保存起來。所以不但於純粹的消遣上有利益，便當它作『形式所現底歷史』看也不為過。

畫報在家庭裏更為須要。有藏書室底家庭，多年來是專門或古板書籍，家人不能個個翻出來看，報紙所給底又與書籍不同，此事底報告與常識的介紹是它的責任。畫報在家庭中更能顯示這樣的功用，因為子弟們所須底形式上的體會比較文字上的認識多，所以家長，尤其是母親多以畫報為講解底輔助品，這些都是人所經驗光過底。

老鴉咀[1]

無論什麼藝術作品，選材最難。許多人不明白寫文章與繪畫一樣，擅於描寫禽蟲底不一定能畫山水，擅於描寫人物底不一定能寫花卉。即如同在山水畫底範圍內，設色，取景，佈局，要各有各底心胸才能顯出各底長處。文章也是如此。有許多事情，在甲以為是描寫底好材料，在乙便以為不足道。在甲以為能寫得非常動情，在乙寫來，只是淡淡無奇。這是作者性格所使然，是一個作家首應理會底。

窮苦的生活用顏色來描比用文字來寫更難。近人許多興到農村去畫什麼飢荒，兵災，看來總覺得他們底藝術手段不夠，不能引起觀者底同感。有些只顧在色底渲染，有些只顧在畫面堆上種種觸目驚心的形狀，不是失於不美，便是失於過美。過美的，使人覺得那不過是一幅畫。不美的便不能引起人底快感，那能成為藝術作品呢？所以「流民圖」一類底作品只是宣傳畫底一種，不能算為純正藝術作品。

近日上海幾位以洋畫名家而自詡為擅漢畫的大畫師，教授，每好作什麼英雄獨立圖，醒獅圖，駿馬圖，「雄雞一聲天下白」之類。借重名流如蔡先生褚先生等，替他們吹噓，展覽會

1 首刊於一九三六年八月十五日《紅豆》第四卷第六期。

從亞洲開到歐洲。到處招搖，直失畫家風格。我在展覽會見過底馬腿，都很像古時芝拉夫底雞腳，都像鶴膝。光與體底描畫每多錯誤，不曉得一般高明的鑒賞家何以單單稱賞那些。他們畫馬，畫鷹，畫公雞給軍人看，借此鼓勵鼓勵他們，倒也算是畫家為國服務底一法，如果說「沙龍」底人都讚為得未曾有底東方畫，那就失禮了。

當眾揮毫不是很高尚的事，這是走江湖人底技倆，要人信他底藝術高超，所以得在人前表演一下。打拳賣膏藥底在人眾圍觀底時節，所演底從第一代祖師以來都是那一套。我赴過許多「當眾揮毫會」，深知某師必畫鳥，某師必畫魚，某師必畫鴉，樣式不過三四，尺寸也不過五六，因為畫熟了，幾撇幾點，一題，便成傑作。那樣，要好畫，真如煮沙欲其成飯了。古人雅集，興到偶爾，就現成紙帛一兩揮，本不為傳，不為博人稱賞，故隻字點墨，都堪寶貴。今人當眾大批製畫，傖氣滿紙，其術或佳，其藝則渺。

畫面題識，能免則免，因為字與畫無論如何是兩樣東西。借幾句文詞來為烘托畫意，便見作者對於自己藝術未能信賴，要告訴人他畫底都是什麼。有些自大自滿底畫家還在紙上題些不相干的話，更是鑱頭。古代傑作，都無題識，甚至作者底名字都沒有。有底也在畫面上不相干的地方，如樹邊石罅，枝下，等處淡淡地寫個名字，記個年月而已，今人用大字題名題詩詞，記跋，用大圖章，甚至題佔畫面十分之七八，我要問觀者是來讀書還是讀畫？有題記癮底畫家，不妨將紙分為兩部分，一部作畫，一部題字，界限分明，才可以保持畫面底完整。

近人寫文喜用「三部曲」為題，這也是洋八股。為什麼一定要「三部」？作者或者也莫名其妙。像「憧憬」是什麼意思，我問過許多作者，除了懂日本文底以外，多數不懂，只因人家用開，順其大意，他們也跟着用起來。用三部曲為題底恐怕也是如此。

英雄造時勢與時勢造英雄[1]

在危急存亡的關頭容易教人想到英雄，所以因大風而思猛士不獨是劉邦一個人的情緒，在任何時代都是有的。我們的民族處在今日的危機上，希望英雄的出現比往昔更為迫切。但是「英雄」這兩個字的意義自來就沒有很明確的解釋，因此發生這篇論文所標的問題——到底英雄是時勢造的呢？還是時勢是英雄造的呢？「英雄」這兩個字的真義需要詳細地分析才能得到。固然我們不以一個能為路邊的少女把寶飾從賊人的手裏奪回來的人為英雄，可是連這樣的小事都不能做的，有時候也會受人崇拜。在這裏，我們不能不對於英雄的意義畫出一個範圍來。

古代的英雄在死後沒有不受人間的俎豆，崇拜他們為神聖的。照禮記祭法的規定，有被崇拜的資格的不外是五種。第一是「法施於民」的，第二是「以死勤事」的，第三是「以勞定國」的，第四是「能御大災」的，第五是「能捍大患」的。法施於民是件民有所能依着他所給的方法去發展生活，像后稷能殖百谷，后土能平九州，後世的人崇祀他們為聖人。（所謂聖人實際也是英雄的別名。）以死勤事是能夠盡他的責任到死不放手，像舜死在蒼梧之野，

1 首刊於《大風》（香港）一九三八年第三期。

鯀死於洪水，也是後世所崇仰的聖人。以勞定國是能以勞力在國家危難的時候使它回復到安平的狀態，像黃帝、禹湯的功業一樣。御大災，捍大患，是對於天災人患能夠用方法抵御，使人民得到平安。這些是我們的祖先崇拜英雄的標準。大體說起來，以死勤事，是含有消極性的；以勞定國，能御大災，捍大患，也許能用自己的智能，他們是介在消極與積極中間的。唯有法施於民的才是真正的聖人，他必需具有超人的智能才成。

看來，我們可以有兩種英雄：一是消極的。二是積極的。消極的英雄只是保持已成的現狀，使人民過平安的日子，教他們不受天災人患的傷害，能夠在不得已的時候犧牲自己的一切。積極的英雄是能為人群發明或發見新事的新法度，使他們能在停滯的生活中得到進步，在痛苦的生活中減少痛苦，換一句話，就是，他能改造世界和增進人間的幸福。今日一般人心目中的英雄多半不是屬於第二類，並且是屬於第一類中很狹窄的一種，就是說，只有那為保護人民不惜生命的戰士才被稱為英雄。這種英雄不一定能造時勢，甚或為時勢所造。因為這類的英雄非先有一個時勢排在他面前，不能顯出他的本領，所以時勢的分量比英雄本身來得重些。反過來說，積極的英雄並不等到人間生活發生什麼障礙，才把他製造出來。人們看不到的痛苦，他先看到；人們還沒遇到困難，他先想像出來。他在人們安於現成生活的時候為他們創製新生活，使他們向上發展。也許時勢造出來的英雄也能達到這個目的，但是可能性很小。

真英雄必定是造時勢者。時勢被他造得成與不成，於他的英雄本色並無妨礙，事的成敗不足為英雄的準度。通常的見解每以為成功者便是英雄，那是不確的。成功或由於機會好。

「河無大魚，小蝦稱王」，在一個沒有特出人才的時境，有小本領便可做大事。這也是時勢所造的一種英雄。還有些是偶然的成功，作者本身也夢想不到他會有那麼樣的成就。他對於自己的事業並沒有明瞭的認識，也沒有把握，甚至本來是要保守，到頭來卻變成革命，因為一般的傾向所歸，他也樂得隨從。這也是時勢所造的一種英雄。還有些是剝削或榨取他人的智力或體力來製造自己的勢力和地位。他的成功與受崇敬完全站在欺騙和剝削的黑幕前面。有時自己做不夠，還要自己的家人親戚來幫他做，攬到國家大權，便任用私人，培植爪牙。可憐的是渾渾沌沌的群眾不會裁制他，並不是他真有英雄的本領。這也是時勢所造的一種英雄。

我們細細地把歷史讀一遍，便覺得時勢所造的英雄比造時勢的英雄更多。這中間有一條很大的道理。我們姑且當造時勢的英雄是人間所需求的真英雄，而這種英雄本是天生的。真英雄是超人，但假英雄或擬英雄也許是中人以下的「下人」（Underman）。所謂假英雄是指那班偶然得到意外的成功的投機家而言。所謂擬英雄是指那班被時勢所驅遣，迫得去做轟轟烈烈的事業的苦幹者而言。所謂下人是對於超人而言。他的智力與體質甚至不及中人。在世間裏，中人都很少，超人更談不上，等到黃河清也不定等得到一個出現。人間最可憐憫的是下人太多，尤其是從下人中產生出來的英雄比較多。這類的英雄若是過多，就於國族有害。怎麼講呢？因為他們沒有中人的智力而作超人的權威，自我的意識太重，每持着群眾的生命財產智能是為他們的光榮和地位而有的態度。這樣損多數人以利少數人的情形便是封建制度。英雄與封建制度本來有密切的關係，但這裏應當分別的是古代的封建英雄於其同時的一般群眾中確實具有超人的能力，而現代的封建英雄只是靠機緣。那怕他是乳臭未除，只要家裏有人掌大權，他便是了不得的人物。那怕他智能低劣，只要能夠聯絡權要，他便是群眾的領袖。他的方法是利用新聞和金錢來替他鼓吹，甚至神化一個過去的人物來做他的面具。一個人生時碌碌無奇，死後或者會被人當做「民族英雄」來崇拜，其原因多半在此。這類神化的民族英雄實際等於下劣民族的咒物。今日全世界人類的智力平均起來恐怕不及高等小學的程度，所以凡有高一點的知識而敢有所作為的都有做領袖或獨裁者的可能。不過這並不是群眾的福利。我們講英雄的事業應當以全世界民眾的福利為對象，損人利己固不足道，乃至用發展自己民族的口號去掠奪他民族的土地的也不能算是英雄。今日世界時局的困難多半由於這類的英雄所造成。如果我們縮小範圍來講一下我們的英雄，我們也會覺得有許多是下人中所產出的。他們的要求是金錢與名譽。金錢可以使他們左右時勢，若說他們是造時勢的英雄，其原動力只是這樣，並非智能。名譽使他們享受群眾的信仰，欺騙到萬古流芳的虛榮。他們的要求既是如此低下，無怪他們只會把持武力，操縱金融，結黨營私，持權逐利，毀群眾的福利來增益自己。他們只會享受和浪費，並無何等遠慮，以善巧方便得到金錢名譽之後，便走到海外去做寓公，將後半生事業付與第二幫民賊。

我們講到假英雄之多，便想到在人群中是否個個有做英雄的可能。現在人間還是在一個不平等的情況下過日子。不但是人所享受的不平等，最根本的是智力與體力的差異太甚。英雄是天生嗎?不。英雄是依賴先天的遺傳與後天的訓練所造成的。英雄是有種的。我們應當從優生學的原理研求人種的改善，凡是智力不完，體質有虧的父母都不許他們傳後代。反之，要鼓勵身心健全的男女多從事於第二代民眾的生育。這樣，真英雄的體質與理智的基礎先打穩固，造成英雄的可能性便多。否則生來生去，只靠「碰彩」，於人間將來的改進是毫無把握的。第二步還要使社會重視生育，好種的男女一生下來當要特意看護他們，注意訓練他們，使他們的身心得以均衡地發展。現在已有科學家注意到食物與體質性格與壽命的關係，可是最重要的還是選種，否則用科學方法來培養下人，延長他們的生命，使他們剝削群眾的時間更長，那就不好了。

真英雄是不受時勢所左右的。因為他是一個「形全於外，心全於中」的人，他的主見真而正，他的毅力恆而堅。他能時時檢察自己，看出自己的弱點，而謀所以改善的步驟。事業的成敗不是他所計較的，唯有正義與向上是要緊的。今日我們所渴望的是這樣的英雄。我們對於強敵的侵略，所希望的抗敵英雄也要屬於這一類的人物。戰爭在假英雄的眼光裏是賭博的一種，但在真英雄的心目中，這事是正義的保障。為正義而戰，雖不勝也應當做，毫無可疑的。

最後，我們還是希望造時勢的英雄出現，唯有他才能拯民眾於水火之中。等到人人的智力能夠約束自己與發展自己，人間真正平等出現的時候，我們才不需要英雄。英雄本是野蠻社會遺下的名目，在智能平均與普遍發展像蜂蟻的社會可以說個個都是英雄，因為其中沒有一個不能自衛，沒有一個不能為群眾犧牲自己。所以我想無論個人達到身心健全，能利益群眾的時代是全英雄時代，也是無英雄時代。

關於魯迅先生紀念會底「不守時刻」[1]

讀《小公園》（十月廿五日）有葉式凝先生參加魯迅先生紀念會底感言，我覺得他說得很對。不過那個紀念會到底是什麼「文化界」，哪位「文化人」最初發起，我實在不知道。我只從電話得到通知，說在孔聖堂開會。怎樣一個紀念法，我想既然沒有特別的通告，當然是把會堂佈置得像靈堂一樣，到會底人只須向魯迅先生底遺容三鞠躬便算完事。並沒想到是聚集來演說，照相，拍電報。若早知道是如此，我必要提醒主事底人，告訴他：「香港地」一點是吃中飯，上茶居底時候，若定在那個時間，赴會底人准得不守時刻。拿我個人來說：從八點半上課到一點，趕回家吃中飯，兩點又要趕回學校上課。二十二那天得三點以後才能離開學校，因為雁冰先生用電話教我早去，我只得早點把學生遣散了。下到皇后道趕公共車幾乎摔一跤（我那天穿膠底鞋底格外滑），才於三點左右趕到。這就是我底不守時刻底一個內幕。我若知道是如此這般底一個會，盡可以不去。若是舉我做主席團底一員，更不敢去了。我很驚異在主席團裏底人員當中，或者有人還不知道魯迅是何許人。聽那天幾位「本港文化人」底演說便理會得出來。我要驚異香港還有許多文化團體都沒有參加，到底是什麼原故？

1 首刊於香港《大公報》一九三八年十月廿八日。

也許又是通知不周到，或是時間不合式罷。依此看來，「不守時刻」倒不全是那不守時刻底人底過失。我希望以後開類此底會，在選定時間上應當注意，庶幾乎不會早到底罵人，遲到底挨罵。至於會堂底佈置，也許是經濟問題，可不必評。

「七七」感言[1]

歐洲有些自然科學家，以為戰爭是大自然的鐮刀，用來修削人類中的枯枝敗葉的。我不知道這話的真實程度有多高，我所知的是在人類還未達到「真人類」的階段，戰爭是不能避免的。這所謂「真人類」，並非古生物學的，而是文化的。文化的真人是於物無貪求，於人無爭持的。因為生物的人還沒進化到文化的人，所以他的行為，有時還離不開畜道。在畜道上才有戰爭，在人道與畜道相遇時也有戰爭。畜生們為爭一隻腐鼠，也可以互相殘噛到膏滴血流，同樣地，它們也可以侵犯人。它們是不可以理喻的。在人道的立腳點上說，凡用非理的暴力來侵害他人的，如理論道絕的期候，當以暴力去制止它，使畜道不能在光天化日之下猖獗起來。

說了一大套好像不着邊際的話，作者到底是何所感而言呢？他覺得許多動物雖名為人，而具有牛頭馬面狼心狗肺的太多，嚴格說起來還不能算是人，因此連想到畜道在人間的傳染。童話裏的「熊人」、「虎姑」、「狐狸精」，不過是「畜人」。至於「人狼」、「人狗」、「人貓」、「人馬」，這簡直是「人畜」。這兩周年的御日工作也許會成將來很好的童話資料，我

1 首刊香港《大公報》，一九三九年七月七日。

們理會暴日雖戴着「王道」的面具，在表演時卻具足了畜道的特徵。我們不可不知在我們中間也有許多墮在畜道上。此中最多的是「狗」和「貓」。我們中間的「人狗」、「人貓」，最可惡的有吠家狗與引盜狗，饕餮貓與懶惰貓。兩年間的御日工作可以說對得人住，對得祖宗天地住。但是對於打狗轟貓這種清理家內的工作卻令人有點不滿意。

在御×工作吃緊的期間，忽然從最神聖的中樞裏發出類乎向×乞憐的狺聲，或不站在自己的崗位，而去指東摘西的，是吠家狗。甘心引狼入宅，吞噬家人的是引盜狗。我們若看見海港裏運來一切御×時期所不需的貨物，尤其是從「××船」來的，與大批的原料運到東洋大海去，便知道那是不顧群眾利益，只求個人富裕的饕餮貓的所行。用公款做投機事業，對於國家購入的品物抽取回扣，或以劣替優，以賤充貴，也是饕餮貓的行徑。具有特殊才幹，在國家需要他的時候，卻閉着眼，撫着耳，遠遠地躲在安全地帶，那就是懶惰貓。這些人狗、人貓，多如牛毛，我們若不把它們除掉就不能脫離畜道在家裏橫行，雖有英勇的國士在疆場上與狼奮鬥着，也不能令人不起功微事繁的感想。所以我們要加緊做打狗轟貓的工作。

又有些人以為民眾知識缺乏，所以很容易變成迷途的羔羊，而為貓狗甚至為狼所利用。可是知識是不能絕對克服意志的，我們所怕的是意志薄弱易陷於悲觀的迷途的牧者。在危難期間，沒有迷途的羔羊，有的是迷途的牧者。我的意思不是鼓勵捨棄知識，乃是要指出意志要放在知識之上，無論成敗如何，當以正義的扶持為準繩，以人道的出現為極則。人人應成為超越的男女，而非卑劣的羔羊。人人在力量上能自救，在知識上能自存，在意志上能自決，然後配稱為軒轅的子孫。這樣我們還得做許多積極工作。一方面要摧毀敗群的貓狗，一方面要扶植有為的男女，使他們成為優越的人類，非得如此，不能自衛，也不能救人，不配自衛，也不配救人。所以此後我們一部分的精神應貫注在整理內部，使我們的威力更加充實。那麼，就使那些比狼百倍厲害的野獸來侵犯我們，我們也可以應付得來。為人道努力的人們，我們應當在各方面加緊工作，才不辜負兩年來為這共同理想而犧牲的將士和民眾。

憶盧溝橋[1]

記得離北平以前，最後到盧溝橋，是在二十二年底春天。我與同事劉兆蕙先生在一個清早由廣安門順着大道步行，經過大井村，已是十點多鐘。參拜了義井庵底千手觀音，就在大悲閣外少憩。那菩薩像有三丈多高，是金銅鑄成底，體相還好，不過屋宇傾頹，香煙零落，也許是因為求願底人們發生了求財賠本求子喪妻底事情罷。這次底出遊本是為訪求另一尊銅佛而來底。我聽見從宛平城來底人告訴我那城附近有所古廟塌了，其中許多金銅佛像，年代都是很古的。為知識上的興趣，不得不去採訪一下。大井村底千手觀音是有著錄底，所以也順便去看看。

出大井村，在官道上，巍然立着一座牌坊，是乾隆四十年建底。坊東面額書「經環同軌」，西面是「蕩平歸極」。建坊底原意不得而知，將來能夠用來做凱旋門那就最合宜不過了。

春天底燕郊，若沒有大風，就很可以使人流連。樹幹上或土牆邊蝸牛在畫着銀色底涎路。它們慢慢移動，像不知道它們底小介殼以外還有什麼宇宙似地。柳塘邊底雛鴨披着淡黃色底氄毛，映着嫩綠的新葉；游泳時，微波隨蹼翻起，泛成一彎一彎動着底曲紋，這都是生

1 首刊一九三九年七月《大風》旬刊第四二期，收入《雜感集》。

趣底示現。走乏了，且在路邊底墓園少住一回。劉先生站在一座很美麗的窣堵波上，要我給他拍照。在榆樹蔭覆之下，我們沒感到路上太陽底酷烈。寂靜的墓園裏，雖沒有什麼名花，野卉倒也長得頂得意地。忙碌的蜜蜂，兩隻小腿黏着些少花粉，還在採集着。螞蟻為爭一條爛殘的蚱蜢腿，在枯藤底根本上爭鬥着。落網底小蝶，一片翅膀已失掉效用，還在掙扎着。這也是生趣底示現，不過意味有點不同罷了。

閒談着，已見日麗中天。前面宛平城也在域之內了。宛平城在盧溝橋北，建於明崇禎十年，名叫「拱北城」，周圍不及二里，只有兩個城門，北門是順治門，南門是永昌門。清改拱北為拱極，永昌門為威嚴門。南門外便是盧溝橋。拱北城本來不是縣城，前幾年因為北平改市，縣衙才移到那裏去，所以規模極其簡陋。從前它是個衛城，有武官常駐鎮守着，一直到現在，還是一個很重要的軍事地點。我們隨着駱駝隊進了順治門，在前面不遠，便見了永昌門。大街一條，兩邊多是荒地。我們到預定的地點去探訪，果見一個龐大的銅佛頭和些銅像殘體橫陳在縣立學校裏底地上。拱北城內原有觀音庵與興隆寺，興隆寺內還有許多已無可考底廣慈寺底遺物，那些銅像究竟是屬於哪寺底也無從知道。我們摩挲了一回，才到盧溝橋頭底一家飯店午膳。

自從宛平縣署移到拱北城，盧溝橋便成為縣城底繁要街市。橋北底商店民居很多，還保存着從前中原數省入京孔道底規模。橋上底碑亭雖然朽壞，還矗立着。自從歷年底內戰，盧溝橋更成為戎馬往來底要衝，加上長辛店戰役底印象，使附近的居民都知道近代戰爭底大概情形，連小孩也知道飛機，大炮，機關槍都是做什麼用底。到處牆上雖然有標語貼着底痕跡，而在色與量上可不能與賣藥底廣告相比。推開窗戶，看着永定河底濁水穿過疏林，向東南流去，想起陳高底詩：「盧溝橋西車馬多，山頭白日照清波。氈盧亦有江南婦，愁聽金人出塞歌。」清波不見，渾水成潮，是記述與事實底相差，抑昔日與今時底不同，就不得而知了。但想像當日橋下雅集亭底風景，以及金人所掠江南婦女，經過此地底情形，感慨便不能不觸發了。

從盧溝橋上經過底可悲可恨可歌可泣的事跡，豈止被金人所掠底江南婦女那一件？可惜橋欄上蹲着底石獅子個個只會張牙咧背結舌無言，以致許多可以稍留印跡底史實，若不隨蹄塵飛散，也教輪輻壓碎了。我又想着天下最有功德的是橋樑。它把天然的阻隔連絡起來，它從這岸度引人們到那岸。在橋上走過底是好是歹，於它本來無關，何況在上面走底不過是長途中底一小段，它哪能知道何者是可悲可恨可泣呢？它不必記歷史，反而是歷史記着它。盧溝橋本名廣利橋，是金大定二十七年始建，至明昌二年（公元一一八九至一一九二）修成底。它擁有世界的聲名是因為曾入馬哥博羅底記述。馬哥博羅記作「普利桑乾」，而歐洲大都稱它做「馬哥博羅橋」，倒失掉記者讚嘆桑乾河上一道大橋底原意了。中國人是擅於修造石橋底，在建築上只有橋與塔可以保留得較為長久。中國底大石橋每能使人嘆為鬼役神工，盧溝橋底偉大與那有名的泉州洛陽橋和漳州虎渡橋有點不同。論工程，它沒有這兩道橋底宏偉，然而在史蹟上，它是多次繫着民族安危。縱使你把橋拆掉，盧溝橋底神影是永不會被中國人忘記底。這個在「七七」事件發生以後，更使人覺得是如此。當時我只想着日軍許會從古北口入北平，由北平越過這道名橋侵入中原，決想不到火頭就會在我那時所站底地方發出來。

在飯店裏，隨便吃些燒餅，就出來，在橋上張望。鐵路橋在遠處平行地架着。駝煤底駱駝隊隨着鈴鐺底音節整齊地在橋上邁步。小商人與農民在雕欄下作交易上很有禮貌的計較。婦女們在橋下浣衣，樂融融地交談。人們雖不理會國勢底嚴重，可是從軍隊裏宣傳員口裏也知道強敵已在門口。我們本不為做間諜去底，因為在橋上向路人多問了些話，便教警官注意起來，我們也自好笑。我是為當事官吏底注意而高興，覺得他們時刻在提防着，警備着。過了橋，便望見實拓山，蒼翠的山色，指示着日斜多了幾度，在礫原上流連片時，暫覺晚風拂衣，若不回轉，就得住店了。「盧溝曉月」是有名的。為領略這美景，到店裏住一宿，本來也值得，不過我對於曉風殘月一類的景物素來不大喜愛。我愛月在黑夜裏所顯底光明。曉月只有垂死的光，想來是很淒涼的。還是回家罷。

我們不從原路去，就在拱北城外分道。劉先生沿着舊河床，向北回海甸去。我撿了幾塊石頭，向着八里莊那條路走。進到阜城門，望見北海底白塔已經成為一個剪影貼在灑銀底暗藍紙上。

一封公開的信[1]

中國晚報主筆先生及張春風先生：

八月一日貴報登出《出賣肉麻》一文，譏評×××女士造像義展，眼光卓越，佩服之至。這篇「巨文」，我始終未讀過，因為我曾簽名贊成此事，所以一讀張先生大文之後便希望原作者能夠再向大眾申明一下，可惜等了這許多天毫無動靜，不得已得向二位先生說明幾句。

我現在把簽名底經過與我對於這事底意見敘述一番，如有不對之處，還求指教。

一個月前，在全國文藝界抗戰協會留港會員開會底一個晚上，會員們約了些漫畫家，音樂家，電影家來湊熱鬧，×××女士當晚也被邀到會唱歌，同時有一二位會員拿出一個卷子請在座諸君贊助×××女士造像義展會。據說是她要將自己底各種照片展覽出賣，以所得款項獻給國家，特要我做贊助人。我當時覺得義不容辭，便簽了名，可沒看見有「懷江山而及麗質，睹香草而思美人」那篇文章。若是見了當然也是不合我底脾胃，我必會建議修改的。

我很喜歡張先生指出傳統的爛調，如江山，麗質，香草，美人一類的詞句，是肉麻的。

1 首刊於一九三八年八月八日《中國晚報》。

這個證明作者寫不出所要辦底事情底真意，反而引起許多惡劣的反感。但在作者未必是有意說肉麻的話，他或者只知道那是用來描寫美人底最好成語。所以修辭不得法，濫用典故成語，常會吃這樣的虧。

不過我以為文章拙劣，當與所要辦底事分開來看。張先生譏評那篇啟文是可以的，至於斥造像義展為不然，我卻有一點不同的意見。此地我要聲明我並不是捧什麼伶人，頌什麼女優。此女士也是當晚才見過底，根本上不能說有什麼交情，也沒想要得着捧頌底便宜。我底意見與張先生不同之處，如下所述。

唱戲，演電影，像我們當教員當主筆底一樣，也是正當的職業。我一向是信從職業平等底。我對於執任何事業底都相當地尊重他們。看優伶為賤民，為身家不清白，正是封建意識底表現。須知今日所謂身家不清白，所謂賤，乃是那班貪官污吏，棍徒賭鬼，而非倡優隸卒之流。如果一個伶人為國家民族願意做他所能做底，我們便當賦同情於他。捧與頌只在人怎樣看，並不是人人都存着這樣的心。在張先生底大文裏以為替傷兵縫棉衣，在國破家亡底時候，是每個男女國民所當負底責任，試問我國有多少男女真正負過這類或相等的責任？現在在中國底夫人小姐們不如倡優之處很多，想張先生也同我一樣看得到。塘西歌姬底義唱，淨利全數獻給國家。某某婦女團體組織義演，入款萬餘元。食用報銷掉好幾千！某某文化團體「七七」賣花，至今帳目吐不出來。這些事，想張先生也知道罷。我們不能輕看優伶，他們簡單的情感；雖然附着多少虛榮心，卻能幹出值得人們注意底事。

一個演電影底女優，她底色是否與她底藝一樣重要？（依我底標準，×××女士並不美。此地只是泛說。）若是我們承認這個前提，那麼「色相」於她，當等於學識於我們，一樣是職業上的一種重要的工具，能顯出所期底作用底。假如我們義賣文章，使國家得到實益，當然不妨做做。同樣地，申論下去，一個女優。義賣她底照片，只要有人買，她得到乾淨的錢來獻給國家，我們便不能說她與抗戰和民族國家無關，更不能說會令人肉麻。如果我們還沒看見她要展賣底都是什麼，便斷定是「肉麻」，那就是侮辱她底人格，也侮辱了她底職業。

×××女士底「造像」我一幅也沒見過，據說是她底戲裝和電影劇裝居多。我想總不會有什麼肉麻的裸體像。縱然會有，也未必能引青年去「看像手淫」。張先生若是這樣想，就未免太看不起近代的青年了。色慾重的人就是沒有像××××，對着任何人底像，甚至於神聖的觀音菩薩，也可以手淫底。張先生你說對不對？她賣「造像」××××××。人們底褻行與可能的誘惑，與她所賣底照片並沒關係。當知她賣自己底造像是手段，得錢獻給國家是目的。假如一個女人或男人生得貌美而可以用本人底照片去換錢底話，只要有人要，未嘗不可作為義展底理由。我們只能羨慕他或她得天獨厚，多一道生利之門罷了。某人某人底造像賣給人做商標，賣給人做小囡模型，租給人做畫稿，做雕刻模型，種種等等，在現代的國家裏並沒人看這些是肉麻或下賤無恥。

捧戲子，頌女優，如果意識是不乾淨的，當然是無聊文人底醜跡。但如彼優彼伶所期望辦理的事是值得贊助底話，我們便當尊重他們。看他們和我們一樣是有人格底，不能以其為優伶，便侮辱他們。我們當存君子之心，莫動小人之念，才不會失掉我們所批評底話底價值。我以為對於他人所要做底事情，如見其不可，批評是應該有的，不過要想到在這缺乏判斷力底群眾中間，措詞不當，就很容易發生一犬吠影百犬吠聲底事，於其他的事業，或者也會得到不良的影響。

謝謝二位先生費神讀這封長信。我並不是為做啟文底人辨護，只是對於以賣自己底照片為無恥的意思提出一點私見來。先生們若是高興指教底話，我願意就這事底本，再作更詳盡的客觀的討論。

許地山謹白的

國慶日所立底願望[1]

明天就是中華民國建國第二十八周年的紀念日，卻是第二十九周年的第一日。從這點看來，也是一個元旦。這個建國的元旦當比時令的元旦更有深遠的意義，因為這是國家的生日，全國的人民在這天不但要彼此祝賀，並且對着他的國家立個人工作的願望。我們在元旦對於一切總是要從好裏想的。我們對於一年中的期望也是要望着安泰與康樂那邊去的。我們常回想到「國泰民安，風調雨順」這樣的好話。但是從前的人口裏雖是這樣禱祝，在行事上、思想上卻沒努力去求實現，弄到年年是在期望着，而風雨國民仍不免有不調不順不泰不安的現象。這固然由於執政者的知識的不充足，但一般人對於國家民族的觀念與見解的錯誤也是重要的原因。人民必得對於國家有深切的認識，知道國家的生存與他有密切的關係，才可以期望國運的興隆。不然，雖有知識與願望也是徒然。

□□□□□□□□，對於國慶日我們不敢有很奢的期望，如果能達到下列四個願望，便滿足了。

第一，我們願望中華民國的國本從今天以後越發堅定。舊時代的人民只知有朝，不知有

1 首刊於香港《大公報》一九三九年文藝副刊七一五期，十月九日出版。

國，且每每以朝為國。亡國只是換朝的別名。國民，在事實上不過是君主的臣僕。君主只知他的地位是上天命他來造元首，來享受，所期望於國泰民安風調雨順的無非是使他個人安享。他對於國家沒有高尚的理想，只知道人民是為他而生存。人民也就不敢有什麼主張，縱然有，也不敢闡發出來。

所以我們可以說在二十八年前，中國只有朝代並沒有什麼國家。「國」的產生，在中國只是這二十幾年。我們的民眾對於民主政體從模糊的接觸，漸漸進到比較清晰的認識，也同於一個人從幼年進到成年期間，經驗和理想都漸漸有了根基。我們今日的國難，便是命運將我們拋在民族海中或國家林裏，來試驗我們的圖存力量是否充足，試驗我們對我們建國的理想是否正確；我們對於所持的信念是否忠誠。我們願望國本越來越堅定，先要了解我們的建國理想與護持我們對於國家的信念。

第二，我們願望從今日起，國內瀆職貪婪的官吏迅速被鏟除。人民對於政府和國家缺乏熱情的擁護，都是因為多數的文武官吏瀆職貪婪。那班人的人生觀只望求到個人的享受，仍脫不了朝代臣僕的觀念，還沒進到國族公僕的階級。故此，一切的活動都是為個人的榮華富貴努力。他們對於群眾的福利固然不關心，而對於公款私財，還要盡力榨取。人民的脂膏在他們手裏，國家的命脈也要斷送在他們的手裏。我們要看這樣的民賊的罪惡是和漢奸一樣，要在短期間清除他們。我們要分辨他們是否貪婪是很容易的。對於「發國難財」的公務人員，更容易識別。政府如果對於他們沒辦法，我們就怕國家前途的荊棘會更多了。在嚴懲貪污以外，我們還希望政府能夠明令規定人民財產的最高額數，凡超過法定的額數的財產充為公有。這樣或者可以使貪婪者無所企圖，於國家民族的康健是很有裨益的。

第三，我們願望從今天起，國民的知識蒸蒸日上。人民被欺負多因於知識缺乏。他們不知道國家與他們的關係，在數千年的教訓底下，使他們對於事事都聽天由命，當事順從，遇事畏葸。要知順從不定是服從。服從是由於自己的了解，對於某事佩服，才隨從着做下去。順從是不管你了解與否，你總順從着別人的意思去做。這樣縱然不把他們變成犬馬，也與奴隸差不多了。我們願望有知有力有權的國人迅速地把他們從愚暗的牢獄解放出來。那麼，對於他們，我們應當負起供給一個健全的國民應具的常識的責任。識字運動與國語統一運動是刻不容緩的，在傳播知識的工作上，我們受過教育的人們都應當參加。這是義不容辭，責無旁貸的事業，也是我們神聖的使命之一。還有我們見得到的信預言、信真命天子、信符咒等等知識上與心靈上的微〔霉〕菌蔓延於各階級中間，更要使我們對於知識的傳播是必須迅速地舉行的。

第四，願望國民對於文藝和精神上等的資養料越能吸收。乾燥的知識若沒有文藝的陶冶，或者只能造成一個有用的人，可不能做成一個有性情的人。性情對於事業也是很重要的。許多沒靈魂的國賊民賊，多半由於性情乖戾所驅使。要預防這個，我們在文藝上應當供給有益的糧食。這個步驟，當然要分出許多等第，但我們最要的作品，必須以能供給前方將士與勞作的群眾為主。他們的需要文藝皆比優閒的人們更迫切。所以我們希望全國文藝家努力為他們多產些作品。我們不希望濫調的宣傳文學，只希望作者能誠實地與熱情地將他們的感想與經驗宣露出來，使讀者發生對於國家民族的真性情，不為物欲強權所蒙蔽，所威脅。

我們不要打空洞的如意算盤，望國際情形好轉，望人來扶助我們。我們先要扶助我們自己，深知道自己建立的國家應當自己來救護，別人是絕對靠不住的。別人為我們建立的國家，那建立者一樣可以隨時毀掉它。所以我覺得我們這個國慶日於我們特別是可寶愛的，我們要人人得到天賦的權益，在世上滿足地生存着，當須念念不忘地圖謀所願望的工作能夠逐漸實現。

今天[1]

陳眉公先生曾說過：「天地有一大賬簿：古史，舊賬簿也，今史，新賬簿也。」他的歷史賬簿觀，我覺得很有見解。記賬的目的不但是為審察過去的盈虧來指示將來的行止，並且要清理未了的賬。在我們的「新賬簿」裏頭，被該的賬實在是太多了。血賬是頁頁都有，而最大的一筆是從三年前的七月七日起到現在被掠去的生命、財產、土地，難以計算。我們要擦掉這筆賬還得用血、用鐵、用堅定的意志來抗戰到底。要達到這目的，不能不仗着我們的「經理們」與他們手下的夥計的堅定意志，超越智慧，與我們股東的充足的知識、技術和等等的物質供給。再進一步，當要把各部分的機構組織到更嚴密，更有高度的效率。

「文官不愛錢，武將不惜死」的名言是我們聽熟了的。自軍興以來，我們的武士已經表現出他們不惜生命以衛國的大犧牲與大忠勇的精神。但我們文官的中間，尤其是掌理財政的一部分人，還不能全然走到「不愛錢」的階段，甚至有不愛國幣而愛美金的。這個，許多人以為是政治還不上軌道的現象，但我們仍要認清這是許多官人的道德敗壞，學問低劣，臨事苟辦，臨財苟取的結果。要擦掉這筆「七七」的血賬，非得把這樣的壞夥計先行革降不可。不

1　首刊於香港《大公報》特刊一九四〇年七月七日。

但如此，在這抵抗侵略的聖戰期間，不愛錢、不惜死之上還要加上勤快和謹慎。我們不但不愛錢，並且要勤快辦事；不但不惜死，並且要謹慎作戰。那麼，日人的凶焰雖然高到萬丈，當會到了被撲滅的一天。

在知識與技術的貢獻方面，幾年來不能說是沒有，尤其是在生產的技術方面，我們的科學家已經有了許多發明與發現（請參看卓芬先生的近年生產技術的改進。香港《大公報》二十九年七月五日特論）。我們希望當局供給他們些安定的實驗所和充足的資料，因為物力財力是國家的命脈所寄，沒有這些生命素，什麼都談不到。意志力是寄託在理智力上頭的。這年頭還有許多意志力薄弱的叛徒與國賊民賊的原因，我想就是由於理智的低劣。理智低劣的人，沒有科學知識，沒有深邃見解，沒有清晰理想，所以會頹廢，會投機，會生起無須要的悲觀。這類的人對於任何事情都用賭博的態度來對付。遍國中這類賭博的人當不在少數。抗戰如果勝利，在他們看來，不過是運氣好，並非我們的能力爭取得來的。這樣，哪裏成呢？所以我們要消滅這種對於神聖抗戰的賭博精神。知識與理想的栽培當然是我們動筆管的人們的本分。有科學知識當然不會迷信占卜扶乩，看相算命一類的事，賭博精神當然就會消滅了。迷信是削弱民族意志力的毒刃，我們從今日起，要立志掃除它。

物質的浪費是削弱民族威力的第二把惡斧。我們都知道我們是用外貨的國家，但我們都忽略了怎樣減少濫用與浪費的方法。國民的日用飲食，應該以「非不得已不用外物」為宗旨。煙酒脂粉等等消耗，謀國者固然應該設法制止，而在國民個人也須減到最低限度。大家還要做成一種群眾意見，使浪費者受着被人鄙棄的不安。這樣，我們每天便能在無形中節省了許多有用的物資，來做抗建的用處。

我們很滿意在這過去的三年間，我們的精神並沒曾被人擊毀，反而增加更堅定的信念，以為民治主義的衛護，是我們正在與世界的民主國家共同肩負着的重任。我們的命運固然與歐美的民主國家有密切的聯繫，但我們的抗建還是我們自己的，稍存依賴的心，也許就會摔到萬丈的黑崖底下。破壞秩序者不配說建設新秩序。新秩序是能保衛原有的好秩序者的職責。站在盲的蠻力所建的盟壇上的自封自奉的民主，除掉自己僕下來，盟壇被拆掉以外，沒有第二條路可走，因為那盟壇是用不整齊、沒秩序和腐敗的磚土所砌成的。我們若要註銷這筆「七七」的血賬，須常聯合世界的民主工匠來毀滅這違理背義的盟壇。一方面還要加倍努力於發展能力的各部門，使自己能夠達到長期自給，威力累增的地步。

祝自第四個「七七」以後的層疊勝利，希望這筆血賬不久會從我們的新賬簿擦除掉。

對於本年公立各院校（香港）統一招生入學考試的感想[1]

本年度昆明區公立各院校統一招生委員會派我當巡視委員，一連四天對着一千餘學子，精神格外興奮，因為他們使我對於中國底將來抱很大的希望。在程度方面，我覺得各科底試驗標準降低了許多。學生們在流離失所底時間，不能苛求他們底程度提高，稍微差一點也就算了。至於聘任監試委員與巡視委員，如下年仍然舉辦同樣考試底話，我以為應當注意下列幾點。

（一）巡視委員不需要。監試委員至好須聘任與考生出身底學校無關係底人員。

（二）監試委員當先期三月聘定，如不能擔任，即須立刻答覆，以便委員會另聘他人。

（三）考試地點須求集中，試場越少越好。

（四）考試科目每日至多以兩科為限。

這回底監試員與巡視員中有些簡直沒到過場，有些雖然到場，也不過是應卯主義，一露面就走，以致考生中有作弊底機會。到場底監試員，有些很負責任，對於傳遞答案、帶

1 首刊於香港《大公報》一九四〇年八月二日。

夾、槍代等弊，便加以警告或扣留試卷。有些卻簡直不理會。真正盡責底巡視員也不很多，這不負責底原因或者是由於徇情，捨不得檢舉自己的學生；或者是本人太忙，不能費幾天底時間在考場裏頭。我以為最好是取消巡視委員，將監試委員流動地分配在各試場裏，一面監督，一面巡察。這樣，監試中縱有三五人缺勤，也沒有大妨礙。不像這次，有四五位監試員同在一個試場裏，有些只有一位在那裏監視着。而且各人底性格有寬嚴，巡行監視，可以調劑一下。至於收發試卷，不必要監試員經理，可以在每個試場委任一二位掌卷委員負其責任。

這回作弊最多的考生多發見於主寬底監視員所監底試場。有一位監試員說：「他們不過是要求學問深造底一個機會，作一點弊，何必認真？」哪裏知道這是失掉考試底意義了。如果我們容作弊底考生入學就等於把誠實底優等生底入學機會掠奪了來給不誠實的劣等生，將來教底人費力，學底人不但不進步，並且養成一種僥倖心來對付一切的事情，這不但是精神，時間與金錢底損失而已。作弊底最精彩的一幕是第三天早晨在□□□底一個試場演出底。有一個考生把自己底卷遞給與考底朋友代答，被監視員看見了，當堂扣了他底卷。他不服，出了場，到了下午，他領了好些不與考底同學闖進試場，個個握着拳頭要找那位扣卷底監試員來打。考試本是試驗個人程度底相當與否，程度不夠，自當勉勵，不這樣做，而去作弊，已是不該，還要糾眾滋事，成何教育體統！作弊者對自己還不誠實，將來對付一切更不必問了。這種學生簡直已有了犯罪劣根性，該生出身底學校底平時訓育如何可想而知。所以對於訓育成這樣的學生底學校應當受罰，將該校學生停考一次，以示懲戒。

最後，使我感到快慰底是考理工醫農等科底學生作弊底比較少。這證明他們是受了實事求是底訓練，有科學家的精神。為學本來應當如此，知道就說知道，不知道再求知道。僥倖入學，於學業底前途是有妨礙底。中國迫切地需要這類誠實為學底學生呀！

蔡孑民先生（蔡元培）的著述[1]

認識蔡先生的人們都知道他的學問淵博，人格健全，但總沒機會看見一部蔡先生自訂的「文存」或「學術論著」之類。

蔡先生到底沒寫過什麼偉大與不朽的論文，可是這個不能説他沒有學問。學問在學者身上每顯出兩種功用：第一是知其所學，終身用它來應世接物；第二是明其所知，努力把它傳遞給後人。越是有學問的人越能應用他所學的到自己身上。「讀聖賢書，所學何事？」正是學者對於學問的第一種功用所發的反問。一個謹於修身、勤於誨人、忠於事國的學者，倒不必有什麼可以藏諸名山的著作，更沒工夫去做那一般士大夫認為雋美的餖飣文章。他的人格便是他的著作，他的教誨，便是他的著作。試看見蔡先生掌北京大學以後，在他指導之下，近二十年來，全國有多少在各門各類中見地超越與知識深邃的學者與那最高學府沒有關係？蔡先生為他的友生們設計，給他們各人有闡明所學與深究所知的機會，這功績當比自己在各種學問上做些鉛槧傭所做的膚淺的文字較為偉大。

蔡先生參加革命運動的時候，個人生活，在經濟方面，是非常困難的。那時候，他一面

1 首刊於《東方雜誌》一九四〇年第三七卷第八期。

辦報，一面譯書。因為要避免當時執政者的注意，他曾用「蔡振」的名字來做筆名。譯書也不過為糊口計，不盡是傳播學問。不過他沒有做那比較容易銷售的翻譯「歐美名家小說」的事業。他早已認定最高的學問在哲學，知識的強敵是迷信，感情與意志所寄託的在美，於是從事於哲學教科書的編譯。《哲學大綱》是取材於德國厲希脫爾的哲學導言，泡爾生與馮德二氏的《哲學入門》，和其他參考書編成的。《哲學綱要》是取材於德國文得而班的《哲學入門》編成的。泡爾生《倫理學原理》是據日本蟹江義丸的譯本轉譯的。他又譯了日本井上圓了的《妖怪學講義》，但只有第一卷，其他五卷可惜未譯出來。這是一部破除迷信的大著，希望以後有人費些工夫繼續譯成它。在著作方面可以提出的是《石頭記索隱》《教授法原理》《中國倫理學史》《美育實施的方法》及《華工學校講義》。他的譯著多數在商務印書館出版，因為他的筆墨生涯很早就寄託在那印書館的編譯所裏。此外零篇文字，除在新潮社編的《蔡孑民先生言行錄》收集以外，二十年來所寫的還沒有集成，但我們在那本二十年前的集錄已經可以看出蔡先生的思想的輪廓。

這裏要特別提出來的是附在《言行錄》裏的《華工學校講義》。那是為留法的華工寫的。那書的內容是《德育講義》三十篇、《智育講義》十篇，我們把書中各篇細讀一遍，就覺得作者早已理會灌輸德育、智育等知識給那沒多少機會受完全教育的勞力同胞是救護民族的重要工作。士大夫對於學問所缺的不在知而在行；農工們所急需的只在知，沒有知識就容易瞎作胡為，假使能夠給他們充分的知識，國家民族的進步當然會加倍地快。我們常感覺得長篇大論，對於勞動的群眾是不相宜的。他們不但不能用專心去讀一本上萬字的書，並且也沒工夫去念，所以需要一種幾分鐘可以讀完的簡明的小冊子。在《華工學校講義》裏，蔡先生所選的題材都非常切用，如合眾，合己為群，公眾衛生，愛護公物，盡力於公益，勿畏強而侮弱，戒失信，戒狎侮，理信與迷信，自由與放縱，熱心與野心，互助與依賴，愛情與淫欲，有恆與保守等都是做成健全公民所需知道的。這書好像沒有編完，因為關於智育的只有十篇，而且很不完全。

蔡先生是提倡以美育代宗教的。這是他對於信仰的態度。從他的言論看來，他是主張理信的，他信人間當有永久的和平與真正的康樂。要達到這目的，不能全靠知，還要依賴對於真理的信仰。能知能行，不必有什麼高尚的理想，要信其所知的真理與原則，必能引人類達到至善誠心盡力地去實現它，才是真正實行。所以知與行還不難，信理才是最難的事。蔡先生是個高超的理想家，同時又是個坦白的實踐家，他的學問只這一點，便可以使景仰他的人們，終生應用。世間沒有比這樣更偉大、更恆久的學問。

談《菜根談》[1]

大公晚報近日連刊一部舊書名叫《菜根談》。這部書對於個人的修養上很有益處。在十四歲底時候，我第一次讀它，到現在還有好些教訓盤據在心中。我最初讀底是一部日本人著底《菜根談通解》，當時雖不全看得懂，卻也了解了不少。

這書是明朝萬曆年間底洪應明所著底。應明字自誠，號還初道人，家世事業，無傳可稽。他底著作現存底有《仙佛奇蹤》四卷和《菜根談》二卷。《仙佛奇蹤》，《四庫全書》收入小說家類，前二卷記仙事，後二卷記佛事，可知作者是個精研佛道底人。這書與《菜根談》一卷同被收入民國十六年涉園排歸底《喜詠軒叢書》戊編裏。《菜根談》底刊本很多，內容也有增減。道光十三年北京紅螺山資福寺翻刻乾隆三十三年岫雲寺本，名《重刻增訂菜根談》分為五篇：修省四十二章，應酬五十八章，評議五十二章，「閒適」五十章，「概論」二百零三章，共四百零五章。光緒二年刊本分為前後集二卷，前集說處世要訣，二百四十章；後集示守靜修德底要諦，一百三十四章。全書共三百五十八章。各刊本底章數頗有加減，我所見最多的是岫雲寺本。

---

1 首刊於香港《大公報》一九四〇年九月廿七日。收入《雜感集》，商務印書館一九四六年十一月版。

《菜根談》底命名是取宋汪革所説「能咬得菜根斷，則百事可做」底語意。全書咀嚼儒釋道三教底要旨，教人以處世與自處底方法。論它底性質是格言；論它底談吐是從晉代底清談演變出來底。自誠能把三教教理融溶在一起，讀起來感覺得作者底文章底超脱而有風韻。全書用押韻與對類寫成，辭句底秀麗，意義底幽奧，真可以令人一誦一擊節，一讀一深思。不過裏頭有些是消極的格言與閒人的哲學，很不適於向上思想底。「評議」第二十章：「廉官多無後，以其太清也。痴人每多福，以其近厚也。故君子雖重廉介，不可無含垢納污之雅量；雖戒痴頑，亦不必有察淵洗埃之精明。」應酬第三十八章：「『隨緣』便是遣緣，似舞蝶與飛花共適。順事自然無事，若滿月偕盂水同圓。」「閒適」第二章：「世事如棋局，不着的才是高手。人生似瓦盆，打破了方見真空。」第五十章：「夜眠八尺，日噉二升，何須百般計較？書讀五車，才分八斗，未聞一日清閒。」諸如此類底文句很多，讀過了很易令人發起消極的反感，所以我主張選載比較全刊好些。

論「反新式風花雪月」[1]

「新式風花雪月」是我最近聽見底新名詞。依楊剛先生底見解是說：在「我」字統率下所寫底抒情散文，充滿了懷鄉病底嘆息和悲哀，文章底內容不外是故鄉底種種，與爸爸，媽媽，愛人，姐姐等。最後是把情緒寄在行雲流水和清風明月上頭。楊先生要反對這類新型的作品，以為這些都是太空洞，太不着邊際，充其量只是風花雪月式的自我娛樂，所以統名之為「新式風花雪月」。這名辭如何講法可由楊先生自己去說，此地不妨拿文藝裏底懷鄉，個人抒情，堆砌詞藻，無病呻吟等，來討論一下。

我先要承認我不是文學家，也不是批評家，只把自己率直的見解來說幾句外行話，說得不對，還求大家指教。

我以為文藝是講情感而不是講辦法底。講辦法底是科學，是技術。所以整匹文藝底錦只是從一絲一絲底嘆息，懷念，吶喊，憤恨，譏諷等等，組織出來。經驗不豐的作者要告訴人他自己的感情與見解，當然要從自己講起，從故鄉出發。故鄉也不是一個人底故鄉，假如作者真正愛它，他必會不由自主地把它描寫出來。作者如能激動讀者，使他們想方法怎樣去保

1 首刊於一九四〇年十一月十四日香港《大公報·文藝》第九六八期。

存那對於故鄉底愛，那就算盡了他底任務。楊先生怕底是作者害了鄉思病，這固然是應有底遠慮。但我要請她放心，因為鄉思病也和相思病一樣地不容易發作。一說起愛情就害起相思病底男女，那一定是瘋人院裏底住客。同樣地，一說起故鄉，什麼都是好的，什麼都是可戀可愛的，恐怕世間也少有這樣的人。他也會不喜歡那隻扒滿蠅蚋底癲狗，或是隔鄰二嬸子愛說人閒話底那張嘴，或是住在別處底地主派來收利息底管家罷。在故鄉裏，他所喜歡底人物有時也會述說盡底。到了說淨盡底時候，如果他還從事於文藝底時候，就不能不去找新的描寫對象，他也許會永遠不再提起「故鄉」，不再提起媽媽姊姊了。不會作文章和沒有人生經驗底人，他們底世界自然只是自己家裏底一廳一室那麼狹窄，能夠描寫故鄉底柳絲蟬兒和飛災橫禍底，他們底眼光已是看見了一個稍微大一點的世界了。看來，問題還是在怎樣了解故鄉底柳絲，蟬兒等等，不一定是值得費工夫去描寫，爸爸，媽媽，愛人，姊姊底遭遇也不一定是比別人底遭遇更可嘆息，更可悲傷。無病的呻吟固然不對，有病的呻吟也是一樣地不應當。永不呻吟底才是最有勇氣底。但這不是指着那些麻木沒有痛苦感覺底喘氣傀儡，因為在他們底頭腦裏找不出一顆活動的細胞，他們也不會咬着牙齦為彌補境遇上的缺陷而戮力地向前工作。永不呻吟底當是極能忍耐最擅於視察事態底人。他們底筆尖所吐底絕不會和嚼飯來哺人一樣惡心，乃如春蠶所吐底錦繡底原料。若是如此，那做成這種原料底柳絲，蟬兒，爸爸，媽媽等，就應當讓作者消化在他們底筆尖上頭。

其次，關於感情底真偽問題。我以為一個人對於某事有真經驗，他對於那事當然會有真感情。未經過戰場生活底人，你如要他寫炮火是怎樣厲害，死傷是何等痛苦，他憑着想像來寫，雖然不能寫得過真，也許會寫得畢肖。這樣描寫雖沒有真經驗，卻不能說完全沒有真感情。所謂文藝本是用描寫底手段來引人去理解他們所未經歷過底事物，只要讀者對作品起了共鳴作用，作者底感情底真偽是不必深究底。實在地說，在文藝上只能論感情底濃淡，不能論感情底真偽，因為偽感情根本就夠不上寫文藝。感情發表得不得當也可以說虛偽，所以不必是對於風花雪月，就是對於靈、光、鐵、血，也可以變做虛偽的吶喊。人對於人事底感情每不如對於自然底感情濃厚，因為後者是比較固定比較恆久的。當他說愛某人某事時，他未必是真愛，他未必敢用發誓來保證他能愛到底。可是他一說愛月亮，因為這愛是片面的，永遠是片面的，對方永不會與他有何等空間上，時間上人事上的衝突，因而他底感情也不容易變化或消失。無情的月對着有情的人，月也會變做有情的了。所忌底是他並不愛月亮，偏要說月亮是多麼可愛，而沒能把月亮底所以可愛底理由說出來，使讀者可以在最低限度上佩服他，撒底謊不圓，就會令人起不快的感想，隨着也覺得作者底感情是虛偽的。讀書，工作，體驗，思索，只可以培養作者的感情；卻不一定使他寫成充滿真情底文章，這裏頭還有人格修養底條件。從前的文人每多「無行」。所以寫出來底縱然是真，也不能動人。至於敘述某生和狐狸精底這樣那樣，善讀文藝底人讀過之後，忘卻底雲自然會把它遮蓋了底。

其三，關於作風問題。作風是作者在文心上所走底路和他底表現方法。文藝底進行順序是從神壇走到人間底飯桌上底。最原始的文藝是祭司巫祝們寫給神看或念給神聽；後來是君王所豢養底文士寫來給英雄，統治者，或閒人欣賞；最後才是人寫給人看。作風每跟着理想中各等級底讀者轉變方向。青年作家底作品所以會落在「風花雪月」底型範裏底原故，我想是由於他們所用底表現工具——文字與章法——還是給有閒階級所用底那一套，無怪他們要堆砌詞藻，鋪排些在常人飯碗裏和飯桌上用不着底材料。他們所寫底只希望給生活和經驗與他們相同底人們看，而那些人所認識底也只是些中看不中用的詞藻。「到民間去」，「上前線去」，只要帶一張嘴，一雙手，就夠了，現在還談不到帶文房四寶。所以要改變作風，須先把話說明白了，把話底內容與涵義使人了解才能夠達到目的。會說明白話底人自然擅於認識現實，而具有開條新路讓人走底可能力量。話說得不明白才會用到堆砌詞藻底方法，使人在五里霧中看神仙，越模糊越秘密。這還是士大夫意識底遺留，是應當摒除底。

六、講稿

人生問題底解答與我們底信仰[1]

這是去年（一九三六）許地山教授在本校畢業禮拜對畢業生演講底演詞，題目我替他加上的。承許教授把原稿寄來，至感。其中有兩句話引用希臘原文，因為印刷不便，我們把它刪去了。——鏡池[2]記

吾等傳福音者，在要出去工作之前，應先想着我等能幹什麼？我們底工作只是使人知道神底存在，神底威嚴，神底慈愛，罪惡底可憎可怖，救贖底可能可羨麼？這樣的傳福音法，我想已經過時。因為福音已經被群眾所聞，甚至有被看為比宗教所傳的福音更合理更可能的福音如社會主義共產主義等，也瀾漫於現在的世界。所以傳福不是基督教所專有，我們以為我們帶着一種使命或好消息去給群眾，使他們悔改領悟，有人卻以為可以不必做。有態度好

1 首刊於《協和學報》第二十一期。

2 李鏡池（一九〇二—一九七五），字聖東。廣東開平金雞鎮橫岡村人。其父李希殷是美國華僑，逝世於美國波士頓。先生早年就讀於廣州協和神學院，二十年代中期赴燕京大學，在國學研究所師從陳垣，亦從許地山、顧頡剛等先生學「道教史」、「古史研究」等課程。自一九三一年起，先後任教於廣州協和神學院、燕京大學、嶺南大學，講授「中國文學史」、「中國學術思想史」、「中國古代宗教研究」等課程。

一點底，便効我們少用口頭說明，須要多用身行底證明。當然做見證是得人信仰底惟一途徑，但問題是要怎樣證明我等所傳底福音為惟一的福音，我等所信之真理為無上的真理，為超乎欺騙與愚拙的推想，和我們所信為含有極大的實現可能性。

講到求證，思想底根據是必要的。沒有行為能夠捨棄思想底根據而能做得有效底。但思想的進步，會漸次改變行為的路向，因而影響到原來所依據的理論。我們讀教會史便可以明白歷來神學與哲學變遷底過程，直接影響到教會底組織，與工作。所以我們今日底需要仍然要在行為的思想上的根據檢察。

無論在什麼思潮底下，傳福音者都信人類，如果不是全體，最少當有一部分，所謂選民底，必有一個光明的或極樂的將來。目前的不安與失望，不過是人間不能全然了解底神意所驅策底現象，無論如何，他總認人生是有意義。但「人生有意義」，這句話是要等待證明的。平常我們只是信仰，並沒有想到怎樣證明。縱然有所證明，也是自繫自解，不是完全客觀的。我們底古聖先知以為天啟是比一切證明更為確實，這樣直觀的證明法只能滿足少數人，不能算是實證。

在有神的人生觀裏，神底意志底動向，是人類所遵循底去處。無論前途吉凶如何，神底意旨常被放在頭裏。神要納人間入於道德律中，因而所謂「人生意義」主於善惡底剖判，與賞罰的施予。古代猶太人被擄時，先知們深信那是人間獲罪底結果，這思想傳下來成為基督教的世界終局觀及來世觀。但是賞善罰惡，或作善降祥，作不善降殃的信仰，持「人生意義」的人們多半是這樣想。這樣把人生的歷程看做因果現象，實際上是一般宗教思潮底特性。各宗教家在這點上所差的只是因果底久延性。

有些以為是現做現報，有些以為是現做後報，有些以為果報是種所立的律法，違順在人，有些以為最高的原理便是因果。有些以為果報只是人生歷程中之一報，生活非為因果而有，最後的歸宿乃是神早定下的主意，人間的善行或惡行不能更改神意的分毫。宗教思想在這點上便是分歧的叉口，同一宗教的教派分歧也在這裏。所以我們如果要實證我們所傳的福音是合理的，在這問題上應能解得通。我們思想認得清，我們的行為才能站得住。現在且把宗教的人生論與結局論，依箇人所知底略為分辨出來。

一、不然論。這思想是以一切為無意義，現實的世界只是迷妄，與幻覺所成，並非實有，因此人生的意義也了不可得。人生只是無系統的盲動，縱然有神，神也是胡混，沒有目的，沒有果報，一切到頭盡是虛空。因果只是人們底錯覺與幻想，善不得賞，惡不受罰，因為賞罰與行為思想無因果關係。這派在歐洲哲學稱為 Acosmism 意為「無宇宙論」，它是違反道德的宗致底主張底。

二、定然論。這是宿命論或定命論者底看法。西方稱之為 Determinism，在倫理學上否定意志底自由，以吾人之行為與意志為必然，為前定，無選擇之可能。在宗教上，一方面以為神在未有宇宙以前早已定下主意，使之經歷成住壞空各種階段；一方面以為人間底生活早已判定，選民早已被選，不被選者，雖善亦無益。人底祈禱絕不能動搖神或最高意志的分毫。這看法是使人感覺得一切不能由人間意志所左右。

三、必然論。是依因果律推到人生的歷程，行善者導善報，行惡者得惡報，行為是本着機械律進行，一點也不能苟且底，種瓜得瓜，種豆得豆，應毋庸疑，中國底數論是屬於這一派，心靈也包在數或天機中，甚至無知底物質，其成壞皆有數存焉。如邵子算他底茶壺在某日中午當碎的故事，是這思想底好例。這思想與上頭定然論不同之處，在前者是以意志為主，這是以因果關係為主。如因果關係扣得準，所期的結果必然可以獲到。周公與桃花女鬥法底故事，是說明數底關係更改，命運也隨着更改。

四、或然論。定然論與必然論在理論上還有缺點，因此有人以為人生一切都是或然，這「或」字意為一切事功不能一定得到所期的結果，因為因與果中的緣，捨有多分底或然性，種瓜不定得瓜，種豆不定得豆，善人不定得善報，只能說或可得善報。這因人生並不是機械的，其中有許多心靈的成分，與時空的差別。不能像必然論者，專從論理或算學的公式來判斷事物。如說十人作工，五日可完，廿人作工，則二日半可完，如此推下去，四十人作工豈不是不為而成了嗎？這是有真理，無其事。至於心靈能力與機械物質底違反，如印度苦行者之履火不灼，坐釘不傷，這是有其事，無其理。那末，宇宙底事理關係我們或者終不能徹底明瞭，故人生的路向，我們只能或者會怎樣，不能說定會怎樣。種瓜或可得瓜，種豆未必得豆。

五、偶然論。這派以為一切生活的歷程都是機緣的偶合，並沒有一定目的與趨向，事物之生起也沒有絕對的原因，故此派又名無因論，歐洲稱為 Accidentalism，但他是很近於倫理上的自由論，在形而上學也稱為 Tychism。這派主張沒有前定的計劃，原始鳥類底祖，在水中生活，不一定立意要飛在天空，因為在濕地積漸地拍動前肢，後肢積漸跳躍，因而進化成為飛禽，當其飛起，並非一種意志的實現，乃是偶然的機緣所成，人間生活也是如此，有許多的成就並非有計劃使然，而是機緣的偶合。大體說來。物質的勢力比心靈的為多。

六、可然論。這論是我個人的愚見。其立意很近於自由意志論（Libertarianism）或非定命論（Indeteeminism）。鄙意以為人生底將來雖不能決定其結局如何，假如依照已得知識，和可能底信仰做去，百折不回，我們當能達到所期底目的。在宇宙初成時，神底主意或者早已建立，可是神並非固執的，人類底意志與知識增長，與神自己的增長只是程度底差別，因為「生」底增長的。結果與成因，又是相對的，所以完全了一段，再計劃第二段，如是達到無窮，這便是我個人的永生底愚見。人生底將來所含條件很多，現在的尋求與祈禱，換言之，即信與行，乃是達到將來所期目的底條件。不種無穫，種而所積與所期相違，當要再種，務期以人回天。故地獄可以信行使其無，天國可以信行使其有。我們只看當前急要應付的條件，做得一步是一步，我們信人生是可塑的，對它立一個目的，縱然不是恒久的，也能使我們底工作可能達到目的。從信仰產出的計劃，從理智履行它。那末，我們傳福音底便不怕沒有事情做了，故「你要認識真理，真理必叫你得以自由。」

傳福音底目的，只在使人生向上，向周圍進到一個完全無罪無疵，絕聖潔的世界。我們捨掉立生活有意義不能得到有力的根據，也不能得到證明。但人生有無意義，這問題本身是不容易解答它，除掉信仰以外，沒有別的道途。有了這信仰，我們便進一步要問我們何所為而求達到我們理想中，信仰中以為最完善的世界呢？為享樂麼？為示神底權榮麼？無論怎問，我只為同情與不滿足當前與過去所激動，我的目的只求大眾底福利與道德能力底增長。我當信這「能」字，如基督教所常教的。我知，我信，我做，我能，是使人間生活底前途底堅確的保障。保惠師能指示我們一條得保障底路。可是他並不許你絕對地依賴而能立刻超凡入聖，出地登天。天國底人民，個個應是強健者，基督在世時所說的八福中，為義受迫者有福，因為天國是他的，並不是說天國中都是失敗者，軟弱者，或求報酬者底住處。乃是說人當為義奮勉，雖死不辭。所以他也說「清心」，清心是不為求自我的享受而追尋天國。人用百年底善行來換天國永遠的享樂，算起來也是貪心。人被欺侮而不自振作，只望到天國去受安慰底，算起來也是怯弱。如果天國是充滿這樣底人，我寧可不進去。

我們傳福音底，如果能向這一條路去證明我們所信底教義，我想必能為神所喜。唯有這條路，這樣底根據，能夠產出感化人底力量。現在世界具有物質心底人多，傳福音底當使他們化為肉心，使他們看心靈可以勝物質的及機械的能力。這裏容我選以西結書十一章十七至二十一底話贈給諸位畢業的同學。

『你當說，主耶和華如此說：……我，然使他們所行的報應在他們頭上。』

〔「如果我們願意重新獲得人生的真意義，我們必須努力於基督教的革新——倭鏗[1]」〕

1 倭鏗（德語：Rudolf Christoph Eucken，又譯魯道夫・克里斯托夫・奧伊肯，一八四六年一月五日—一九二六年九月十五日），德國唯心主義哲學家，一九〇八年諾貝爾文學獎獲得者。諾貝爾文學獎頒獎詞：他對真理的熱切追求、他對思想的貫通能力、他廣闊的觀察，以及他在無數作品中，辯解並闡釋一種理想主義的人生哲學時，所流露的熱誠與力量

香港小史[1]

按：許地山先生於民國二十八年冬，在福建旅港同鄉會席上所作香港小史演講詞，敘述本港過去歷史頗詳，特轉載於此。

凡研究香港小史者，莫不要先考察香港名稱之由來。考香港未割讓前，隸廣東省新安縣；而稽之。《廣東通志》及新安縣誌，均無香港地名之記，「香港」，英文「HONGKONG」，係由蛋家方言譯成者。本島原為鴉片走私商屯棧地之一。新安縣誌卷二，官富司所屬村莊有「香港村」，其地近薄鳧林，當為現在香港仔附近之香港圍；製圖無香港島。而有赤柱山及現在本島東南之赤柱。大抵島名「赤柱」，香港乃其中之一小村，英人用香港名為島，赤柱名遂泯。

至於香港名稱之來源，地志未見記載。據傳說：謂此島形似香爐，故名「香爐山」，其海港即稱香港。又一說：謂昔時。有一紅香爐漂至海邊天后廟前，居民視為天后靈應所召，

1 本文由福建閩台區域研究中心許地山研究所所長丁清華（福建省博物院研究員、福建省閩南文化研究會許地山研究專委會副主任）整理。

因名其港為香港。據説天后廟即銅鑼灣之廟。又一説香港即今銅鑼灣廟前之小島燈籠洲，未知孰是也。又一説香港附近諸島上產香草多種。因以名港，但此等傳説，真偽難稽。姑備其説，不能視為定論也。

香港自南宋以來，即有居民。按粵省沿海各島大都係福建移民遺裔。如海南方言。尚保存興化鄉音，是其明證。福建沿海島嶼，大都密邇大陸，異於廣東島嶼，如萬山群島，東沙，西沙群島之遠距大陸，宋亡，福建人不樂臣元者，乃乘舟而南移，植各島，視為海外桃源。此輩未來前，福建船戶已多拓各島上。此事有各島天后廟可證。天后為閩人林氏女，船戶祀天后以福建人為先。不論南洋北洋，海內各地，凡有福建航商漁戶聚居之地，輒建廟祀焉。宋有天后之先，船戶系祀北斗，就是船上七星旗，即北斗之標誌，遺制尚有存者。及後盛祀天后，北斗之崇拜始遜。香港天后廟之遺存者頗多，足見本島以前住民，多係閩人後裔。及澳門亦然。凡到過澳門者，皆知澳門港口有天后廟，今尤稱為「媽祖閣」，該廟大約係福建漁民及航民所建者。閩人稱天后廟為「娘媽宮」或「媽祖閣」，葡人對閩音之「娘」字聽辨不清，遂訛為「媽閣」——Macao，原音——Amacao「阿媽閣」輾轉訛為「馬驛」如荷蘭人稱鄭成功為Koxingn，乃國姓爺譯成者，後人竟譯為「高星楷」，其錯誤正負相同。珠江口各閩省移民，多來自興化，泉漳次之，以其遠距大陸，元人政令不及，宋室亡後，士大夫之恥於臣元者，乃視為樂土。清代英人來華貿易，其走私者多在七洲洋至東望洋（在澳門），內伶仃，外伶仃附近地方卸貨。洋船東來，清吏謹許其依時到澳門及廣州，蓋防其私運白銀出口，私與國人交易，當時華洋互市，置有專管官員，司中外貨物互換事宜，洋貨須交由十三行商代售然後以同等價值之華貨抵給，是為買辦制及貿易統制之濫觴。外商病之，遂走私以避虧耗。洋商所運貨物大抵為鴉片、紅木、洋羽紗、象牙、時鐘等。此類物品除抽取一部分為貨品外，餘須交之行商發賣。洋舶走私者至伶仃洋，以扒龍快蟹搬運登陸。所謂快蟹，乃一種特製之船，每船有二三十人同時划槳，行駛如飛。走私之風雖熾，外商仍感不便，要求貨棧地點，如黃浦等處，俾可貯存貨品。蓋洋舶僅許停泊四個月，逾此即須駛出，在此四個月期間，雖無貨可換，亦須啟碇。行商藉此肆其拾抑漁利手段。洋商不走私者，莫不告虧折。英人東來通商，向由孟買，孟加拉等地派軍艦護航，至赤柱，內伶仃等，此諸處所附近，原為海盜巢穴。英艦一面保護走私，同時防備海盜。中國自棄海權，沿海島嶼港灣，素不注意。英艦所至，卻詳加探測。赤柱原屬大鵬游擊所轄境。當時英人對中國兵力知之頗審，蓋其時兵備腐敗，各軍多用藤牌，盛設旌旗，虛張聲勢，弱點既露，遂啟洋人輕視之心。鴉片戰起，英人乃圖佔香港。在當時英人如佔奪澳門，原非難事，惟英人眼光遠大，見澳門港灣淺狹，將來無大發展可能。其目光所注者，一為香港一為大嶼山（此處光緒末年亦租予英）。英人初探大嶼山，東通大澳，因該處流急水淺，乃改向中國要求割讓香港，中國未即應允。蓋當時上自督撫，下至府縣，皆不知香港在何處，更無論其面積形勢，遂不敢貿然許諾。英人以所求不遂，卻遣兵北上，並於一八四一年強索香港，清廷及粵省大吏不得已乃允割讓。

香港現在之中環，茲均為海地，潮來海水可漲至皇后大道。沿海市街乃填海而成，即堅尼地城、西營盤等亦均係海地填成者。

本島最初居民為蜑戶。天后廟係明代及明代以前遺物，附近各島諸廟宇均係明代舊築改建者，中以赤灣之天后廟規模最大，佛堂之廟次之。香港仔原稱石牌。鴨脷洲與香港仔間之港灣，向稱石牌灣。據日人記載，明代倭寇曾據香港仔；然無其他紀載可供參考。英人未至前，並無有關本島紀述之文獻可考，亦無碑誌可供參證者。原有村落，如天潭，黃泥涌村，薄鳧林村等名，均散見於志書中，然無詳明紀載。

英人佔領香港後，初欲開埠於赤柱，但因該處東南風甚烈，而瘴虐等病尤猖獗，英人多病死，戍者苦之，乃圖改避。傳說有名「阿裙」者，係蜑籍，領英人由南越至北面，其所經之路，今名「裙帶路」。英人遂闢本島北部，以將軍澳，九龍灣，佛堂門，急水門之海面為港，即今所稱維多利亞港是也。英人探測閔內水深在六尋以上，可泊巨艦，然初建時仍苦瘴虐，商務不振，有放棄意。早期總督如般含（即文成總督），德輔，堅尼地，軒尼詩等，繼續經營，乃漸其規模，英人又向清吏要求和借九龍半島，由尖沙咀，紅磡，至界限街，時油麻地由小村曰官涌（村現已夷廢），係前中國駐兵之處，當英兵圖據九龍，由尖沙咀登陸時，曾與華兵劇戰，是役頗為有名。戊戌政變後，德俄均在中國取得租借，英人亦援例要求拓展九龍租界，清室允之。惟九龍城及其他汎地，仍許中國駐兵（如上海跑馬地靜安寺不入租界範圍），村人有訴訟案件，仍歸新安縣管理。迨至宣統時，村人訴訟不願遠赴新安，於是民政財政遂完全歸入英人手中，現在保留未歸英人者，僅九龍寨城一隅耳。前年英人欲加拆除，嗣經交涉停止，半島方面原有居民以東莞寶安兩縣為多，間亦有蜑戶，古蹟僅有宋王臺係帝昰曾逃至其地，俗誤以為帝昺。宋時，宋王臺一帶屬官室司，其侯王廟乃楊太后外戚隨帝逃此殉難後，晉封為王。（宋外戚皆封侯）人民崇祀之，稱為侯王。帝昰。為元兵所追由閩入粵至九龍，越深水涉至荃灣（淺灣）渡海欲往安南請援。中途崩於碙洲，碙洲即今大嶼山，俗傳為廣州灣之碙洲，乃因字形以至地理之誤，帝是崩，廟號端宗。帝昺嗣位，宋人葬端宗於赤灣。余曾遊其地，發見陵上碑銘作「大宋鮮興少帝之陵」。祥興係帝昺年號端宗年號乃景炎也。此陵據堪輿家言，為龍吐珠之穴，赤灣天后廟規制宏廓，頗類宮殿，大約即就宋帝當日行宮擴建而成。該廟祀神打鼓音調，亦異於其他廟宇，想亦宋朝制度。古時對皇帝駐驛處，每不敢再用為民居，往往捨為廟宇。新界古蹟有參觀價值者，如錦田之兩扇鐵門，當時粵人團練抗英，該處原有鐵門四扇，工作甚精，英軍佔領錦田，將鐵門運回英倫，民國後乃以兩扇歸還村人。至於「新娘潭」，青山，大帽山，大嶼山等處，天然風景，到處可就連欣賞，於此不能多讚。

新安縣誌所載之香港地名：

香港村　薯克村　薄蜜村　楊管莆　赤嘴村　潮貝村　向西村　水貝村

黃貝嶺　羅淅村　上步村　向南村　南塘村　湖雨村　鹵海村　東桃村　州邊村

青年節對青年講話[1]

在二十二年前底今日也是個星期日，我還在燕京大學讀書。當日在天安門聚齊，怎樣向交民巷交涉，怎樣到棲鳳樓去，到現在還很明顯地一樁一件出現在我底回憶裏。不過今天我沒工夫對諸位細說當日底情形與個人底遭遇，所要說底只是五四運動底意義，與今後我們青年人所當努力底事情。大學生對於社會與政治底關心，是我們自古以來底傳統理想，因為求學目的是在將來能為國家服務，同時也是訓練各人對於目前的政治與社會問題底態度與解答。當國家在危難時期，尤其需要青年對於種種問題，與實況有深切的了解與認識。他們得到刺激之後，更能為國認真向學，與努力做人。我們常感覺到年長的執政們，有時候腦筋會遲鈍一點，對於當前問題底感覺未必會像青年人那麼敏銳，又因為他們底生活安定了，雖然經驗與理智告訴他們應當怎樣做，他們卻不肯照所知所見，與所當走底路途去做去行。因此，青年人底政治意見底表示，就很可以刺激他們，使他們詳加考慮和審慎地決斷。五四運動底意義是在這點上頭，不幸事件底發生，不過是偶然的。若以打人燒屋來讚揚五四運動當日底學生，那就是太低看了那次底學生行為了。

1 首刊香港《大公報》第二八九期，一九四一年五月二十日出版。

五四運動底光榮是過去了，好漢不說當年勇，我們有為的青年應當努力於現在與將來，使中國能夠發展成為一個近代的國家。我每覺得我們國民底感覺太遲鈍，做事固然追不上時間，思想更不用說，在教育界中間甚至有些人一點思想，一毫思想都沒有。教書底人沒有教育良心，讀書底人沒有學習毅力，互相敷衍，互相標榜，互相欺騙。當日五四底學生，今日有許多已是操縱國運底要人，試問他們有了什麼成績，有許多人甚且回到科舉時代底習尚，以為讀書人便當會做詩，寫字，繪畫，不但自己這樣做，並且鼓勵學生跟着他們將有用的時間，費在無用或難以成功底事情上。他們盲目地鼓吹保存國粹，發展中國固有文化，不知道他們所保存底只是國渣滓而已。試拿保存中國文字一件事來說，我如果不認定文字不過是傳達思想底工具，就會看它為民族底神聖遺物，永遠不敢改變它，甚至會做出錯誤的推理說，有中國文字然後有中國文化，但是我們要知道中國文字並未發展到科學化的階段便停止了。生於現代而用原始的工具，無論如何是有害無利的。現代的文明是速度的文明，人家底進步一日萬里，我們還在抱殘守缺，無論如何，是會落後的。中國文字不改革，民族底進步便無希望。這是我敢斷言底。我敢再進一步說，推行注音字母還不夠，非得改用拼音字不可。現在許多青年導師，不但不主張改革中國文字，反而提倡書法，以為中國字特別具有藝術價值，值得提倡。說這樣話底人們，大概沒到過歐美圖書館去看看中古時代，僧侶們寫底聖經和其它稿本。寫的文字形式一樣可以令人發生美感，古人閒得很，可以多用工夫消磨在寫字上。現代人若將時間這樣浪費，那就不應當了。文字形式底美，與其它器具，如椅桌等底一樣，它底美底價值與純藝術，如繪畫雕刻等不同，因為它主要目的在用而不在欣賞。我們要將用來變成欣賞也未嘗不可，甚至欣賞到無用而有害的東西，如吸煙，打麻啡之類，也只得由人去做，不過不是應當青年人提倡底種種。近日有人教狗蝨做戲，在技巧方面說是可以的，若是當它做藝術看那就太差了。提倡書法也與提倡做狗蝨戲一樣無關大雅，近日人好皮毛的名譽，以為能寫個字，能畫兩筆，便是名家。因此，不肯從真學問處下工夫，這是太可惜太可憐了。

青年節是含有訓練青年人底政治意識與態度底作用底。我們的民族正入到最危難的關頭，國民對於民族生存底大目標固然要一致，為要達到生存底安全也要一致地努力，但對於國家前途底計劃，意見縱然不一致，也當彼此容忍，開誠布公，使磨擦減少。須知我們自己若不能相容，我們便不配希望人家底幫助與同情。我們對內底嚴重癥結在貪污與政治團體底意見分歧與互相猜忌，國防只是黨防，抗戰不能得預期的效果多半是由於被上頭所指出底貪污底繩與猜忌底索的絆纏。這樣下去，那能了得？前幾日偶然翻到日本平凡社刊行底百科大事匯，在緬甸一條裏，論者說緬甸人性好猜忌，是亡國民族底特徵。編者對緬甸人底觀察與判斷我不敢贊同，但亡了國之後，凡人類所有的劣根性都會意外地被指摘出來，我也承認亡國民族有他底特徵，而這些都是積漸發展而來底。前七八年我寫了一篇偉大民族底條件底論文，在北平晨報發表過，我底中心意見是以為偉大民族不是天生成的，須要劣根性排除，自己努力栽培自己使他習慣成自然，自然就會脫離蠻野人與鄙野人底境地。我現在要講亡國民族的特徵，除了上頭所講底兩點以外，我們可以說還有五點。一，嫉妒。沒落的民族底個人總是希望人家底能力學力等等都不如他。凡有比他好的，就是一分一毫，他也很在意。他專會對別人算帳，自己的胡塗帳卻不去問，總要拿自己來與人家比，看不得一件好事情一個好見地給別人做了或提出來了，他非盡力破壞不可。這是亡國民族的一個特徵。二，好名。亡國民族底個人因為地位上已有高下，尤其喜歡得着虛名，但由自己的努力得來底名譽是很少見的。名譽底來到，多是由於同黨者底互相標榜。做事不認真，卻要得到人家底讚美。現在單從學術的研究來說，我們常常看見報上登載底某某發明什麼東西比外國發明更好。更好，固然是應該，但要不自吹。東西真是超越，也不必鼓吹，而且許多與國防上有關底發明，若是這樣大吹大擂地刊報出來，豈不是大有損害？我們看見這樣大吹大擂底報，總會感覺到只是發明家底好名，並非他真有所發明。三，無恆。亡國底民族個人多半不肯把一件事情做好，他做事多半為名為利，從不肯牢站在自己的崗位。凡事，只要能使他底生活安適一點，不一定是能使他底事業更有成就底，他必輕易地改變他底職業。這樣永遠只能在人支配之下討生活，永不會有什麼成就底。四，無情。中國一講到無情便連想到無義，所以無情無義是相連的。一個人對別人底痛苦艱難，毫不關心，甚至只知道自己的利益與安適，不顧全大局，間接地吃人肉，直接地掠人財，在這幾年底抗戰期間，出了一批發國難財底「官商」與「商官」！他們底假公濟私，對於民眾需要的生存與生活資料用巧妙的方法榨取與禁制，凡具有些少人心底人，對於他們無不痛恨。這種無同情心底情形，在亡國底民族中更顯現得明白。五，無理想。每一個生存着和生長着底民族必定有他底生存理想。遠大的理想本來不容易生產，不過要有民族永遠的生存就得立一個共同的理想。在亡國民族中間，「理想」是什麼還莫名其妙，那講什麼理想呢？因為自己沒有理想，所以自己的行為便翻來覆去，自己的言論便常露出矛盾的現象。女人們都要爭婦女地位，反對納妾，可是有多少受高等教育底女子們，願意去做大官闊賈底「夫人」，只要「如」字不要，便可以自欺欺人。她們反對男子納妾，自己卻甘心作妾。還有許多政客官僚，為自己底地位與權力，忘記了他們平日底主張，在威迫利誘之下，便不顧一切，去幹賣國賣群底勾當。五四時代熱心青年中間不少是沉淪了底，這裏我也不願意多說了。

以上所講底幾點，不是說我們底民族中間都已有了這些特徵，只是為要提醒我們，教大家注意一下。我們不要想着亡了國是和古時換了一個朝代一樣。現代的亡國現象，決不是換朝代，是在種族上被烙上奴隸底鐵印，子子孫孫永遠掙扎不起來。在異族統治底下，上頭所舉底幾個劣根性，要特別地被發展起來。頹廢的生活，自我的享受，成為一般亡國民族底生活型。因為在生活底，進展底機會上，樣樣是被統治了底。第一是學術統制。近代的國象，感覺到將來的戰爭會趨於腦力高下底爭鬥，凡有新知識，已經秘藏了許多。去外國留學已不如從前，那麼容易得人家底高深學問，將來可以料想得到，除掉街頭巷尾可以買得到底教科書以外，稍為高等和專門一點的書籍，恐怕也要被統制起來，非其族人，決不傳授。這樣的秦皇政策，我恐怕在最近就會漸漸施行起來底。學力比人差，當然得死心塌地地受人家支配，做人家底幫手。第二是職業會受統制。就使你有同等學力與經驗，在非我族類底原則底下，你是不能得到相當底職業底。有許多事業，人家決不會讓你去做。一個很重要的機關，你當然不能希望進得去那門檻。就是一件普通的事業，也得盡先用自己的人，這樣你縱然有很大的才幹，也是沒有機會發展出來了。第三是經濟的統制。在奴主關係民族中間，主民族底生活待遇不用說是從奴民族榨取底。所以後者所受底待遇決不能比前者好。主人吃的是肉，狗啃底是骨頭，是永世不易的公例。經濟能力由於有計劃底統制，越來便會越小，越小就越不敢生育。縱使生育子女，也沒有力量養育他們，這樣下去，民族底生存便直接受了影響，數百年後，一個原先繁榮底民族，就會走到被保存底地步。我很怕將來的中華民族也會像美洲底紅印第安人一樣，被劃出一個地方，做為民族底保存區域，留一百幾十萬人，做為人類過去種族與一種文化民族遺型，供人家底學者來研究。三時五時到那區域去，看看中國人怎樣用毛筆畫小鳥，寫草字，看看中國人怎樣拜祖先和打麻雀。種種色色，我不願意再往下說了。我只要提醒諸位，中國底命運是在青年人手裏。青年現在不努力掙扎，將來要掙扎就沒有機會了。將來除了用體力去換粥水以外，再也不能有什麼發展了。我真是時時刻刻為中國底前途捏一把冷汗。

青年節本不是慶祝的性質，我們不是為找開心來底。我們要在這個時節默想我們自己的缺點，與補救底方法。我們當為將來而努力，回想過去，乃是幫助我們找尋新路徑底一個方法。所以青年節對於我們是有意義底。若是大家不忘記危亡底痛苦，大家努力向前向上，大家才配紀念這個青年節。我們可以說五四過去的成績，是與現在的青年沒有關係底。我們今後底成績，才與現在青年節有關係。

拼音文字和象形文字的比較

——香港教師聯合會拉丁化研究會上的演講

許多年來，我們一向沿用着漢字，因為用慣了，對於它也就不感覺到有什麼特殊困難的地方。但是，現世界文明的進步和科學的昌明，知識的範圍比前寬廣了幾十倍，我們發現原有求知的工具——漢字——落後了，落後的最大原因，就是費時。

語言和文學都是表情達意的工具，有着密切的關係。古人傳達思想的方法，只有在高地或隱蔽處呼喊，以表示「我在這裏」或此地有什麼等。一般禽獸在喜歡或驚愕時，必定發聲告訴它的同伴。世界上許多低等動物如：蟻，魚，龜……是不能發聲的。唯有高等脊椎動物才能夠發聲，這些聲就是語言的起源。所以語言的起始只是表示情感，如蛙在繁殖時常常發聲表示它的情感。再進，則有表示意志的，如馬被人強迫牽走的時候，每發出申訴的聲音。更進，就是用聲音來傳達心思。但這是不容易的事情，必須有完備的發聲器官和能夠精密的思想。有些家畜經過人們的訓練，也能夠發一些表示心思的聲，我們是可以看得到的。但一般動物就很少能夠用聲音來表示思想。

人類語言發展的原則和獸類相同，初時只有一些感嘆詞如嗚呼，噫嘻這一類。學童初學作文的時候，總是好用這一類的感嘆詞，這就因為在他們簡單的頭腦中，最易觸發他們要表示出來的就是這一類含有豐富情感的聲。

物我的分辨，也是語言的要素，講話全是一種抽象的概念，非必有些實物。譬如說花，則花有許多種。未必知是什麼花，但對於花的概念是有的。

在初時，不能有許多名詞就因為沒有許多思想。

生理的關係，是語言的第一條件，口的器官，並不容易控制。動物的口大，腦小，顎長，唇闊，所以發聲不便。原始動物不易控制其唇，常以頰腮的動作來表示情感，人類常有露齒作冷笑為鄙棄他人的表示，人種學家認為這是原始動物惡意的表情。

動物的聲帶張弛的管制不很靈活，因為它不怎樣需有語言。人類因多需語言，所以口部的構造較為完備，聲帶的張弛也很自由。這也是生理對語言的影響。

語言的第二條件是社會性，生理的條件之外，就因為社會關係。

猩猩具有與人同樣的器官，但何以不會說話？這因為它們社會關係少，表情簡單。

人類所以能夠說話，是因為他的祖先從哺乳動物棲到樹上之後，又不滿足而再走下地面來，人類就因為下樹之後語言的需要增加起來，於是就在洞穴裏陶冶他們的言語技能（這一個過程對於人類文明的意義是很重大的）。

最初的說話並非單靠以手指動作，故語言的起始是動作與聲音的混合表示，所以諧音的造成文字的要素，語言的初期，實在是諧音和象形同起的。

古人記事方法靠圖畫，文字有一個時期被稱做助記時期。當時的人遇着事情就畫些助記文字。從那些圖文上可以得到事物的概念，但沒有讀音，或可以確定說出它所表示的意義。

畫人常常依着自己的意思來畫，不一定畫整個的圖形。原始的助記文字雖較結繩進步，但只可稱為半象形，現在美洲的紅印度人中還有用它的。

過此時代，進而為象形，象形字以中國的比較好些，後來繪畫者為節省空間時間起見，所繪之形，只取側面的一部分，但求會意，所以當時的字，實際兼有象形和會意兩個意義，以後更進為純表義的。但這種象形字畢竟有限度，意義過多就無可表述。字的產生是因為需要而造的，又因為應用方便而改變。唐朝以前，人多造字，唐朝以後就很少人造字，現時所存的字，多為唐人所定，已經不是古代的字了。在宋朝，製作文字已被認為是皇帝的專權，人民不能隨便製造，從此以後誰也不敢擅自製字了。

我國通用的字約五千左右，但字典上卻多至四萬以上，這裏頭有所謂字典字，在別的書中找不到，只有字典上存着這個字罷了。這種字以同意字為多，所成為字典字的道理，因時間空間的不同，當時各地的讀音日漸轉變，一時找不着原字，便造一個新的，因此方音關係的字遂多。在這一類的字中，大概取諧聲造字，甲地用這個，乙地用那個，音雖然不同，意義卻是一樣。這就是所謂同意字。我國文字複雜的原因除了同音字之外，還有許多受外國字影響的，像「菩薩」本文是Budhi-Sattva應譯作「菩提薩埵」，若照意義來譯，則為「覺有情」，初時譯者以為不合國情，就譯它的聲。現在許多人不叫「發動機」而叫「馬達」也就是這個道理。

象形字的缺點是不能以有限的字形，記無限的意義。古人讀書少，知識需求有限，故尚不感到字少的缺點和困難。近人因為不想將時間和精神全用在文字上，文字改革的要求因而發生。我們對於文字應用的理想，在能夠於短時間中可以寫所欲寫的文章。外國人能夠知識高超，就因為所用的文字容易寫，容易用，我們要求改良文字的理由就在這裏。

我們現在需求的知識太多，絕不能仍用古代落後的工具，我們只可研究古人，卻不能做成古人。科學是進步的，我想像將來人們可以不必用文字，而用一種留聲片和符號造成會說出話來的書。我們對於舊有不易學的文字，一則暫留它以了解事物，二則因為祖先借着它遺留下許多知識給我們，所以我們的感情上就不想去掉它。但這種心理，可以說只是情感的而非理智的。

有社會眼光者，必知人類文化是由黑暗進入光明（怎樣去分辨人類落伍和進步，主要的在於他們所用求知工具的難易）。我國文化非不進步，但太遲慢，我們因而不滿足，想追上外國人，外國人比較我們進步的時間不過二百年左右，何以會相差這許多呢？這全在他們的表意工具的改良。

譬如活字印刷術，本來是我國發明的，但外國人在短時間內把它推行到各地方去，而且大大進步，這可以做落後的殷鑒。若更不改良，則人家愈前進，我們愈落後，相距更遠。

西人的精神，物產等等會影響我們的生活，我們對於文化的向前，並非只因經濟和社會問題！工具也是一大原因，因為有簡易的工具，才能便於表情達意。文字可以影響語言，語言可以影響思想，思想可以影響習慣，對於表情達意的文字，如不求合理的解決，則一切都走不通。現在頗有人用外國文字而放棄本國文字的，他們都因本國文字的困難，而寧用外國字。因此，我們與其學別人的，倒不如把自己的改良。

拼音字和表義字的比較，常是爭辯的中心。擁護表義字者總說「字是用來讀，不是用來聽的」。一個字不論那一處的人讀它，音雖不同，但都可以明白它的意義，這是表義字的優點。

我以為字有兩種，視覺型的和聽覺型的，表義字屬於視覺型，拼音字則屬於聽覺型的。讀書者有近於視覺型或聽覺型的，有許多人須讀然後明，小孩也必經讀然後明，故稱為讀書不叫看書，能看而懂的則他的程度便高了，一個對於外國拼音字和漢字有同樣程度的人，看拼音字是不會比表義字慢或不了解。再說表義字的形也是從象形字變的，這個原因和書寫工具的應用有關，漢字由籀變篆，由篆變隸，變楷，變草都和所用來書寫字工具，刀，漆，筆，絲綢，紙，有連帶關係，多因趨向利便而改變。近來學生們好寫所謂「美術字」，墨水筆是一個最大原因，所以說，工具變遷，字形也隨而變遷。

「拼音字佔地位」這也是反對拼音字者的說法，他們以為新文字是白話體的，比較簡潔的漢字多佔許多地位。這種說法是不對的。因為這是語法的關係，不是文字本身的問題。古人的說話的簡單和祭神有關係，祭司在禱告或占卜時的話，意存作弊，特將言語變簡，使它有彈性以為伸縮地步，話說錯了還可以辯正。古文字由占卜進而為詩歌，仍屬簡單，不足以盡量地表情達意，已是離開了文字的作用。所以說文字以簡單為美則可，以簡單為上，為正軌，則不可。

字音是常變的，拼音字因音變而形亦變，漢字則不變，但漢字形雖同，讀音卻無從統一。拼音訓練的目的，在加緊讀音統一的要求，使聽覺統一而入於視覺統一，因音的改變比較視覺為快。拼音字雖人與人之音不同和易變，但因為我們所表示的意義並非給那些和我們大有差別的人而是當地的，現時的。拼音字將可逐步修正而免除表義文字的缺點，不管字形變到怎樣，只要求所表示的是現代人所懂的，這才是真正的語文一致。

四聲問題，常被反對中國字拉丁化者作為攻擊的資料，他們說拉丁化中國字無四聲，意義每有含混，這個見解，總是受了漢字的影響，而忽略了拼音字的形式。一般語文學家對漢字最大的錯誤是認漢字為一字一音，一音一義的文字，反對拼音字者陷入同樣錯覺。他們不理會到中國字有許多是復音的，復音字更比拼音字為現代人所採用，這是一種進步。字音字的組織形式以表示一個概念的詞為單位，詞的分辨能夠完善，就是沒有四聲也無多大影響，更何況拼音字以紀錄活的口語為原則，有整句的意義相關，事實上是不成問題的。所以我們可以說，同音字只是語言上，修辭上的關係，並不是拼音本身的缺點。

最後，我們應當知道表義文字問題的嚴重，在這知識範圍寬廣的現時代裏面，我們要跟上世界的進步，如果仍然使用那鈍慢的舊文字是不行的。所以我們對於文字改革問題，不得不把它看得這樣嚴重。除了對於三萬萬文盲需要救濟之外，為子孫的文化着想，更屬不可忽略的嚴重問題！

七、論文

讀書談[1]

讀書是一種難事，有志氣，沒力氣最讀不了；有力量，沒天分，讀不好；有天分，沒專攻，讀不飽；既專攻，沒深思，讀不透。其餘層層疊疊的困難，要說起來還可以扯得很長。讀書是不容易，卻不是不可能，即如沒有天分，沒有力是底人，若是不怕困難，勇猛為學，日子深了，縱然沒有多大的成就，小成功總不會沒有。我信將來人們讀書必定比較容易。從行為說，能讀以臆，必須必先費好些時間去認字和讀文法，這也是增加讀書底困難底一件事，但今後「有聲書」必會漸次發達，使人不認得字也可以聽書。「有聲書」依着話片或有聲電影片底原理，一打開書，機器便會把書中的意義放送出來。雖然如此，「無聲書」也不是得立刻使會站在被淘汰之列。文字比語言較有恆久性，所寓底意義也比較明朗。這話也許不對，但目下情形，聽書底習慣沒形成以前，讀書底困難，雖然圖書館很方便也還沒把前頭所說底的種種困難移掉。這種沒有談書籍底將來，因為這個問題一開展起來，也可以說得很多，所以要言歸正傳，只拿一個「讀」字來說。

在這小文裏，我把讀書分做三部分來說。第一讀書底目的。第二讀書底方法。第三讀書人對於書底道德。

---

1 首刊於一九三五年《讀書季刊》。

一、讀書的目的

書不是人人必讀的，不過，若是能讀底話，就非讀不可。我想讀書底目的有三種，第一為生活，第二為知識，第三為修養。第一個目的是淺而易見的，要到社會混飯吃，又不願意去「做手藝」，「當聽差」，不在學堂裏領一張文憑便不成功。再進一步說，若要手藝做得好，聽差當得人稱意也非從書裏去找出路不可。讀書人，尤其是大學生，許多並沒有做律師底天才，偏要去學法律；沒有當醫生底興趣卻要去習醫生；因為「謀生」與「出路」無形中浪費了許多青年底時間，精神和金錢。所以在進大學或專門學校以前，學者應當先受學習能力與興趣底測驗，由專家指導他，向着與他合式底科目去學。若能這樣辦，讀書為用底目的才算真正達到。不然，所學非所用，或對於所學不忠實底事情一定不能免。如果興趣或能力改變，自然還可以更換他底學與業，所不能有底，是學者持着「敲門磚」的態度，事一混得來，書本也扔了。

第二種目的，讀書為求知識。這個目的可以說超出飯碗問題之上，純為求知識而讀書，以為書為嗜好品，以書為朋友，以書為情人。讀書為用，固然是必然的，然而求知識也是人生不可少的慾望。生活是靠知識培養底。一個人雖然不須出來混飯，知識卻不能不要。有一次，同學李勳剛先生告訴我，說他有一個很驕傲的朋友，最看不起人抱着書來念，甚至反對人進學堂，那朋友說，我一向沒進過學校，可以月月賺錢，讀書尤其是入大學，是沒用的。李先生回答他說：自然，像你有萬貫家財，做事不做事都沒關係，可是念書並不單為做事，得知識，叫人不糊塗，豈不是也頂重要麼？像我進過大學，雖然沒賺得像些沒進過大學底人們那麼多錢，若是我底的孩子病了，我決不會教他吃下四隻蠍子。他這話是因那朋友在不久的過去，信巫醫底話，把四隻蠍子煨成灰，給他一個有病的兒子吃，不幸吃壞了！這事很可以指出知識是人生最要最的一件事。有知識，便沒有糊塗的行為。知識大半是從書本上得來。一個人常要經過亂讀書底時期，才能進入揀書讀底境地。亂讀書只是尋求知識底初步，揀書讀，才能算上了知識底軌跡。

第三種目的是修養。「讀聖賢書，所學何事？」這話充分表現讀書為修養底意思。古人讀書底目的求知與修養是一貫的，因為讀不成書底早當離開學校到市塵或田野去了。市塵與田野乃小人底去處，知識與修養不從那些地方得來。這觀念當然不正確，應是讀一日書當獲一日之益，讀一日書，有一日之用。無論取什麼職業，當以不捨書本為是。深奧的書本不能讀，淺近的書也應當讀，不然，真會令人墮落到理智喪失底地步。用，要審時宜；知，要辨利害，要做到這一層，非有涵養不可。古人勸人「以不以情慾殺身，不以學術殺天下後世」，是表明修養底重要。我們可以說，所得於讀書底，不出希望能在生活得成功，在理智的完備，並且在促持道德與意志底康健。

古人關於讀書底名言很多，這裏請依着上述三種目的選錄些出來。也許有人曾批評說那些都是酸秀才的腐話，但我覺得真實的話雖然古舊卻不曾腐敗些毫。因為讀書者不見得對於底下所獲選底的句句都能接受，所以要多選幾條。

「今之世，非堯舜文王，周，孔，不譚，非語孟大學，中庸不觀；言必稱周，程，張，朱；學必曰致知格物；此自三代而後，所未有也，可謂盛矣！然豪傑之士不出，禮儀之俗不成。士風日陋一日，人才歲衰於一歲。而學校之所講，逢掖之所譚，幾若屠兒之禮佛，倡家之談禮者，是可嘆也。」（牟允中庸行編卷二）

「讀書貴能用。讀書不能用，是讀書不識字也。郭登詠蠹魚詩云：元來全不知文意，枉向書中過一生。」（同上）

「聖賢之書所載皆天地古今萬事萬物之理。能因書以知理，則理有實用，由一理之微，可以包六合之大；由一日之近，可以盡千古之遠。世之讀書者生首百世之後，而欲知百世之前，處乎一世之間，而欲悉天下之理，非書曷以致之？書之在於下，五經而下，若傳，若史，諸子百家，上而天，下而地，中而人與物，固無一事之不上具，亦無一理之不該學者誠即事而求之，則可以通三才而兼備乎萬事萬物之理矣。雖然，書不貴多而貴精，學必由博士而守約。果能精而約之是貫其多而博士，合其大而極於無餘，會其全而備有用，聖賢之道，豈外是哉？」（清聖祖庭訓格言）

「米元章云，一日不讀書，便覺思澀。想古人未嘗片時廢書也。」（庸行編卷二）

「為學之道，莫先於窮理。窮理之要，必在於讀書。」（同上）

「古人書籍，近人著述，浩如煙海，人生目光之所及者，不過九牛之一毛耳。……知書籍之多，而吾所見者寡，則不敢以一得自喜。而當思擇善而約守之。」（曾國藩求闕齋日記）

「君子之學非為富貴也，此心此理不可不明故也。為富貴為學，其學必不實，其理必不明，其德必不成者也。」（庸行編卷二）

「讀書原是要識道理，務德業，業不只是為功名。若不慕天地之理，不究身心之道，縱使功名顯貴，亦是不肖子孫，若道理明白可以立身，可以正家，可以應世處事，雖終身不得一衿，亦為祖父光榮。」（張師載課子隨筆）

「吾輩讀有字的書卻要識無字的理。理豈在語言文字哉？只就此日，此時，此事，求個此心過得去的，使是理也。」（身世金箴）

「道理書盡讀，事務書多讀，文章書少讀，閒雜書休讀，邪妄書焚之可也。」（呂坤吟語）

「讀書能使人寡過，不獨明理。此心日與道俱，邪念自不得而乘之。」（同上）

「朱子云，讀書法當循序而有常，致一而不懈，從容乎句讀文句之間，而體驗乎操存踐履之實，然後心靜理明，漸見意味。不然，則雖廣求博取，日誦五車，亦奚益於學哉？此言乃讀書之至要也。人之讀書本欲存諸心，體諸身，而求實得於己也，如不然，將書泛然讀之，何用？凡讀書人皆宜奉此為訓也。」（庭訓格言）

「先儒謂讀書要能變化氣質，蓋人性無不善，歡質卻不免醇疵，只要自己曉得疵處，便好用功云變化他。」（課子隨筆）

「讀書不希聖賢如鉛槧傭，居官不愛子民如衣冠盜，講學不尚躬如口頭禪，立業不思種德如眼前花。」（洪自誠菜根譚）

以上幾條是從讀書底目的講，古人看讀書底最重要的目的是修養，其次是知識，最後乃是應用。這三樣必有連絡起來底必要，只為一個目的而讀書，恐怕不能得到書底真意味。

二、讀書底方法

讀書方法講起來也沒有「西法」和「中法」「古法」和「今法」底分別，不過古人書少，所讀有限因為虛心底原故，把一生工夫常用在註解古書上頭。思想在無形中因而停滯。為達到上説三種目的，無論用什麼方法都可以，但是個人性質不同研究材料底多少難易，使他採取一種適合的方法。古訓中有許多地方教人怎樣讀書底，現在略引幾條在底下。

「為學先須立大規模，萬物皆備於我，天地間孰非分內事？不學，安提理明而義精？既負八尺，亦負父兄，愧作何如？工夫須是綿密，日積月累，久自有益，毋急躁，毋間斷，病實相因，尤忌等待。眼前一刻，日月如流，志業不立，坐等待之故。」（張履祥澉明塾約）

「一率作則覺有義味，日濃日艷，雖難事，不至成功不休。一間斷則漸覺疏離，日畏日怯，雖易事，再使繼續甚難。是以聖學在無息，聖心在不已。一息一已，難接難起，此學者大懼也。」（呻吟語）

「讀書不可有欲了底心，才有此心，使心在背後白紙去了，無益。須是緊着工夫，不可悠忽，又不須忙，小作課程，大施工力。如會讀得二百字，只讀一百字，卻於百字中猛施工夫，理會仔細，徘徊顧慮，如不欲去如此，不會記性人亦記得，無識性人亦理會得」。（庸行編卷二）

「凡人讀書或學藝每自謂湧者事自誤其身也。中庸有云，『有弗學，學之弗能，弗措也，……人一能之，己百之，人十能之，己千之。果能此道矣。雖愚必明，雖柔必強』。實

為學最有益之言也。」（庭訓格言）

「讀書有不解時，標出以問知者，慎勿輕自改竄『銀』『根』之誤，遺失千古」。（申涵光荊園外篇）

「學者欲決不墮落，惟在能信，欲道理化敵為友同玲瓏，惟在能疑，善思則疑，躬行則信。信則人品真實，疑則心事績微。」（庸行編卷二）

「讀書要疑，大疑大悟，小疑小悟，不疑不悟』。（同上）

「少年學問當如上帳，當如銷帳」。（同上）

從以上所引起幾條看來，古人為學底方法，可以找出幾點，第一是宇宙裏底一切都應看為學者分內所當知底對象，而知底方法是綿密地觀察和誦讀，不慌不忙，日積月累，終有成功底一天。第二不怕困難，不可中間停滯，「一日曝之，十日寒之」不是個辦法，第三，不要自以為不能，先得有「人一能之，己百之，人十能之，己千之」底心，進而達到博學，審問，慎思，明辨，篤行底程序。第四為學當利用疑與信兩種心情，不疑便不能了悟，因為學者心目中沒有問題，當然學業不會給他多少激刺，既悟以後，便當對於所知有信仰。沒有信仰，所行便與所知背地而馳。結果會弄得像「屠兒禮佛」「倡家談禮」一般。第五少年時代求學在多知，像上帳一樣，老年卻在去知把所知底應用出來，一件一件地做，像銷帳一樣。看來古人是注重在修養與力行方面，知而不行，便是學還沒得到方法底表徵。

現在我們應讀底書多過古人幾千倍，在道理上講，讀書底目的仍沒多少更變。不過方法學發達了，我們現在用不着死記底工夫，知識底朋友多了，我們有問題可以彼此提出來，互相說究。這比古從讀書底困難實在天壤之隔。若說到現代讀書底方法，當然也可以依着前頭三種目的去採取。為修養和為知識而記下底筆記定然是不同底。在所學還沒有得系統的時候，應當用紙片將書中所要用底文句鈔下來，放在一定的地方，自己分出類部來。紙片記法是現在最流行底一種方法，從前我們底舊書塾也有類乎這樣的辦法，便是用紙簽一條一條鈔起來，依着部類釘在一起的便是「條」字底原來意思。假如在紙片裏發出可疑底地方，應當別外提出來，日後的探討註解書籍底工夫不必人人去做，但若要訓練自己讀書底嚴勤習慣，也不妨在這事上做一些工夫。註解當然要包括校勘，那麼沒有目錄學底書籍也不成。凡讀書當選最靠得住底本子去讀，如果讀誦底過程中發現什麼新解，先不要自滿，看看前人已經見到沒有，有人說過什麼話沒有，自己底推論有沒有力量。只是學不能叫做讀書，非要思索過不可。讀書消化毛病就在學而不思上頭。現在且把讀書方法底程序簡略寫幾句，第一步當檢閱目錄，如果有書評，靠得住的，也當讀一下。近代的書賈多為賺錢，宣揚文化不是他們底目的，有時看見底書名很好，內容卻是亂七八糟。以致讀者對於書底選擇成為很重要的問題，如果依着靠得住底評書家底指導，浪費時間金錢和精力底事也就可以避免了。得到要念底書以後第二步底工作便記錄書中的大意，用筆記法或籤條法，紙片法都成。這可以依着讀者底習慣和需要去做。從前底學者很愛剪書，把所要底材料都剪下來貼在一起。這是很費事的糟蹋書底辦法。為要簡便只把據相章節在書上的卷數篇數記錄起來就夠了。第三步，便到應用底程序上。將所得底整理好，排列出次序來，到一需用起來，便左右逢源了，這是讀書底最有效的方法。

三、讀書人對於書的道德

從前的人對於書籍很愛惜，若非不得已決不肯在本子上塗上紅畫線。書籍越乾淨發，讀底人越覺有精神。在書裏，每見讀者把公共的書籍任意塗畫，圈點批注，無所不至。甚至於當公書為私產，好像「風雅賊」底徽號於是為學無損似的。不想讀者底用功處便在以行為來表顯知識，行為不正，若不是邪知，便是不知底原故。計多公共書都發現過館裏底書籍常有被挖、撕、藏，偷底四件事。道德程度高的讀者當然沒有這樣事。而那毀書偷書底人們，所做底乃是損人不利己。因為知識說到底還是公共的。自己如把全部書底一部分偷走，別人固然不能讀，自己所得也是不完全的，還有借書不還，也是讀書人一件大毛病。所以有許多人不願意把書輕易借給人。假若能夠把這些惡習都改正，我想我們在讀書上便會增加了不少的方便。讀書底道德問題雖然無關於知識，但會間接地影響到學業上，便是有養成取巧底習慣。積久便會墮落到不學底地步，所以讀書人應當在這點上加意。

近三百年來底中國女裝（導言）[1]

穿衣服底動機有三：一為護體，二為遮羞，三為裝飾。這三種中以裝飾為最多變化。衣服底形式所以屢次變遷都係在裝飾底趣味上。在蠻野社會中，男子底衣服多是為裝飾，而女子就多為遮羞。除掉護體底甲冑皮毛外，一切衣服都含有很重的兩性要素。文化低下的民族底裝飾每近於性器官底部位，為底是增加性的引誘。所以有人說衣服原來是帶着生殖象徵性底。裝飾包含文身，痂身，畫身，去毛，盤髮，變形，等。文身是用利器劃破皮膚，使成種種花紋，塗上彩色，使它永遠不退。痂身是燒或割傷皮肉，使瘡癒後，永留疤痕。畫身是在身面塗上粉墨或其它顏色，如擦粉，畫眉，塗脂，點唇，染齒，染甲，都屬這一類。去毛有拔，剃，剪三個方法。盤髮如梳髻，打辮，總角，膠髮，都算在裏頭。變形如修甲，燙髮，束胸，束腰，纏足乃至無故鑲金牙，等，都是。衣服底祖先是文身，痂身，畫身。刺劃在身上底花紋不能改變，畫上去底又容易掉，所以衣服一出世，它們便漸次消滅了。

服裝底形式，大概可以分為七種：一、戰利品底安置；二、威嚇作用；三、性的引誘；四、職業底表示；五、性別的表示；六、地域底特徵；七、宗教底信仰。原人披毛戴角，

1 首刊於一九三五年五月十一日天津《大公報．藝術周刊》第三二期。

是為安置戰利品或增強披戴者底威武，使人一見便起恐怖。性的引誘在服裝上佔很重要的地位，所謂「三分人，七分裝」，很可以表明這意思。兩性生活底束縛與解放也可以從衣服看出來。服裝上含有兩性作用底有下列四個方法。一、使身體增高，如穿高跟鞋，戴高帽之類。二、使身體增廣或縮小，如廣袖，闊裙，束胸，束腰之類。三、指示身體底特殊部位，如在耳，鼻，手，足，頸，腰，等處，戴環狀或其它的飾物。四、指示身體某部底動作，如飄帶，鈴釧之類。職業底表示，如軍裝，工裝，等，衣服上有特殊的設施，以備攜帶主要的用品。現代的衣服，好像沒有多少地域性，但在閉塞一點底地方，服裝底形式，和所用底材料，一看便可以分辨出那著底人是屬於什麼地方底。此外還有誇耀縫匠底手藝底衣服，因為技藝高下底不同，形式也隨着變化，近代的服裝所以變得這麼快就在這裏。營業上底自由競爭，加上穿衣服底人們底誇奇眩異，使裁縫和裝飾家得以時常翻新花樣。

社會生活與經濟政治都與衣服底改變有密切關係。男子底服裝大體說來不如女子底變得那麼快。中國底女裝在近二十年來變得更快，這是指示近年女子底生活底變動。她們從幽閉的繡房跳出來演電影，作手藝，做買賣，當教員，乃至做官吏，當舞女，在服裝上自然不能不改變。關於衣服遷變底研究，是社會學家，歷史家，美術家，家政學家應當努力底。本文只就個人底癖好和些微的心得略寫出來，日後有本錢，當把它擴成一本小圖冊。

近三百年來底服裝，因為滿族底統治與外國底交通，而大變動。最初變更底當然是公服，以後漸次推及常服。但強制的變更只限於男子，女子服裝底改變卻是因於時髦。我們從順治朝對於衣服所下底詔令可以想出當時底光景。

一、順治元年十月，命文臣衣冠暫從明制。這時對人民底裝束並沒有什麼規定。

二、順治二年六月，定剃髮之制，限旬日內一律遵行，違者殺無赦。這時所下底詔令也沒提到改變衣服底話。在狄葆賢先生《平等閣筆記》（卷二，十五頁）裏，記一件趣事說：「明末有遺老某君因不願剃髮，遂改作女子裝束，終身雌伏，著作甚富。」當時因不願剃髮而死底很多，但改作女裝祈活底當也不少。因為男女衣服自來便沒有多大的分別，所差底只是下身底百褶裙與頭上底髻鬟而已。男子裝束除僧道以外，自剃髮令一下，都改變了，順治二年閏六月始定群臣公以下及生員耆老頂戴品式。

三、順治四年十一月始定官民服飾之制。定制只說官民應用底材料和顏色，卻沒指定什麼款式。所以到乾隆初期鄙塞一點底地方還有不少明裝底男女。若不做官吏，人們就沒有戴紅纓帽或穿馬褂底必要。如把辮子盤在頂上，把青氈帽一戴，從衣服是分不出來底，清初底辮子又格外地小而短，不像清末那麼長大，所以外表沒有何等大變動。婦女底服裝簡直是沒變過，不但如此，滿洲婦女還要模仿漢裝，乾隆間，一再降旨嚴禁纏足，但仿漢女衣服卻沒有禁止過。滿洲人底裝束，男女大體一樣，女子不著裙，是與漢人不同底一點。

近三百年來底服裝與古時不同底地方最顯著的是用鈕扣代替帶子。明以前底衣服都是沒鈕扣底，明末，女人於霞佩上間或用金質扣子，但沒見過鈕子。鈕底應用最初恐怕是在盔甲上。從前武士底中衣有用「蜈蚣鈕」底，由第一個鈕襻穿入第二個鈕襻，這樣可以穿到二三十個，到末扣上一個鈕。蜈蚣鈕底形狀和現在的「隨折扣」一樣，但前者只便於解，而不便於扣，後者扣解都方便，並且伸縮可以隨意。乾隆以後，西洋品物漸次輸入，而服裝底形式還沒改變，只所用材料有時也以外貨為尚而已。近三十年來，仕女與外人接觸日多，拜倒於他人文化之前，傢具服裝，樣樣崇尚「洋式」，「新式」，或「西式」，因此變遷得最劇烈。

衣服可以分為公服，禮服，常服三種。公服是命婦底服裝，自皇后以至七品命婦都有規定，禮服從民人說可以分為吉服與喪服兩種。平常的服裝底形式最多，變遷也比前二種自由。本文所要提出底特注意在這一種上頭。今依次敘述在底下。

大中磬刻文時代管見[1]

希白先生得唐大中五年所造銅磬，器外周圍刻《心經》和《尊勝陀羅尼經》，蒙他底厚意送給我一份，又教我考考那寶物底時代。因為它曾被許多鑒賞家著錄過，多數認為天台國清寺底故物，希白先生也不大相信這話。羅氏《金泥石屑》（卷上）所收底拓片，不如希白先生手拓底清楚。我見原器，聲音底清越，鐫刻底精妙與形態底圓整，都能令人摩挲到不捨得放手。但是在觀摩底時候，我對於它底年代已注意到幾點。第一是「皇圖鞏固，帝道遐昌，佛日增輝，法輪常轉」四句。第二是《陀羅尼經》題作「佛頂尊勝總持經咒」。第三是字體不很像唐朝底神氣。第四是咒語不像唐音。因為文字是鐫刻上去底，所以鑄器底時代不必與刻文底相同，器或者比文古，不得而知。這篇文字專考刻文底時代。

「皇圖鞏固」四句，恐怕是明正統以後的題辭。這四句在明南北藏以前，並未見有，正統藏前刻御制「天清地寧」十八句題辭，也沒有「皇圖鞏固」四句。嘉靖一朝對於佛法並不提倡，經本法器在這時期也不多見。萬曆時代，刻經底風氣又復興盛。這時底經卷，多有「皇圖永固，帝道遐昌，佛日增輝，法輪常轉」四句。當時底道教經卷也模仿這四句，作「皇圖

1 首刊於一九三五年《燕京學報》第一八期。

鞏固，帝德遐昌，道日增輝，法輪常轉」。這四句或者是嘉靖以後才有底。

關於刻文底時代，《心經》是唐玄奘三藏所譯，刻在大中年代底磬上當然不成問題，至於第二經卻有可問之處。《尊勝陀羅尼》傳入中國，《僧史》中有一段故事。唐定覺寺沙門志靜序佛陀波利譯本，說佛陀波利於儀鳳元年（西紀六七六年）到五台山頂禮文殊師利，菩薩化作老人命他回到西方，去取《佛頂尊勝陀羅尼經》。他立即回國取經，於永淳二年回至西京，皇帝即將他帶來底梵本，命日照（地婆訶羅）三藏及鴻臚寺典客令杜行顗，寧遠將軍度婆等共譯，原本留在禁中。佛陀波利懇求放還，乃持梵本詣西明寺，訪得善解梵語漢僧順貞，使他翻譯。於是同本有前後兩譯，辭句稍有不同。佛陀波利便將梵本入五台山，不再出來。

現在所存最古的《尊勝陀羅尼》是日本大和州法隆寺底貝葉。元祿七年（西紀一六九四年）江戶靈雲寺淨嚴和尚抄錄出來，加上漢字音譯和義譯。西曆一八八四年（清光緒十年），牛津大學馬克斯．穆樂爾教授（Prof F. Max Muller）同南條文雄先生將淨嚴所錄梵音與其它諸本比較，刊入牛津未刊文件第一卷第三篇（Anecdota Oxoniensia Vol I Part III）中。如今所知底譯本連被發現底碑文共有十六種。

一、法隆寺貝葉兩片，寫《心經》《尊勝陀羅尼》和《悉量十四音》。此葉於隋大業五年（西紀六〇九年）傳入東國。

二、唐杜行顗等譯，《佛頂尊勝陀羅尼經》，高宗調露元年（即儀鳳四年，西紀六七九年）所出，佛陀波利原本。

三、唐地婆訶羅譯《佛頂最勝陀羅尼經》，高宗永淳元年（西紀六八二）所出。《彥悰序》

說杜行顗譯本呈上時，凡廟諱國諱皆隱避，如「世尊」稱「聖尊」，「世界」稱「生界」，「大勢」作「大趣」，「救治」作「救除」之類。皇帝對行顗說，「既是聖言，不須避諱」，行顗因故，不及修改，乃託彥悰據敕刪正。不久，行顗沒，彥悰因請沙門道成等，求中大法師地婆訶羅直譯文，具表呈上。

四、唐佛陀波利譯《佛頂尊勝陀羅尼經》，高宗弘道元年（永淳二年，西紀六八三年）所出。《法宗尊勝經疏》（卷上）說，杜行顗並未譯完全文。梵本被留，佛陀波利懇求發還。皇帝允其所請，「敕令未譯者付，已譯者留」。佛陀波利便將梵本到西明寺與順貧，測法師共同譯出，這本與日照三藏所譯，文質少異，而義理不殊。現行佛陀波利譯本底咒與宋明本大異，乃後人以它本改訂，應據《法崇經疏》為是。（《法藏疏》見《續藏經》第一編，第三十七套，百八十二頁至百二十四頁。）

五、唐地婆訶羅重譯《最勝佛頂陀羅尼淨尼淨除業障經》。地婆訶羅寂於嗣聖四年十二月（即武后垂拱三年），元本譯人名上作「唐障經天後代」，流行本只作「唐」，今依元本定為自嗣聖二年至四年。（垂拱元年至三年，西紀六八五至六八七年。）

六、唐義淨譯《佛頂尊勝陀羅尼經》《開元錄》記（卷九）中宗景龍四年（睿宗景雲元年，西紀七一〇）於大薦福寺翻譯院譯出。

七、唐善無畏譯《尊勝佛頂修瑜珈法軌儀》。譯出年代不明。大概在開元五年至二三年間（西紀七一七至七三五），但有些本子題「善無畏弟子喜無畏集」。（《大正藏》第十九卷，三六八頁，校注。）故全書是否譯本，仍有可考的必要。書中所出尊勝佛頂真言，雙舉梵漢二體，後附註說，「此陀羅尼本，中天竺國三藏善無畏師傳此土，凡漢地佛陀波利已來，流傳諸本並闕少，是故具體譯出，流行如上」。看來書中真言乃是善無畏所傳無疑。

八、唐不空譯《尊勝陀羅尼念誦儀軌》，譯出年代不明。大抵在天寶五年至大歷九年之間（西紀七四六至七七四）。

九、宋法天譯《一切如來烏瑟膩沙最勝總持經》。

十、同譯《最勝佛頂陀羅尼經》。以上二譯底年代不詳。法天於宋太祖開寶六年到汴京，太宗太平興國七年賜號傳教大師，同年改名法賢。這兩本題名法天，故知出於這十年間（西紀九七三至九八二）。

十一、《遼志妙碑文》。這是牛津未刊文（第一卷第三編）所收。僧志妙為其亡弟子所建，時代為西紀一〇〇七年（遼統和二十五年）。全文為梵字，並無翻音。

十二、宋法護譯《華梵加句靈驗佛頂華勝陀羅尼幢文》。這本《大藏》未收，牛津未刊文收入，又稱馮長寧本。因為他是刻石者。刻石年代為金皇統七年（西紀一一四七）。原在河南石土固南小功廟，清嘉慶二十四年知州甘揚聲移置許州城內關帝廟。

十三、日本東京淺草寺碑文。碑額作《佛頂尊勝陀羅尼》，咒文全梵字，沒有漢音。刻文時代不詳。

十四、高麗指空譯《於瑟抳沙毗左野陀囉尼》，咒文只出漢音，年代不詳。徐居正《東國通鑒》（卷四四）載他在忠宣王二十一年七月，於延福寺說戒。大概是西十四世紀前半葉（當元晉宗至寧寶間）底譯品。

十五、《瑜加集．要焰口施食儀》所出《佛頂尊勝陀羅尼神咒》。《施食儀麗》宋元三本俱缺，最初為明本《續法佛頂尊勝陀羅尼經》譯引（《續藏經》第一編，第九十二套，七十三頁）說，「法天三藏重譯名曰《佛說一切如來烏瑟膩沙最勝總持經》，文咒俱有，然兩處咒句，較唐多一倍，因釋迦世尊在極樂善法堂，無量壽佛為觀音菩薩說九不動，上師以此修潤，集入《施食儀軌》」。他所說底「上師」為誰不得而知，或是將法天譯文增加而成。《施食儀》底咒字是元朝音寫，與唐宋底音譯不同，足見這本是後出底。凡經文，愈古愈簡，故「加句」本必是後本。

十六、大明仁孝皇后夢感佛說《第一希有功德經》（卷下）所出尊勝佛母，救度佛母等所說神咒。這經為明太宗於永樂元年正月所制，同年刊行（西紀一四〇三），永樂五年皇太子高熾、漢王高煦、趙王高燧各重刊流市，萬曆七年（西紀一五七九），皇帝印施過一次。經裏所出底咒文，又與元音互異，可以定明朝底音寫。很奇怪的，大中磬上底文字乃和《第一希有功德經》（卷下）所出底一樣！

荻原雲來先生底《尊勝陀羅尼研究》（《密教》第二卷，第一號一二〇至一四四頁）說尊勝咒文約可分為甲乙二類，甲類比較地短，乙類比較地長。甲類中，字句也有長短與相違之處。

以上二百九十六句中，除只見於一種譯本底句以外，法天以後，兩種譯本以上所有底句，第三——六，七，一七，二〇——二四，二九，三九，四〇，四七——五一，五四，六二，六三，六五，九〇——九五，一〇〇——一〇二，一〇六——一〇九，一一四，一一九，一二二，一二三，一二六，一二八，一三五——一四三，一四六，一五五——一五七，一六四——一六九，一七二，一七四，一七六——一七八，一八〇——一八三，一八六——一九八，二一〇——二一三，二一七，二三五，二三六，二四七——二五〇，二五二，二五四，二五八——二六〇，二六四，二七三——二七五，二七八，二七九——二八一，二八九，二九二句，為宋以後所加，共得一百〇九句。唐譯諸本，見於兩種譯本以上底共有一百二十四句。唐諸本中獨有底句共有十九，宋後底本子，共有三十五，平均宋後底譯本幾乎多出一倍的文句。如果再從譯音來看，我們便理會唐本諸譯音幾乎是一致的，宋以後底音便不同了。大中磬底譯音與《施食儀》最近，與《第一希有功德經》，除三幾個字異體外，卻是完全相同，這樣比較起來，我們可以推定大中磬底刻文最遠也不能過永樂時代，它甚且有後一點底徵象，說是萬曆時代或者也可以。最可以使人依信為明代作品底是經題作「佛頂尊勝總持經咒」。明以前底各種標題，未見這名，在永樂九年底御制序才產出。《序》裏定為「佛頂尊勝總持經咒」，說：「佛頂尊持經咒者，一切如來智印，廣大慈悲，甚深希有，普利昏迷，實巨海之津梁，幽暗之日月，飢渴之飲食也。」有這一證，更可定文為明刻，因為時人必喜遵用御定底名字，是很顯然的。若果是大中年間所刻，最可能也得用不空底譯本。在那時候不空本是有刊本底，並且是加句靈驗本，刻者斷無不用之理。至於磬上經文，與現在大藏中所傳文句亦不盡同，雖然短短幾百句，卻也斬截得很順暢。此經重在咒底本身，故經文長短譯者任意增刪，只把出經周緣說出便可以。在短經中，磬上所刻底，要算是好的。

《尊勝陀羅尼》和《心經》刻在一起，也有來歷。《心經》是大般若底綱要，五千大藏底骨髓；《尊勝陀羅尼》是一切如來秘密之藏，能破一切惡道，大月如來之智印。白香山《記蘇州重元寺石壁經》說，「攝四生九類，入無餘涅槃，實無得度者，莫先於《金剛經》，懷罪集福，淨一切惡道，莫急於《尊勝陀羅尼經》」。所以《金剛經》與《心經》也常放在一起。《尊勝陀羅尼》被信為有滅罪息災，興福延壽底神力。唐代宗大歷十一年曾敕天下僧尼誦《尊勝陀羅尼》，限令每日誦二十一遍，每年正月一日，遣賀正使具所誦遍數進呈。譯本底多，於此可以探出一個理由。永樂帝竊位殺人，每生悔心，假託仁孝皇后夢感所得經文，也是為要鼓勵民眾傳誦，為他作息災懺悔底祈禱。

金銅佛像和法器宋明以後流傳底比較多，在宋以前，唐會昌和周顯德兩大劫，是很難逃過底。大中磬成於會昌以後，傳又屬國清寺舊物，雖有避免被毀底可能，但在器上，我們不能找出屬於國清寺底憑據。與這器最近似底一鐘一磬出慧先底名字，但在《天台山志》和《天台山方外志》裏都找不出這人底來歷。我很思疑這三件都是北方底產品。在法器上刻經，好像也是明朝盛行底風氣，或者北平覺生寺底華嚴鐘是這類器物底最大的和最好的代表。發聲底器物，更宜刻經，因為聲響便可將妙意傳布，與人口誦一樣。

古代僧寺，鐘磬無別，天竺沒有磬，故磬為漢土特製。梵語「犍稚」（犍槌，Ghanta）為因打作聲之物，如鐘，磬，鐃，鼓，木魚，推版等都是。打犍稚為七種集僧之一，其餘六種為量影，破竹，作聲，作煙，吹貝，打鼓。（見道宣《行事鈔》上一）打法本無楷式，依《三千威儀經》，尋常下槌，由輕而重，由希而大，乃至聲盡，方打一通，如是至三，名為三下，所以也稱「打三通」。又有長打法，初時亦打三通，中間四槌，聲盡方打，如是漸漸斂槌，漸概漸小，乃至尾末，方復生槌，同前三下。宋元照《資持記》（上一下）引武德七年所撰《軌度圖經》記打犍稚七法。一，常會時，謂說恣羯磨講法等集。（先從小起至大二十下，稍小二十一下，小小十下，復大三下，共五十四下。此似五分三通，但多少有異，准下又名一通耳。）二，旦食時。（八下，謂小食也。）三，盡食時。（一通同前常會，謂中齋也。）四，暮投槃時。（一通同上，如今昏鐘。投槃疑是梵語，未詳所翻。）五，無常。（多少隨時，上並常用七下卒緣。一縣官，二大火，三大水，四賊盜。此四並隨時。五會沙彌，三下。六會優婆塞，二下。七呼私兒，一下。）共為十二種時間。（見《大正藏》第四十卷，一八六頁。）打犍稚底用意，據《百丈清規》（卷八）說，是昏息，肅教令，導幽滯，與和神人。又《行事鈔》（下四）有無常磬，謂臨終時，打鐘鳴磬，引將死者發生善念惟長惟久，以事盡為期。又擊磬時間和擊者，依《百丈清規》（卷八）說：「大殿早暮，住持知事行香時，大眾看誦經咒時，直殿者鳴之；唱夜時，維那鳴之；行者披荊時，作梵暗黎鳴之。小手磬，常司行者常隨身，遇眾諷誦鳴之，為起上之節。」

一年來的香港教育及其展望

作者做論文最怕「定造」，因為「承接」底作品總得討人喜歡，同時又很容易開罪於人。這篇也是承接來底定造文章之一，其中率直的話希望不會開罪於任何讀者。作者先要聲明底是他一向不會說刻薄話，也不喜歡用文字罵人，如有說得過火之處，乃因文章沒做得好，並非故意吹毛，望讀者原諒。

論到香港底教育，當然有許多連帶的問題要讀者先了解底。可惜限於篇幅，不能詳說。作者只簡略地指出幾點，希望讀者自己進一步去咀嚼。

一、香港底中國人有「華人」與「華僑」底分別。這是無形中自己分出來底。英國人並沒有理會華人有「僑寓」與「土著」底分別，事實上土著回華，除非自己不願意，仍是享有中華民國一切的權利；所以華人與華僑在香港底權利義務毫無差別。看官府文書中統稱之為「華民」，便可明白了。

二、香港辦教育底可以分為兩種：一是辦華人教育底，一是辦華僑教育底。辦華人教育底，課程以大英祖家制度為準；而辦華僑教育底要以大中華民國教育部所定章程為主。但格於地方情形華僑教育未必一一遵照部章辦理。這分別與教育的動向有直接關係，在下面當要各說一點。

三、將好好的博物院與圖書館拆毀了來做停車場底香港，可見它底一般文化極不如早期殖民祖家。大班們對於文化底感情冷淡，華民耳濡目染，對於文化事業，當然也以為與個人無關，偶然舉辦什麼，多半別具深心，功成身退。

四、香港雖在大海之北，而人類中底鯨、麃、蝦、蟹、龍、蛇、黿、鱉，無不容歸。五方雜處，禮俗不齊，意志既不能統一，教育於是大半落在投機者，無主義者，兩可論者，釣譽者底手裏。真能為人為文化努力底，屈指可數。作者不敢怪他們，怪底是這地方。海無意於溺人，人自溺於其中，就是這個意思吧。

五、香港學生底家庭有許多是「人煙稠密」、「鴉雀有聲」，絕不宜於學生生活。如果進底是樓上學校，學業更受影響。偷懶僥倖底習慣很易養成，政府當局如不注意，當然沒人能夠出來為有效的矯正。

現在再講教育底本身。此地不能不縮小範圍談談學校教育，其它如社會教育，家庭教育等等，暫不説到。關於學校教育，可以分出幾點來説。第一是辦教育底機關或個人。第二是學校底性質與管理。第三是課程。第四是學生底活動。

在香港，為中國人開底或收中國學生底學校底辦理人可以分為下列幾種。第一是政府辦底皇家學校（現在或稱官立學校）。第二是宗教團體辦底。此中有公教，耶穌教，佛教，孔教，回教等。第三是公立學校，像商會，工會底學校，還多半是義學。第四是私立學校。此中有來路與本地之分，來路多半由廣州分來或遷來，本地底多半屬於「樓上學校」。第五是遵照古式，間或參照西法辦理底私塾。皇家學堂有書院與大學底分別。書院有些從第一班辦到第八班，八年之中要習完中小學課程。小學至高辦到第六班，畢業後升入書院。不稱書院而稱中學底只有「官立漢文中學」。這種學校底校長，書院除「漢中外底」，都是英國人，小學間有華員充任，經費是十分充足，校舍也很像樣，最著名如皇仁，英皇，庇理羅士等。宗教團體辦底學校也相當地重要。其實香港底教育權是操在公教會底手裏，在宗教團體中辦學校最多的是公教會。教會辦底學校與官立學校一樣是辦華人教育底，如華仁，拉沙，意大利教堂，聖保祿，等等都是。屬於耶穌教底也不少，如阿玻（男拔萃），玫瑰行（女拔萃），男女聖士提反，男女聖保羅，男女英華。等等都是。其它宗教團體所辦底學校沒有什麼特點，為數不多，當不具論。這些學校多半受政府津貼，經費也相當地充足。公立學校中最重要的是香港大學。它也是政府每年津貼三十多萬底學校。在香港政府與人士眼中。只有這機關能供給高等教育，所以很被重視，以歷任香港總督為監督，以英王為贊助人。這大學成立於一九一一年，到現在已經二十九年了。最初本港聖公會少數人動意要辦一間大學，後來得本港暨南洋殷商解囊贊助，香港政府又撥給校址，於是成為一間公立性質底學校。那時兩廣總督張大駿也很贊成這事，與香港總督盧押同為創辦贊助人。一九三一年以發展中國文化研究名義，一方面向中英兩國政府請撥中英庚款，一方面再向南洋和本港捐款。從庚款獲得二十六萬五千金鎊，南洋方面也得數十萬。本港方面，又得馮平山先生捐建圖書館，鄧志昂先生捐建中文學院。但自得款以後、中國底外交與教育當局都未過問，到底用在中國文化底研究上有多少，實在不得而知。其它公立學校多半是小學和義學。辦法與一般學校無大差異，沒什麼特別的色彩，不必具論。私立學校有本地與來路二種。這二種都是辦華僑教育底。本地私立學校多係個人創辦，有些在兩層樓房中由幼稚園辦到高中，只要呈報教育司，派視學官來勘查過，以為房舍堅固，衛生設備充足，便可註冊開辦。如果要學生在國內能夠升學底話，便可到僑務委員會，教育部，廣東教育廳立案。讀者如果在街上只看見大書「國民政府……」「僑務委員會……」「中國教育部……」「廣東教育廳……」等等大招牌底門口，不要當做國民政府，僑務委員會等等，遷到香港來。在這種招牌中間或旁邊，還有因謙卑而寫小一點的學校名稱。這也是表示辦學校底人是有相當面子底。這類底學校多半是招牌充實。內容呢？待問。作者曾見有位辦這種學校底先生，在名片上印上「教育家某某」，這意味與「酒家」、「餅家」是否相同；也有研究底價值。假如這「家」不作專家解，那麼讀者在看見一間學校底門口及其附近同時掛上四五個招牌底意思就可以了解了。來路學校底步伐比較整齊，在抗戰以前幾乎全是廣州教會學校底「分校」，如嶺南，培英，培正，真光，是最著的。私塾多以「學塾」為名，多半是一位教師，教幾十個學生。大一點的學塾也有用「小先生」制度底，以《四書》、《五經》、《古文評註》、《秋水軒尺牘》之類為主要課程，有許多學生在別處讀英文，在學塾攻漢文，因為父兄們信老先生底學問比普通學校底國文教員高超。要兩全其美，非如此不辦。

學校底性質當然以中學為多。職業學校如打字，電氣，交通，航空等，佔極少數。官立底師範學校與航空學校辦得比校像樣，打字學校也有一二家好的。其餘多是名不副實。一般高等專門學校可以說是沒有，要求專門學問只有香港大學醫科，工科，商科，及教育科可習。藝徒學校，公教曾辦了幾間，成績還好。許多教會學校或「分校」與本地學校如民生、西南、華僑、梅芳等，都有宿舍，在學生課外生活上也很留意。其它的樓上學校，有些是校長（即辦校人）全家坐鎮，有些是教員兼看堂，樓梯口即教務處，課堂也是臥房。一想那情形，學生生活與教育設施都可不卜而知了。教員資格有些很好，但是冒充底也不在少數。學費在比較完備的學校是貴得出奇。有些實際只教兩學期，竟然徵收三學期學費的，這情形以教會學校為多，學生多花一個學期底學費，而所得學問底質量仍與授兩個學期的相等，這若不是剝削，應作何解？

課程是最重要的。一個學生底前途專賴在中小學時代底訓育與課程來造基礎。因為有華僑與華人底歧途，課程當然受影響。香港學校底課程可以說是極不統一，有些甚至於不完備。遵照中國教育部章程辦底多是在中國立案底學校：受香港教育司津貼底學校必得用教育司審定底課本。在香港做育司所轄底學校中本分為兩系，一是以英文為主底，一是以漢文為主。要得到最高津貼費，必得是以英文為主底學校。我們不要忘記此地國語是英文，漢文是被看為土話或外國文底。所以凡是此地教育會所辦底學校對於漢文都不注重，教漢文底老先生也沒法鼓勵學生注意習本國文字。學生相習成風也就看不起漢文。從這系統底學校畢業底學生多半出去「打工」，少數升入香港大學，或到外國去留學。以漢文為主底學校，官方名之為「土話學校」，學生去路多不明。在中國立案底學校學生畢業後多半升入國內大學或專門學校。這是大概情形。至於課程底充實程度，各校很不一致。不專為華人辦底學校，有些簡直沒有漢文及中國史地諸科，或教法文，或教西班牙文，或教葡萄牙文。華人入這種學校，大概是立定主意不做華人，打算在香港混一世底。為華人立底學校，多半是以老先生教漢文，他們當中也有很高的功名底，但是八股氣太重，專教學生套「嗚呼，盛衰之理……」

一類底爛調，有些還絕對禁止學生做白話文。其實若把學生教得通，不會寫出「如要停車乃町在此」，「私家重地」，「兵家重地」一類底文句，也就罷了，何必管它白話、黑話。此外如尺牘也列入國文課程裏，無形中浪費了許多時間。以英文為主底學校，地理與歷史底課程都很貧弱，中國歷史幾乎不教，對於要考香港大學底，迫得將三年底高中歷史趕做一年，自己去修習，問起來，答案有些簡直是錯得不能受原諒。中國地理乾脆沒有。科學實驗室除官立學校外，許多都沒有，有底也不很完全。教科學底人才也很缺乏。大學底課程也有許多不完備之處，此地沒工夫細細舉出，請讀者買一本香港大學「曆書」來看看便知道了。考香港大學底英文程度要相當地高，所以照中國教育部定章辦理底學校底畢業生能及格底很少。又因為學費太昂，在港大一年底費用幾乎可以在內地度過三四年。這樣不是貧寒子弟，除非得到助學金也不能輕易進去。

香港學生底活動除校內各種比賽會以外，最常見底是一年之中總有幾次出來替慈善機關在街頭賣花捐款。此舉以女學生為多。賣花時期多半不在星期日。這樣，偶然來一次不算什麼，若做多了於課業當然是有礙的。自抗戰以來，參加捐款、徵收救護藥品，製慰勞袋等等都很努力。自去年來，香港始有在香港大學學生領導下底香港學生聯合醫藥籌賑會。香港大學教育系學生也辦了一間夜義學，收了許多販報童子、職業小工，來做學生。這次新界底難民營裏，也有學生在那裏服務，可以說是精神很好。其餘的中學學生因為程度與時間底不足沒有什麼社會上的活動。

以上香港教育底大體情形，雖不是細嚴，也可以使讀者明瞭它底輪廓。作者時時被人問：香港以大學堂為最高學府，而此學府所造出來底人才是否專為殖民地底用處？問底人不止一位，可見社會對於這點是抱着很大的疑問底。作者底回答未必能夠解釋香港教育家或來香港辦學底大班先生們底意見，姑妄說之。原來殖民政府辦學是一視同仁的。對於華民有為華民開底學校，對於印度民、英民，都給他們開學校。不過大學教育是公的。恰巧此地華人佔百分之九十六七，當然為華人開底學校所佔底百分比率很高。若不是華人與他們底本國政府底努力贊助，恐怕殖民政府沒有什麼計劃，要立一間大學來做裝飾品。英國祖家有很好的大學，英國學生盡可不必在香港受中等以上的教育。此地一說起，讀者必要注意到在香港九龍底在學齡內底英童很少。男女在七歲以上都送回國去受教育，留住底，都有特別理由。街上行走底英國人不是七歲以下便是二十一歲以上，七歲至二十歲和五十五歲以上底都不多見。看來英國人自身沒有在香港設立大學的必要。其它的英華，葡華，印華人口，多數也歸入華、葡兩籍，只要隨着華人，葡人或英人底走就夠了。大學設置目的據前輩底指示，有三點。一是英國朋友要為中國栽培人才。因為創辦時，中國只有京師大學，北洋大學，和幾間高等專門學校，顯然在南方有辦一間大學底必要。二是表示英國高等教育底典型。因為中國學制採取日本，美國，向來沒注意到英國底導師制與紳士風。三是為提高香港殖民地底文化水平線。無論如何，大學底設置是具有十分善意底。至於華人可以加入底學校，當然不唱「三民主義」，如不唱耶穌歌，便得唱英國歌。孩子們在這樣學校，不能受到中國文化底灌頂，也只能怪自己的父兄，不能怪熱心教育底神父，牧師，×××。××××××××××××××××××××××××××××××××××××××。他有一個很深沉的憂慮，是現代的學校多產出有知識的人少產生有思想的人。知底太多，想底太少，結果教育是向製造享用的人那條路走，而不注意去製造有用的人。享用的人底知識是為商品而求底，只要工廠會出新花樣，他一定樂於購置。這情形在通都大邑都可以看出來，不必限於區區的香港。還有一種教育是專造就可用的人底。這是殖民地教育底本來要求。可用不定是有用，因為前者是不顧慮前途底發展底。當需要時可以用，不需要時也可以不用。這也可以稱為消極或被動的教育。作者對於一般的殖民地教育都有這樣底印象。作者願意讀者諸君多問自己，香港底教育，應屬何等？

講實際一點底罷。作者以為香港底高等教育是應該提倡底。野雞式的大學希望不要隨着上海來底女嚮導，夜總會，產生出來。一間純係華人辦理設備完全，學費相宜底私立大學似乎是很需要的。至於香港大學本是含有國際性底，它可以發展到更完備的地步。不久，公教底法國奶奶便要在大學裏建築女生宿舍，我們希望他們能夠給女學生很好的訓育。中國政府由中英庚款又撥了些錢給大學，也希望當局能夠善於運用。關於中等以下底教育凡在中國政府立案底應該事權統一，不要有教育廳不許註冊，而僑務委員會取發憑嘉獎，特許立案情形。視學員也得負一點責任，應當隨時考察，不要來到就吃金龍，去後寫一頁好報告。辦學校不能講裙帶關係，也不能講管飽交誼，辦得好説好，不好就説不好，那麼受津貼才沒慚愧。許多學校都缺乏圖書儀器，似乎要一個公用的圖書館與理化實驗室。如果各私立學校分別負擔經費，想也不難辦到。兒童教育館也是必要的。香港九龍底學齡兒童無力入學底為數很多。他們整日在街頭巷尾當「牛王仔」，有些把時間消磨在連環圖書攤看《阿Q遊地獄》、

《火燒紅蓮寺》。有心人對於這多數的將來主人是不是有動於中？作者前年曾在《大光報》發表過一篇兒童教育計劃書，至今二年，毫無響應者。可憐之至。

以上希望大家注意。作者以為教育底目的在拔苦。拔苦底路向是啟發昏蒙和摧滅奴性。一切罪惡與墮落都是由於無理解與不自尊而來。教育者底任務是給與學生理智上的光明與養成他底自尊自由底性格。但這兩樣，現代的教育家未曾做到，反而加以摧殘，所以有用的人無從產生。如果有完備的學校教育和補充的社會教育，使人人能知本國文化底可愛可貴，那就不會產生自己是中國人而以不知中國史，不懂中國話為榮底「讀番書」底子女們了。奴性與昏蒙不去，全個民族必然要在苦惱悶悶的沙漠中徒生徒死，願負教育責任底人們站起來，做大眾底明燈，引後輩到永樂的境界。

中國文字的命運[1]

研究文字學底人都知道中國字是文字史上僅存底表義文字。文字底第一步，除掉結繩與繪畫以外，是象形字。中國文字已越過這時期，因為我們現在寫「日」字，已經不是日底圓形；「山」字已經變了三個峰頭為三條直線了。從象形字變為表義字是文字上很大的進步，理由是表義字表示抽象的意義比象形字容易得多，不過它還不是最方便的。

文字有形聲義三個成分。最初的文字都是表形的，由形解義，造字底任務已經完成。但是，形無窮盡，縱然巧者可畫，常人或不能盡解，於是象聲象意底文字出現了。六書中象形最初出現，隨着有指事。從實質上說，象形與指事沒多大的分別。畫物底全形為象形；畫物底一端以見事為指事。前者如：「日、山、田、人、鳥、馬、魚、舟、衣」等字；後者有對文（上下），反文（正正），獨體（一、ㄙ），合體（芻、八），增文（牟、足），省文（召、支），變文（勹、矢），分體（採、臼），假體（示、巫），複體（畺、蜀）十類，可以說複合的象形字。象形與指事再發展而有會意。這是比合象形與指事來顯示意義，有合體與省體二類，如（社、周）為二合，（品、雥）為三合等。這類字已離象形較遠，但其跡象還可以追尋，所

1 首刊於一九四〇年一月五日香港《新文字學会会報》第八号。

不同的只從結合底形理會出其中意義而已。由象形，指事，而到會意，形與義雖然進步，但聲底功用還沒顯明，於是再進一步而生出形聲字來。《漢書·藝文志》列象形、象事、象意、象聲，明指事、會意、形聲、諸文也和象形一樣是取象底。鄭康成以形聲為諧聲。取義於以聲譬形。許叔重取形聲底名目，取義於以形譬聲。所以諧聲、形聲、象聲三名，所重仍在聲音。在形聲字中有聲義兩兼底名為「亦聲」。文字到以聲為主才充足了它底功用。這個見解，自來學者很少體會，因為六書不分，自唐已然，後人只重解字，而略於說文，故一問某字應屬六書何類，間或不能置答。這在實用上本來沒多大的關係，因為文字底趨勢在記口音，與象形時期只能表現物形大不相同了。喻昧庵先生師承王壬秋先生作「王氏六書存微」，其中有一段話講得最合理。他說：「選字之初，始於畫形。形不可象，則指以事。事不可見，則會以意。意不可通，則無義可說，而造字之法窮矣。於是古聖欲通事意之窮，乃取三者以為主文，而譬以聲。至於聲，則無不諧矣，初不必更取其義。是故有聲無義者，六書之正也。」（卷六）有聲無義，為六書之正的，是卓見。由此進而為轉注，為假借，都是重在聲義，形不過是寄託而已。依喻氏底分法，六書中最多的是諧聲字，若合形聲，亦聲算起來，說文中共有七千九百零四字，合意字佔九百六十五；指事字佔二百八十七；象形字佔一百三十五；轉注字佔六十七；假借字只有十個；闕疑文七個；共九千三百五十三文。依此推到現在，可知形聲在中國文字上佔了十分之八九。

文字底功用在記事，文化越高，超象的事越多，所以形窮於應付，而不得不用聲音。可惜中國字停頓在象聲上，未進到用音標或字母底途程。此中最大的原因在歷來視文字為聖人所作，它底本身是神聖的，寫過字底紙帛都要敬惜，更不敢談改革了。其次，中國文字是視覺型的，人一讀起來，便認得那字所代表底意義，因為視覺與文字底關係比聽覺較為直接，尤其是在多用單音底語言上，如，皮、脾、疲，發音一樣，而在形狀上一看就了然。中國字所以能維持這麼久，這也是最重要的一個理由。又，拼音字用字母拼音，做成底是聽覺型的字。因為文字底本質要以形顯，形底變遷比較聲音慢得多。由籀變篆，由篆變隸，變楷，變草，其中變遷底痕跡很容易追尋，它底認識標準是比較固定的。至於聲音，每依口官各部底用捨而生變化。不但古今聲音不同，同時代的方音也大不一致。不但方音不一致，一個人少時所發底音也和老時所發底不同，甲處人在乙處住得長久，也未必能夠說出純正的本土話。有時聲音已經改變，而字形仍然不改。這在英文和法文裏是常見的。如 Philososphy 現在讀如 Filosofi:，Psychology 現在讀如 Saikollji:，Knowledge 現在讀如 Nollej:等等，不勝枚舉，可知字形底保留也相當地重要。但是這現象是不當有的。依拼音文字底原則，凡是聲音改變，拼法也得隨着改變。所以未變底原故，還在人們沒曾深究字學。

主張視覺型文字底人們以為拼音字隨地隨時改變，結果會令人數典忘祖，後人不能讀先人之書。不錯，不錯，這種缺陷，不但在拼音字上發生，即如在表義字上，也是如此。平常的中國人有多少能讀唐宋底文章呢？有多少能讀漢魏六朝底文章呢？又有多少能讀四書五經諸子百家呢？要知道讀書，不只限於字形底變遷，寄寓在文字裏頭底概念也無時不在變遷中。今日的「之、也、焉、於、乎、哉」與各個字最初的意義大不相同，是誰都知道底。以今義解古書是最大的錯誤，而且很危險。研究文字學底人應以古義解古書為是。若有人解

「東家殺豕」為「掌櫃底宰豬」，那豈不是個大笑話？看來，形聲之外，義也要顧到。「見形解義」不是那麼容易的事，多數只能「望文生義」罷了；至於聲音常隨概念，不如形狀與它那麼容易分離。例如○形表示圓底概念，但此○或只表示一個圈，或是一顆球，□形表示四角底概念，此□或表示一個國家，或一座城，或一顆印章，但國界未必方，城未必方，印章也未必是方的，這方底概念也經和原來所畫底□形分離了。聲音雖然變遷得快些，但比較能維繫得概念住。例如福建人叫「眼睛」為「目」，字形完全不同，從聲音去尋求概念，仍有可能；廣東人叫「票」為「徽」，「徽」底聲音雖然稍變，概念仍未變更。「徽章」底「徽」與「戲徽」底「徽」，仍是「憑證」底意思。

在新知識未入中國以前，中國字是很夠用，很足以自豪底。但在思想猛進，知識繁多底現代，表義字就有點應付不過來了。文字以孳乳而多底話固然不錯，但漢字製作底原則是以偏旁表義底。這裏我們有了困難。拿自然科學來說，屬是草類，禾類，竹類，木類，瓜類，麥類，麻類，黍類等，都各依其類加個偏旁。但這些類別是不科學的，植物底分類不止這些，還有像「牡丹」，「玫瑰」，「十姊妹」之類，應入木部或草部，而字形上不許。推而及動物，礦物，都有物名與部類不相侔底缺點。又表示心思動作底字，用心部，手部，足部，走部等來做部首，以後抽象字越多，勢必至於窮於應付，是無可疑的。總而言之，現在字典底部首不能包羅萬有，減之固然不可，增之又不勝其煩。真是沒有辦法！

現代的知識範圍比二三百年前寬廣到幾十倍，必令人人深究六書然後為學，則勢有所不能。因此我們不能不原諒寫白字或手頭字底人。我們寫作，從時間計算起來，是比拼音字慢得多。拼音字可以用機器來寫，漢字雖也可以用打字機，但要用它來著作，恐怕沒有希望罷。假如漢字打字機底速率與面積可以同拼音字機一樣，我們便沒要求更改漢字底必要。而事實上，我們對於各種知識都要急求，慢鈍的文字，怎能滿足我們底需要呢？

漢字底命運現在已走到一個不敷應用底時期。如許多的化學名辭，借「鈹」名Glueinum，借「銻」名Stibium，借「鈽」名，借「氦」名Helium，假借不足，繼之以製作新字，或做成復合字。這樣，必會做到一形含多義底地步，與六書底原則越離越遠。我們現在所用底復合字，如「意識」，「心理」，「德律風」，「愛克斯光」等，有些是依字義選做底，但以後的趨勢必會向着概念底標準來發展。譬如說「意識」時，還留着字義；但說「心理」時，已趨向到概念的方面了。至於「德律風」，「愛克斯光」，只是從聲音了解概念，字形不過是字形罷了。新的概念越來越多，舊的文字有限，絕不能應付過來。如果要在「說文解字」或其他字書裏選做新字，同屬有限的數目，那麼，數千不如數百，數百就不如數十了。如能在漢字裏選出數十個字來做字母，像注音字母一樣，將來也得走上拼音的途程，是無可疑的。

固然我們捨不得拋棄了好幾千年用慣了的東西，但是歷來被我們和我們底祖先所拋棄底好文化遺產也有好些。文化大部分是寄在語言文字上底，只是要記得所寄底是由語言文字所發表底概念，而不是死的語言文字本身。若果教孔夫子復生，他一定不認得我們，因為我們穿底衣服不同了，住的房子不同了，說底話不同了，寫底字也不同了！但是我們的文化核心還與孔子時代一樣，是屬於漢族的，中國的。所以從表義字進而為表音字，是不足怕底。

我們不能盡讀古人底書，也不必盡讀古人底書。若是古書中有值得保留底，自然在各個時代有人翻譯出來，至於毫無價值底古書，多留一本，只多佔一些空間而已。譬如《道藏》裏許多荒謬的記載，如鬼神的名目，符篆之格式等等，留着也沒有用處。只因它是古人思想與宗教底遺物，不得不整理。整理完畢，把它解釋明白，後人如要知道符篆是怎麼一會事，盡可不必去看原書了。所以整理古籍是繼往開來底工作，不是文字底保留。如有研究高深的學者，要讀原書，盡也可以去翻出對對。可是這樣的工作，我們不希望個個認識中國字底人都照樣去做。文化底進步在保留一個民族底優美遺產，而捨棄其糟粕。抱殘守闕，是教文化停頓底重要原因。

總而言之，拼音文字是比較表義文字容易學習，在文盲遍野底中國，要救渡他們，漢字是來不及的。作者自己這一輩子也不見得會用拼音字。但為一般的人，不能不鼓勵人去採用它。至於拼音字以後，會使國語更不能統一的憂慮，也是不須有的。假如我們有共同的拼音方法，先從專名統一起，然後統一各種名詞，那就容易多了。中國話是一種，所不同的是方音。方音底差別在用詞底不同，如能統一用詞，問題容易解了。我們先要統一用詞，換句話說是統一國語，才能統一國音。這一件事得等待知識底傳播才辦得到。所以我們不但要掃除文盲，並且要掃除愚暗。漢字在這兩種工作上，依我們的經驗，是有點擔當不起。最後一句話，文字只是工具，在乎人怎麼用它。如用來寄寓頹廢的概念，就是漢字也得受到咒詛。我們要灌輸知識給民眾，當以內容為重，區區字形上的變更，有什麼妨害呢？

中國文字底將來[1]

一 中國文字不進步底原因

我們底讀書人每每自誇說中國底文字是世界上最古的一種文字。不錯，它是最古，卻是最不進步的。現在用從象形文改變而成底文字，只有中國字一種，其它用底都是拼音字。拼音字是最進步的文字。而中國還是墨守着舊的守法，一點也沒有進化。這個，我想有下列底幾個原因。

一，文字被看為極神聖。文字底發明在原始民族中，都視為很神秘的。因為它能在不言不語中顯示所要表示底意義。在中國底傳說裏，當倉頡發明文字底的時候，也驚動了鬼神，使鬼夜裏哭過。這是表示文字有很大的威力，凡有文字底地方，邪神野鬼都要驚避底。這觀念發展為道家底符咒。許多迷信者到現在還信天師符可以驅邪治病，就是由於這種原始的迷信而來底。敬惜字紙視為善舉之一，對於有文字底紙帛等物，切不可輕易褻瀆，不然，神聖就會責罰底。尤其是讀書人，所有字紙必得恭恭敬敬地送到惜字爐去焚化。紙灰也不能任它

1 首刊於《戰時青年》一九四〇年第三卷第二期，未刊完。

隨處飛揚，必得送到清水河裏，教它能流進大海去。考察人間誰是敬惜字紙與誰不是底，是文昌帝君底一分職務，為他發覺某人不敬惜字紙，或者教他今生不能得着功名，進身之路，或者罰他來生變個瞎子。敬惜字紙成為一種宗教行為，它底根本心理是認定文字是神聖，進一步便覺得會寫字底人也是神聖了。

二，識字是士大夫。因為識字或會寫字底人也被看為神聖，為高尚，無形中造成一種士大夫底階級意識。如果一個人讀了幾年書，認得一千幾百字，他就會有「我是讀書人」底感覺，讀書人底肩膀是不屑挑東西底，雙手是拿過筆，再也不能做粗重的手藝，指甲要留得長長的。所謂鄙賤的事他是不能再做了。在商店裏任職底夥計，雖會與幾個字，卻是被看為讀不成書底。所謂士大夫，實際上只是多識些字和會寫一半篇或通或不通的文章，這樣他便能武斷鄉曲，交官結束了，他靠文字撈得威權，當然不敢批評文字本身底缺點，也想不到它會有什麼缺點，乃至不敢想它可以被修改到較利便的地步。這樣，弄到讀書人不當文字是傳達意思底一種工具，卻當它是一種撈取威權底法寶。法寶是不能輕易更換底。

三，書法是藝術。許多人宣說書法是中國藝術底特別部門。其實真正的書家在歷史上是可以屈指數出來底。我不承認寫字有真正的藝術價值，若說有底話，記賬，掘土，種菜，等等事工也可以當做藝術看了，飲食，起居，無一不是藝術了。為什麼呢？文字底根本作用是表達意思，形相上的佈置不過是書寫材料，為紙帛，刀筆，墨汁等等關係，只要技術純熟，寫出來，教人認得它是什麼，它底目的就達到了。凡是藝術，必至有創作性，文字自古有定形，原不能說是創作。所變底是一代所用的材料規定了一代的字體，漆筆時代，絕不能寫出隸書真書，只能寫篆文，毫筆時代也不能寫出現代的「美術字」。現代青年多用鋼筆鉛筆，要他們寫真楷更是不容易了。

又，一般求人「墨寶」底多是與寫字底人講交情，並不是因為他們，對於文字有特別的賞鑒心。許多人只喜歡名人字，和貴人字，尤是上款有自己底名號底。字既名貴，擁有底也跟着「名貴」起來了。寫扇面，題書物，上者是欽佩寫字底人，下者無非是「借重」，社交藝術乘君子自己，於字寫得好壞，本來沒有什麼關係。說起來，書法是由道教待寫龍章風篆發展起來底。古來有名的書家可以說多少與道教有關係。王右軍一家，被認為書法底大師，而這一家人正是信道極篤地。六朝底道士如陶弘景，楊義，傅霄諸人都是書家。唐朝底顏真卿，顧況等，也是道教徒，唐朝又多一層關係，宋朝朱弁底《曲洧舊聞》（卷九）說，「唐以身、言、書、判設科，故一時之士無不習書，猶有晉宋餘風，今間有唐人『遺跡』雖非知名之人，亦往往有可觀。本朝此科廢，書遂無用於世，非性自好之者不習，故工者益鄉，亦勢使之然也」宋朝廢書科，朱弁因而感覺到會寫字底人少，然則從宋以後，當然會越來越少了。明清底書家也是屈指可數底，清中葉以後，因為金石文字發現得很多，寫字底人喜歡摹臨，一變從前臨帖底風氣而為臨碑。雖然脫離了「館閣氣」，卻還跑不出摹擬古字底圈套。不知道北朝底碑文多是漢化胡人或胡化漢人底筆法，書體和章法本不甚講究，在當時還不過是平常的刻文，本沒有什麼藝術底理想，南朝人講究寫字，被認為書法底正宗，但真配得上稱為「藝術字」到底也不多。書法藝術可以說是未曾建立到有強固基礎底地步，反而使練字底人們墮落臨摹底窠臼。

對於以上三點，我們可以認為中國文字所以不進步底重要原因。看文字為神聖，是迷信底遺留，那不容別人批評中國文字底缺點，也是抱着衛道底精神，以為中國文字一被廢棄，中國文化也就跟着喪失了。這可說是不需要的顧慮，文字不過是形象上的符號，換符號，不必是改變文化，也不必是改變語言。從事實上說，現在的中國字已不是周秦底篆文，更不是殷朝底甲骨文，所以形象上的改變是不相干的。現在的士大夫，許多不主張用拼音字，因為他們怕拼音字一流行，漢文便會丟失，中國文化也隨着會丟失了。這過慮是不須要，也是不誠實的。假如要保持中國文化，須要以保存中國字為手段底話，那麼我們應當先要禁止官僚，教授們說那些半中半日，三成國語七成英語底語言。因為文字是根據語言寫出來底。我們不能防止語言底轉變，一樣地不能禁止文字底改易。不一般闊人吃大菜，住洋房，說洋話，寫洋文，用外洋傢具，他們不以為是毀滅中國文化，卻要反對用字母拼成底中國文字，這若不是「敬惜字紙」底迷信思想底表現，便是他們底主張不誠實。這種不誠實底根底在他們底「士大夫階級意識」。他們怕中國人都識字，拼音容易學，不須很長時間，漢字非學上十幾年，不能用得流利，這非有餘力餘時不能辦得到。「讀書人」要保持他們底尊嚴，所以感覺到難用的漢字不可廢。新文字學會除要介紹通行的字母拼成底文字，因為我們縱然目前不能不用漢文，也應為後代子孫開條方便底路。但士大夫所想着中國文字不但不能廢，甚且要積極提倡書法。書法本是有閒者底消遣，假如用它來替代賭博，吸煙，等等，我倒不反對，假如行將就木底人，輕事毋須他做，重事他做不了，用寫字來消磨他底時間，我也不反對。假如驅使一般有為的青年，費很多寶貴的時間去練字，我總覺得是太冤枉，而且是一種罪惡。

中國文字，因為書寫底不方便，與專憑記憶，所以文句上受了許多修削，結果弄成一種所謂「文章」底文字。會做文章就是擅於把文句裏作者以為可刪的字眼節省，會使讀者一讀就感覺到作者文筆底簡潔與玄奧。簡潔與玄奧未嘗不可為，但簡到使人誤會，玄到使人不了解，縱然寫得好文章，於文化有什麼裨益呢？辭不達意，起初是文字底原因，寫慣了，成為一種體格便影響到思想上頭。中國底思想不清晰，中國文字應負起大部分的責任。所謂「讀書不求甚解」便是使思想不能上進底根源。弄到為學非為致知格物，只為作文吟詩，有用的精力，費在未必能夠成就的文藝上，這是何等可惜，何等可恨的事！

二　中國文字所受不進步底影響

因為中國文字進化到表義底一個階段便停止，在大體上說來就影響到思想底不清晰，但從文字本身說，也有幾點可以提出來底。

一，字與文字。中國讀書人可以說是識字底多，識文字底少。字是從原始的形態與單純的意識寫出來，文字是用復合的形，與聲表示一個概念，它不一定是單字拼音，也許會連合五六個音才能表示出來。在舊字典裏找不出文字，所收底只是字，多過一音底字，便被表為「辭」，不知道「辭」是不能靠單音或復音來判斷底。拼音字或者是辭，如「牛」當作「牛馬」底「牛」解，是字，當做一個人底性格粗蠻解，說「他是一隻牛」底「牛」是辭。又如說「牛馬」，分說是牛和馬，是字，合說是含有奴隸式的服役底意思，如是「他為子孫做牛馬」。如

「蜻蜓」，「媽夷」，「吝嗇」是字，說真一點是文字，不是辭，因為這些只表示一個單純的概念。因為從前的學者不分別字與文字，所以寫字，或讀文底時候，「每每弄不清楚，甚至把意義解錯了。

二，文與文章。中國人讀書是為做文章，對於「文」底法則好像不大注意。……

附錄：

這是地山先生去世後一個多月，從他的故紙堆裏找出來的一篇未完的文稿。他是為新文學學會成立兩周年的紀念刊寫的。在七月的下旬孫源向他催稿時，他說已經寫好了一半的，便是這一篇文字。墨痕猶新，而人遽已作古！

在《國粹與國學》一文裏，地山先生寫着：「我們到現在用底還不是拼音文字，難學難記難速寫，想用它來表達思想，非用上幾十年底工夫不可」這是「幾十年」無疑地是「十幾年」的筆誤，但也可能地是排印時的錯誤。然而曾有批評這篇文字的人，根據這一點來指摘以為與事實不符。我早就想為作者辯正，但現在倒不需要了。在這一篇未寫完的稿子裏，他先寫着（用毛筆）：「漢字非學上七八年不能用得流利」，後來又用鋼筆把「七八」兩字塗去，改上「十幾」二字，這雖是個小點，但因為關係學術研究，所以附帶說一句。

一九四一年九月十五日陳君葆跋

貓乘[1]

貓不入六畜之數，大概因為古人要所豢養底禽獸底肉可以供祭祀及燕享底用處，並且可以成群繁殖起來底才算家畜。在古人眼裏，貓是一種神秘而有威力底動物。它底眼睛能因時變化，走路疾速而無聲，升屋上樹非常自在等等，都可以教人去想它是非凡的。事實上，貓在農業文化底社會底地位正如狗在遊牧文化底社會裏一樣。古人先會養狗是當然的。漢以前人家居然知道養貓，可是沒聽過到市裏去買貓。當時養底大都是半野的狸，獵人獲到，取數十錢底代價，賣給人家。《韓非子》裏，有「將狸攻鼠」，「令狸執鼠」底話。《說苑》「使麒驥捕鼠，不如百錢之狸。」和《鹽鐵論》裏「鼠窮嚙狸」，都可以說明當時只有半野的狸，沒有純豢的貓。後世人雖有「家貓為貓，野貓為狸」底說法，其實上面所說底狸都是已經被養熟了底。字書說狸是里居底獸，所以狸字從里；名為貓是因「鼠善害苗，而貓能捕之，去苗之害，故字從苗」。這兩說固然可以講得過去，但對於貓字似乎還是象聲為多，所以《本草綱目》說「貓有苗茅二音，其名自呼」。我們不要想貓字比狸字晚，《詩經大雅韓奕》有「有貓有虎」底一句《郊特性》也有「迎貓為其食鼠」底話。看來稱貓，是有些尊重底意思，

1 首刊一九四〇年《香港大學學生會會刊》。

不然，不能用一個很恭敬的迎字。也許當時在一定的節期從田野間迎接到家裏來供養底稱為貓，平常養底才稱為狸，後來貓底名稱用開了，狸底名字也就漸漸給忘了。現在對於黑斑貓還叫做「鐵狸」，也可以說貓狸兩字在某一階段也是同意義的。

農業文化底社會尊重貓，因為它能毀滅那殘害禾稼底田鼠和倉廩裏家室裏底家鼠。以貓為神，最早的是埃及。古埃及人知道貓在第十一朝時代（2200 B.C.），據說是從紐比亞（Nubia）傳進去底。自那時代以後，埃及才有貓首人身底神像。貓神名伊路魯士（Ailurus）。人當貓為神聖，甚至做成貓底木乃伊；殺貓者受死刑。他以為貓是月女神，因為它底眼睛可以像月一樣有圓缺。中國古時迎貓底禮儀不可詳知，從八蠟底祭禮看來，它與先嗇、司嗇等神同列，可見得它是相當地被尊重。祭貓底禮大概在周秦以後已經不行，所以人們不像往昔那麼尊重它。黃漢《貓苑》（卷上）說「丁雨生云，安南有貓將軍廟，其神貓首人身，甚著靈異。中國人往者，必祈禱，決休咎。」這位貓神到底管什麼事，不得而知，若依作者底附說，此貓字即毛字之訛，因為明朝毛尚書曾平安南，貓將軍即毛尚書。這樣看來，他與貓神就沒什麼關係了。鑄畫貓形來鎮壓老鼠底事卻有些那個。《夷門廣牘記》：「刻木為貓，用黃鼠狼尿，調五色畫之，鼠見則避。」《貓苑》底作者引鄧椿畫貓云：「僧道宏每往人家畫貓則無鼠。」作者又說：「山陰童樹善畫墨貓，凡畫於端午午時者，皆可辟鼠，然不輕畫也。余友張韻泉（凱）家，藏有一幅。嘗謂懸此，鼠耗果靖。」（卷上形相章）又記：「吳小亭家藏王忘庵所畫烏貓圖，自題十六字云，『日危，宿危，熾爾殺機。烏圓炯炯，鼠輩何知？』余按家香鐵待詔，重午畫鍾馗，詩云：『畫貓日主金危危』，則知危日值危宿，畫貓有靈。必兼金日者，金為白虎之神，忘庵句蓋本乎此。」又記：「朱赤霞上舍（城）云，凡端午日可取楓癭刻為貓枕，可辟鼠，兼可闢邪惡。」由辟鼠底功效進而可以辟盜賊。《貓苑》（卷上）有一個例。作者說：「劉月農巡尹（蔭棠）云：番禺縣屬之沙灣茭塘界上有老鼠山。其地向為盜藪。前督李制府瑚患之，於山頂鑄大鐵貓以鎮之。貓則張口撐爪，形制高巨。予曾緝捕至此，親登以觀。而遊人往往以食物巾扇等投入貓口。謂果其腹，不知何故。」

養蠶人家也怕老鼠食蠶，故杭州人每於五月初一日看競渡後，必向娘娘廟買泥貓回家，不專為給孩子玩，並且可以禳鼠。

以上所舉底事例都含有巫術意味，並非當貓做神。清代天津船廠有鐵貓將軍，受敕封，每年例由天津道躬詣祭祀一次。金陵城北鐵貓場有鐵貓長四尺許，橫臥水泊中，相傳撫弄它，可以得子。每年中秋夜，士女都到那裏去。這與貓沒關係，乃是船椗。船椗又叫鐵貓，是何取義，不敢強解，現在貓寫作錨，也許離開本義更遠了。

神怪的貓

貓與其它動物一樣。活得日子長久了就會變精。袁枚《子不渤（卷二十四）記靖江張氏因為通水溝，黑氣隨竹竿上，化作綠眼人乘暗淫他底婢女。張求術士來作法，那黑氣上壇舔道士，所舔處，皮肉如刀割。道士奔去，想渡江求救於張天師，剛到江心，看見天上黑氣四起，就慶賀主人說：那妖已經被雷劈死了！張回家，看見屋角震死一隻貓，有驢那麼大。

貓變人底傳説在歐洲也一樣的很多。在術語上，貓變人叫貓人；人變貓就叫人貓。歐洲底人貓，似乎是比貓人多些。韓美（F. Hamel）在「人獸」（Human Animals）第十二章裏説了下面的一個故事：一七一九年二月八日，陀素（Thurso）底牧師威廉因士（William Junes）在開陀尼士（Caithness）審問一個女人馬嘉列·連基伯（Margaret Nin-Gibert）。那婦人承認，有一晚上，她在道上走，遇見一個魔鬼現出人形，要她與他同行同住。從那時起，她與那魔鬼就很相熟，有時它在她面前現出一匹大黑馬底形狀，有時騎在馬上，有時像一朵黑雲，有時像一隻黑母雞。這婦人顯然是從一個巫師學來底巫術，所以會這樣。有一個瓦匠名叫威廉孟哥麻里（William Montgomery），他底房子被許多貓侵入，以致他底妻與女僕不能再住在那裏。有一晚上，威廉回家，看見五隻貓在火爐邊，僕人對他説：它們在那裏談話咧。在十一月二十八日，一隻怪貓爬進一個貯箱底圓洞裏。威廉就守在那裏，若是看見有腦袋伸出來，使用刀斫下去。他果然把刀斫到那怪物底脖子上，可沒逮着。一會，他打開那箱，他底僕人用斧子砍那怪貓底背後，連斧子砍在箱板上。至終那怪貓帶着斧子逃脱掉。但是他連續地追，又斫了好些下，至終把它砍死。威廉親把那死貓扔出去，可是等二天早晨，起來一看，那貓已不見了。隔了四五晚，僕人又嚷説那貓再來了。威廉用方格絨圍住它，把斧子斫在它身上。到它被斧子釘在地上，又用斧背打擊它底頭。一直打到死，又把它扔掉。第二天早晨起來看，又不見了。很奇怪的是當斫那怪貓底時候，一滴血也沒有。他一共斫了幾隻，都沒有一隻是鄰人底。於是他斷定那一定是巫師做底事。二月十二，住在威廉家半英里底婦人馬嘉列·連基伯被告發了，她底鄰人看見她掉了一條腿在她自己底門口。她那一隻腿是黑的而且腐爛了。那人疑心她是女巫就檢起來送到州官那裏，州官立刻把那婦人逮捕下獄。那婦人承認她變貓走進威廉家裏，被威廉砍斷了一條腿，還有另外一個婦人名馬嘉列．奧爾遜（Margaret Olsone）也是變了貓一同進去底。別的女巫，人看不見，因為魔鬼用黑霧遮掩着她們。

韓美又說：「在法國基奧達（Ciotat）附近底西里斯特村（Ceyreste）住着一個女人，她底孩子們常常有病，這個好了，那個又病起來。她不曉得要怎辦。有一天，她底鄰人對她說，她底婆婆也許是個巫婆，孩子們底病當與那老太太有關係。於是她對丈夫說了。兩個人仔細查察孩子們底病，看看有沒有巫術底影響。有一晚上，他們看見一隻黑貓走近那個小嬰孩底搖籃邊，輕寂地走動，丈夫立刻拿起一根棍子想去打死它。他沒打着那貓底身體，只中了它底爪子。那貓拼命逃走了。孩子們底祖母是每天要來看他們，問孩兒們底康健底。自從打了黑貓以後，老太太就好幾天不上門來。

鄰人對那丈夫說，她一定是有什麼事，不肯給人知道底，可以去看看她。丈夫於是去看她底媽。一進門就看見她底一隻手包起來，對着他發脾氣。他假裝做看不見她底的傷處，只用平常很安靜的話問她為什麼好幾天沒到家去看孫子們。

那老太太回答說：「我為什麼要到你家去呢？看看我底手指頭。假如我底手指頭是給斧子砍着，不是給棍子打着，我底指頭就被切斷，所剩底只是殘廢的肢體罷了。」

中國底貓人故事比較多，因為我們沒有像基督教國家底魔鬼信仰，只信物老成精底說法，所以貓也和狐狸、熊、老虎等，一樣會變人。人每以貓善媚人，以致如江浙人中有信它是妓女所變成，這又是輪回信仰，與貓人無涉。但是，不必變人而能加害於人底貓，在中國也有。例如《貓苑》卷上《毛色》所記：「孫赤文云，道光丙午（1846）夏、秋間，浙中杭、紹、寧、台一帶傳有鬼祟，稱為三腳貓者，每傍晚，有腥風一陣，輒覺有物人人家室以魅人，舉國皇然。於是各家懸鑼鉦於室，每伺風至，奮力鳴擊。鬼物畏鑼聲，輒遁去。如是者數月始絕。是亦物妖也。」

又據清道光時代人慵訥居士著底《咫聞錄》（卷一）記：

甘肅涼州界，民間崇祀貓鬼神，即北史所載高氏祀貓鬼之類也。其怪用貓縊死，齋醮七七，即能通靈。後易木牌，立於門後，貓主敬祀之。旁以布袋，約五寸長，備待貓用，每竊人物。至四更許，雞未鳴時，袋忽不見，少頃，懸於屋角。用梯取下，釋袋口，傾注櫃中，或米或豆，可獲二石。蓋妖邪所致，少可容多，祀者往往富可立致。有郡守某生辰，同僚饋乾麵十餘石，貯於大桶。數日後，守遣人分貯，見桶上面懸結如竹紙隔，下視則空空然！驚日諸守，命役訪治。時府廨後有祀此貓者，役搜得其像。當堂重責木牌四十，並笞其民，笑而遣之。後聞牌責之後，神不驗矣。

又貓可以給人寄寓靈魂在它身體裏頭。富萊沙在《金枝集》裏説了一段非洲底故事。南非洲巴蘭牙（Ba-Ranga）人中，從前有一族底人們寄他們底靈魂在一隻貓身上。這貓族有一個少女低低散（Titishan）當嫁時強要那隻貓隨行。她到夫家，就把那貓藏在密室，連丈夫也沒見過它，也不知道她帶了一隻貓來。有一天，她到地裏工作，貓逃出來。走入茅寮，把丈夫底戰鬥裝飾品兜起來，歌唱舞蹈。孩子們聽見，進去看見一隻貓在那裏裝着怪様子。他們很駭異貓在戲弄他們，就去告訴丈夫說，有一隻貓在他屋裏舞蹈，還侮辱了他們。主人說，別說，我不要你們撒謊。他們於是回家，看見那貓還在那裏，就把他打死。那時，他妻子立刻倒在地上，一刻時，說：「我在家被人殺死了！」她丈夫回來，她還可以說話，就教他快去告訴她家人。她底家族眾人一聽見這事，個個都立刻死了。從此這貓族絕了種。

這寄生命在別的物體上底故事，在民間傳說裏很多，大概與圖騰有多少關係罷。

人事的貓

所謂人事的貓，是人們對於貓底行為與態度。古代羅馬人以貓為自由底象徵。羅馬自由女神底形像是一手持杯，一手持折斷的王節，腳下睡着一隻貓。除去古埃及以外，以貓為神聖底恐怕要數到古羅馬了。歐洲許多地方以貓為土谷神，富萊沙底名著《金枝集》裏舉出許多有趣的風俗，試在這裏引錄出來：

（一）在法國竇菲涅（Dauphine）底白里安遜（Brianeen）地方，當麥熟時，農人用花帶和麥穗飾貓，教它做球皮貓（Le chat de Peau de Salle），假如刈麥者受傷，就用那球皮貓來舐傷口。收穫完了，更把它裝飾起來，大家圍着它舞蹈。舞完，諸女子才慎重地把它底裝飾卸除掉。

（二）在波蘭西勒西亞（Silesia）底格魯尼堡（Grüneberg）地方，農人不用真貓，叫那收割田底最後一穗底農夫做多馬貓（Tom Cat）。別人把墨麥稈與綠枝條圍繞着他；又打一條很長的辮子繫在他身上，當做他底尾巴。有時把另一個人打扮得和他一樣，叫做貓，是當做女性的。多馬貓與貓底工作是用一根長棍子追人來打。

（三）南洋諸島人，有些也信貓與田禾有關，求雨時常用得着它。在南西里伯島（Celebes），農人求雨，把貓縛在肩輿上，扛着繞行乾燥的田邊，同時用竹管引水。貓叫時，他們就説，主呀求你把雨降給我們。爪哇農人求雨最常用底方法是洗貓。洗貓有時是一隻，有時是一對，用鼓樂在前引導。巴達維亞城，孩子們常為求雨洗貓，方法是把貓扔在水裏，由它自己爬到邊岸。蘇門答剌有些村子在求雨時，村婦著衣服涉入水中，孱水相濺，然後扔一隻黑貓進水，容它在水裏泅些時候，才由它泅上岸去。婦女們孱着水隨在它後頭。

自從貓與魔鬼合在一起，做土谷神底貓在好些地方是要被殺底。法國有些地方，殺貓或捉貓便是到田裏收穫底別名。有些地方，打穀打到最後一把，農人就將一隻貓放在一起，用連枷來打死它。到最近的星期日，把它燒熟了當聖物吃。法國亞美安（Amiens）農人若說他們去殺貓便是收穫完工底意思。收穫底工作完畢，他們就在田裏殺死一隻貓。波希米亞人把貓殺死埋在田中，為底是教禾稼不受損害。這都是土谷神底悲慘命運。

歐洲許多地方雖然還以殺貓為不吉利，但在節期當它做魔鬼或巫師底變形來處治底事也不少。

法國古時在仲夏月、復活節、懺悔日，和紀念耶穌在曠野四旬底春齋期，每在巴黎格里弗場（Place de Greve）舉喜火。通常是把活貓放在一個籃子裏，或琵琶桶裏，或口袋裏，懸在火中一根竿子上頭。有時他們也燒狐狸。燒完，人民收拾火灰與燼餘物回家，相信可以得到好運氣。法國王常親來舉火。最末一次是一六四八年，路易十四舉底。他戴着玫瑰花冠，手裏也捧着一束玫瑰，舉火以後，還圍着火堆與大眾舞蹈，舞完到市公所舉行大宴會。

法國亞爾丹尼士省（Ardennes）人當春齋底第一個星期日燒貓。在火熄後，牧人把牛羊趕來，教它們越過灰燼，以為可以免除災害。舉火者必是年中最後結婚底新人，有時用男，有時用女，新人舉火後，大眾圍着火堆舞蹈，求來豐年。

在婚禮上，有些地方也殺貓。德國愛菲爾（Eifel）地方，結婚人家在婚後幾個星期舉行貓擊禮（Katzenschlag），法國克魯士（Creuse）人於結婚日帶一隻貓到禮拜堂去，用它來打賀喜底親友。一直把它打到死，才把它煮熟了給新郎新娘吃。波蘭風俗，假如新郎是個鰥夫，在家裏須要打破玻璃門，把貓扔進去。新娘才隨着扔貓底地方進入洞房。

貓肉本來不是常時的食品，但有許多地方底人很喜歡吃它。富萊沙告訴我們，在紐幾內亞北邊底俾斯麥群島，土人愛吃貓，常常到鄰村去偷別人底貓來吃。但那裏底人信貓身體的一部分如未被吃，就可以作法教那吃底人生病。他們底方法是把貓尾巴剁掉收藏起來。若是貓不見了，一定是賊人偷去吃。貓主可以把所失底貓被剁下來底尾巴取出，同符咒一齊埋在隱秘地方。那賊就會生病。在那裏底貓都是沒尾巴底，因為必要如此，才沒人敢偷。

中國人除去藥用以外，吃貓也是由於特別的嗜好，如廣州人春天所嗜底龍虎羹，便是蛇與貓底時食。從一般的習慣說，貓不是正常的食品。有些地方還以為貓是殺不得底，因為一隻貓管七條命，如人殺死一隻貓，他得償還七世底生命。

因為貓底形態顏色有種種不同，所以講究養貓底都加意選擇。選擇底指導書是世傳底

《相貓經》。現在把主要的相法列舉幾條在底下：

（一）頭面要圓。面長會食雞，所以說，「面長雞種絕。」

（二）耳要小而薄。這樣就不怕冷，所以說，「耳薄毛氈不畏寒」。頭與耳都不怕長。所謂貓貴五長，是說頭、尾、身、足、耳都要長，不然，便是五禿。但發微歷正通書大全又說：「貓兒身短最為良。眼用金錢尾用長，面似虎威聲振喊。老鼠聞之立便亡。」又說，「腰長會走家」。看來身長是不好的相。二說，不知誰是。

（三）眼要具金錢底顏色。最忌帶淚和眼中有黑痕，所以說，「金眼夜明燈」。眼有黑痕底是懶相。

（四）鼻要平直。鼻鈎及高聳是野性未除底相。這樣底貓愛吃雞鴨，所以說，「面長鼻樑鈎，雞鴨一網收。」

（五）鬚要硬而色純。經說，「鬚勁虎威多。」又說，「貓兒黑白鬚，痾屎滿神爐。」無鬚底會食雞鴨。

（六）腰要短。腰長就會過家。

（七）後腳要高。後腳低就無威。

（八）爪要深藏而有油澤。露爪就會翻瓦。

（九）尾要長細而尖，尾節要短，且要常擺動。尾大主貓懶，常擺便有威，所以說，「尾長節短多伶俐」，「坐立尾常擺，雖睡鼠亦亡」。

（十）聲要響亮。聲音響亮是威猛底徵象。

（十一）口要有坎。經說：「上顎生九坎，周年斷鼠聲。七坎捉三季。坎少養不成。」

（十二）頂要有攔截紋。攔截紋是頂下橫紋。相畜餘編記，貓有攔截紋，主威猛。有壽紋，則如八字，或如八卦，或如重弓、重山，都好。沒這些紋，就懶鬪無壽。

（十三）身上要無旋毛。胸口如有旋毛，主貓不壽。左旋犯狗；右旋水傷。通身有旋，凶折多殃。所以說，「耳小頭圓尾又尖，胸膛無旋值千錢。」

（十四）肛要無毛。經說：「毛生屎屈，痾屎滿屋。」

（十五）睡要蟠而圓，要藏頭掉尾。

至於毛色，以純黃為上，所謂「金絲貓」底就是。其次純白的，名「雪貓」，但廣東人不喜歡，叫它做「孝貓」，主不祥。再次是純黑的，叫「鐵貓」。純色底貓通名為「四時好」。褐黃黑相兼，名為「金絲褐」。黃白黑相兼，名「玳瑁斑」。「黑背白肢，白腹，名為「烏雲蓋雪」。四爪白，名「踏雪尋梅」。白身黑尾，最吉，名為「雪裏拖槍」。通身黑而尾尖一點白，名為「垂珠」。白身黑尾，額上一團黑色底，名為「掛印拖槍」，又名「印星」，主貴，而白身黑尾，背上一團黑色底，名為「負印拖槍。」黑身白尾，名為「銀槍拖鐵瓶」，又名「崑崙妲己」。白身而嘴邊有銜花紋，名為「銜蟻奴」。通身白而有黃點，名為「繡虎」。身黑而有白點，名為「梅花豹」，又名「金錢梅花」。黃身白腹，名為「金聚銀床」。白身黃尾，名為「金簪插銀瓶」，又名「金索掛銀瓶」。白身或黑身，而背上有一點黃底，名為「將軍掛印」。身尾及四足俱有花斑，名為「纏得過」。這些都是人格底貓，至於黃斑，黑斑，都是狸底常形，不算希奇。此外如「狸奴」、「虎舅」、「天子妃」、「白老」、「女奴」等，是貓底別名。愛貓底也常給貓許多好名字。最雅的如唐貫休有貓名「焚虎」，宋林靈素字「金吼鯨」，明嘉靖大內底「霜眉」，清吳世璠底「錦衣娘」、「銀睡姑」、「嘯碧煙」，都好。其它名字可參看《貓苑》（卷下）名物，此地不能盡錄出來。

自然的貓

人與貓相處，覺得貓有許多生理上及心理上的特性。如獨生貓，每為人所喜愛。中國各處有相同的口訣，一說，「一龍，二虎，三太保，四老鼠。」意思是獨生的貓如龍，孿生的貓似虎。一胎三隻以上就不大好了。閩南人的口訣是，「一龍，二虎、三偷食，四背祖。」所以生三隻，四隻，不是懶怯，就是不認主人。但這都是人們對於貓底見解，究竟如何，也不能斷定。《在賢奕》裏引出一段龍貓、虎貓底笑話。

齊奄家畜一貓，自奇之，號於人日虎貓。客說之日，虎誠猛，不如龍之神也。請更名日，龍貓。又客說之日，龍固神於虎也。龍升天，須浮雲。雲其尚於龍乎？不如名日雲。又客說之日，雲靄蔽天，風倏散之。雲固不敵風也。請名日風。又客說之日，大風飈起，惟屏與牆，斯足蔽矣。風其如牆何？名之日牆貓。又客說之日，維牆雖固，維鼠穴之，牆斯圮矣，牆又如鼠何？即名日鼠貓。東里丈人嗤之日，貓即貓耳，胡為自失其本真哉？

這可以見得名龍，名虎，乃屬主觀的，不必限於獨生或孿生底關係。又人對貓底觀察常有錯誤。如說，貓捕食老鼠以後，它底耳朵必定有缺。像老虎底耳朵在吃人以後底鋸缺一樣。大概缺底原因是由於偶然的損傷，決非因吃了一個人或一隻鼠就缺一坎。

有一件事最顯然的是貓常有吃掉自己的小貓底情形。這情形，在狗和別的動物中間也常見，不過人沒注意到罷了。中國人底解釋是貓當乳哺時期，屬虎底人不能去看它，若是看見了，母貓必要徙窠，甚至把小貓都吃掉。空同子說：「貓見寅人，則銜其兒走徙其窠。」《黃氏日抄》說：「貓初生，見寅肖人，而自食其子。」但有些地方以為給屬鼠底人見到，母貓就會把小貓吃掉。又李元《蠕範》說：「貓食鼠，上旬食頭，中旬食腹，下旬食足。」這也未見得是正確的觀察，其實要看鼠底大小，及貓底性格而定。有些貓只會捕鼠，把鼠咬死就算，一口也不吃，有些只會捕鳥，看見老鼠都懶得去追。

歐洲人以為一隻貓有九條命，因為它很難致死。這話在文學上用得很多。德國底諺語甚至有「一隻貓有九條命；一個女人有九隻貓底命」。表示女人底命比貓還要多幾倍。從動物學的觀點說，貓底命是有許多生理上的特長來保護着它。最惹人注意底是，凡貓從高處摔下，無論如何，四條腿總是先落在地上，不會摔傷。這現像固然是由於貓底祖先升樹底習性所形成，但主要的還是它能利用身體底均衡運動。脊椎動物底耳裏有半圓管司身體底均衡作用。這半圓管底功用在耳司聽覺以前便有了。聽覺是動物進化後才顯出底作用，在此以前，身體底均衡比較重要。貓還保持着它靈敏的均衡作用，所以無論人怎樣扔它，它很容易地翻過身來，使四隻腳先到地。而且它底腳像安着彈簧一樣，受全身底重力，一點也沒傷害。如果一隻貓不會這樣，那就是因為它太被豢養慣了。

貓底觸鬚很長，這也是哺乳動物所常有底，即如鯨底上唇也有。不過在貓族中，觸鬚特別發達，因為它們要走在黑暗地方，這須於感覺底幫助很大。貓還有特靈的嗅覺和聽覺。家貓與野貓都可以辨別極細微的聲音。從這些聲音，它們可以認識是從什麼地方，什麼東西發出底。但是它們所認底不是音底高低，乃是聲底大小。它們能聽人底說話，並不像狗那樣真能懂得，只是由聲底大小供給它們底聯想而已。

貓可以在夜間看見東西。這是因為貓類多半是夜獵的獸，非到昏暗不出來，它們能利用微暗的光來看東西。它們底瞳子，因為須要光度底大小，而形成伸縮作用。所謂貓眼知時，乃是受光底強弱所生現象。關於依貓眼測時間底歌訣很多，最常見的是：「子午線，卯酉圓，寅申己亥銀杏樣，辰戌丑未側如錢。」這在平常的時候，固然可以，如果在天陰、暗室裏，就不一定準了。在越黑暗的地方，貓底瞳子放得越大。眼底網膜有一層光滑如鏡的薄面，這也是幫助它能在暗處見物底一件法寶。因為它有這樣的網膜，所以人每見它在暗處兩眼發光。但在無光底地方如物理實驗底暗房裏，貓眼也不能被看見，因為所有的眼都不能自發光輝。所有的貓都是色盲底。它們住在一個灰色底世界裏。它們雖然能夠分辨紅白，但也不是從色素，只是由光底刺激底大小分別出來。我們可以說貓不只是音聾和色盲，並且於聽視二覺都有缺陷。它本是夜獵的獸類，所以對於聲音與顏色只須能夠辨別大小遠近就夠了。

俗語說：「貓認屋，狗認人。」貓有本領認識它所住底地方，雖然把它送到很遠，若不隔着水和高牆，它總會尋道回來。這個本領在林棲底動物中常有，尤其是在乳哺期間，母獸必有尋道還窠底能力，不然，小獸就會有危險。

中國書上常說，貓底鼻端常冷，唯夏至一日暖。這是因為它底鼻常溫，為要增加嗅覺作用，與陰陽氣無關。

貓底感情作用，最顯然的是見到狗或恐怖時，全身底毛豎立起來。不過這不必每只貓都是一樣，有底與狗做朋友，見了一點也不害怕。毛豎底現象，在人類與其它哺乳動物都有，在腎臟底前頭有一個小小的器官，名叫「腎上腺」，它是對付一切非常境遇底器官。從這腺分泌腎上腺礆（Adrenalin）游離於血液中間。分布到全身。這種分泌物，現在叫做「興奮體」（Hormones）。它們是「化學的傳信者」，常為保持身體底利益而分泌到身上各部分。腎上腺礆，一分泌出來，就可以增加血液底壓力，緊張肌肉，增加心動等；還可以激動毛髮下底小肌肉使毛髮豎立起來。身體有強烈的情緒就是神經受了大刺激，如係屬於恐怖的，腎上腺礆立時要分泌出來，使血液裏底糖份增加散布到各部分，它底主要功用，是可以振奮精神，如受傷出血時，可以使血在傷口凝結得快些。所以貓和人一樣，在預備爭鬥或恐怖底時候，血裏都滿布着腎上腺礆。這興奮體是近代的發現，醫藥家每取腎上腺礆來做止血藥及提神藥，大概所有的藥房都可以買得到。

貓一豎毛，同時便發出吼聲，身體四肢作備鬥底姿勢，它底生理上的變化也和人類一樣。第一步是憤怒，由憤怒刺激腎上腺，腎上腺急激地製造腎上腺礆，分泌出來隨着血液傳達到全身。身體於是完成爭鬥底預備而示現爭鬥底姿勢。若是爭鬥起來，此腎上腺礆一方面激起興奮作用；受傷時，就顯止血作用，若是鬥不起來，情緒在漸漸鬆弛，身體姿勢也就漸次復元了。

貓是最美麗最優雅的小動物，從來養它底人們不一定是為捕鼠，多是當它做家裏底小伴侶。普通的家貓可分為二類，一是長毛種，一是短毛種，前者比較貴重，後者比較常見。長毛貓不是中國種，最有名的是「金奇羅」（Chinchilla），它底眼睛，綠得很可愛。其次是「師莫克」（Smoke）、它有琥珀樣底眼睛。這兩種長毛貓在歐洲底名品很多，毛色多帶灰藍，但其它色澤也有。還有一種名「達比士」（Tabbies），也很可貴。所有長毛貓都是一個原種變化出來底。中國底長毛貓古時多從波斯輸入，所以也稱為波斯貓或獅貓。短毛貓各國都有。講究養貓底，都知道此中底優種是亞比亞尼亞種、俄羅斯種、暹羅種、亞比亞尼亞貓很像埃及種，大概是古埃及底遺種。這種貓身尾腳耳都很長，顏色多為黑、褐，很少白的。俄羅斯貓眼帶綠色，毛細而密，為北方優種。暹羅貓多乳白色，頭腳尾褐色，寶藍眼，從前只飼於宮中，近來才流出各處。此外，如英國底人島貓，屬於短毛類，它底奇特處是沒有尾巴，像兔子一樣。中國底特種貓，據《貓苑》說，有閩粵交界底南澳島所產底歧尾貓，這種貓底尾巴是捲曲的，名叫麒麟尾，或如意尾，很會捕鼠。又四川簡州有一種四耳貓，耳中另有小耳，擅於捕鼠，州官每用來充作方物貢送寅僚，四川通志和袁枚《續子不語》（卷四）都記載這話，但不知道所謂四耳，究竟是怎樣底。

以上關於貓底話，不過是略述貓底神話、人事與自然三方面。因為它對於人底關係那麼久遠，養它底人不一定是治鼠，才把它留在家裏。它也是家庭底好伴侶，若將它與狗來比，它是靜的和女性的，狗正與它相反。作者一向愛貓，故此不憚煩地寫了這一大篇給同愛的讀者。

民國一世[1]

——三十年來我國禮俗變遷底簡略回顧

轉眼又到民國三十年，用古話來說，就是一世了。這一世的經歷真比前些世代都重要而更繁多，教大家都感覺是在一個完全不同的世界裏生活着。這三十年的政治史，說起來也許會比任何時代都來得複雜。不過政治史只是記載事情發生後的結果，單從這面看是看不透的。我們歷來的史家講政必要連帶地講到風俗，因為風俗是民族的理想與習尚的反映，若不明瞭這一層，對於政治的進展的觀察只能見到皮相。民國一世的政治史，說來雖然教人頭痛，但是已經有了好些的著作。在這期間，風俗習尚的變遷好像還沒有什麼完備的記載，所以在這三十年度開始，我們對於過去二十九年的風尚不妨做一個概略地回觀。自然這篇短文不是寫風俗史，不過試要把那在政治背後的人民生活與習尚敘述一二而已。

民國的產生是先天不足的。三十年前的人民對於革命的理想與目的多數還在睡裏夢裏，辛亥年（民國前一年，也是武昌起義的那一年）三月二十九日下午在廣州發動的不朽的革命舉動，我們當記得，有名字的革命家只犧牲了七十二人！拿全國人民的總數來與這數目一

1 首刊香港《大公報》一九四一年一月一日。

比，簡直沒法子列出一個好看的算式。那時我是一個中學生。住在離總督衙門後不遠的一所房子，滿街的人在炸彈聲響了不久之後，都嚷着「革命黨起事了」！大家爭着關舖門，除招牌，甚至什麼公館、寓、第、宅、堂等等紅紙門榜也都各自撕下，唯恐來不及。那晚上，大家關起大門，除掉天上的火光與零碎的槍聲以外，一點也不見不聞。事平之後，回學堂去，問起來，大家都說沒見過革命黨，只有兩三位住在學堂裏的先生告訴我們說有兩三個操外省口音、臂纏着白毛巾的青年曾躲在儀器室裏。其中有一個人還勸人加入革命黨，那位先生沒答應他，他就鄙夷地說：「蠢才，有便宜米你都不吃……」他的理想只以為革命成功以後，人人都可以有便宜的糧食了，這種革命思想與古代的造反者所說的口號沒有什麼分別。自然那時有許多青年也讀過民族革命的宣傳品，但革命的建國方略始終為一般人所沒夢想過，連革命黨員中間也有許多是不明白他們正在做着什麼事情。不到六個月，武昌起義了。這舉動似乎與廣州革命不相干，但竟然成功了。人民的思想是毫無預備，只混混沌沌地站在革命的旗幟下，不到幾個月，居然建立了中華民國。

民國成立以後，關於禮俗的改革，最顯著的是剪辮、穿西服、用陽曆、廢叩頭等等。剪辮在民國前兩三年，廣州與香港已漸成為時髦，原因是澳美二洲的華僑和東西留學生回國的很多。他們都是短服（不一定是西裝）、剪髮、革履，青年學生見了互相仿效，還有當時是軍國民主義的教育，學生的制服就是軍裝。許多人不喜歡把辮子盤過脅下扣在胸前的第一顆鈕扣上，都把它剪掉，或只留頂上一排頭髮，戴軍帽時，把辮子盤起來，叫作「半剪」。當時人管沒辮子的人們叫作「剪辮仔」或「有辮仔」，稍微客氣一點的就叫他們的打扮做「文明裝」或「金山文明裝」，現在廣州與香港的理髮師還有些保留着所謂「金山裝」的名目的。在民國前三年，我已經是個「剪辮仔」，先父初見我光了頭，穿起洋服，結了一條大紅領帶，雖沒生氣，卻搖着頭說：「文明不能專在外表上講。」

廣東反正，我們全家搬到福建，寄寓在海澄一個朋友的鄉間。那裏的人見我們全家的男子，連先父也在內，都沒有辮子，都說我們是「革命仔」。鄉下人有許多不願意剪辮，因為依當地風俗，男子若不是當和尚或犯奸就不能把辮子去掉。他們對於革命運動雖然熱烈地擁護，但要他們剪掉辮子卻有點為難，所以有許多是被人硬剪掉的。有些要在剪掉之後放一串炮仗；有些還要祭過祖先才剪。這不是有所愛於滿洲人的裝束，前者是殺晦氣，後者是本着「身體髮膚，受之父母」的教訓。你如問為什麼剃頭就不是「毀傷」，他就說從前是奉旨及父母之命而行的。民國元年，南方沿海的都市有些有女革命軍的組織，當時剪髮的女子也不少，若不因為女革命軍的聲譽不好和軍政當局的壓抑，女子們剪髮就不必等到民國十六年以後才成為流行的裝扮了。當盛行女子剪髮的時候，東三省有位某帥，參觀學校，見某女教員剪髮，便當她是共產黨員，把她槍斃了。她也可以說是為服裝而犧牲的不幸者。

講到衣服的改變，如大禮服、小禮服之類，也許是因為當時當局諸明公都抱「文明先重外表」的見解，沒想到我們的紡織工業會因此而吃大虧。我們的布匹的寬度是不宜於裁西裝的，結果非要買入人家多量的洋材料不可。單說輸入的鈕扣一樣。若是翻翻民國元年以後海關的黃皮書，就知道那數字在歷年的增加是很可怕的了。其他如硬領、領帶、小梳子、小鏡子等等文明裝的零件更可想而知了。女人裝束在最初幾年沒有劇烈的變遷，當時留學東洋回國的女學生很多，因此日本式的髻發、金邊小眼鏡、小絹傘、手提包成為女子時髦的裝飾。後來女學生的裝束被旗袍佔了勢力，一時長的、短的、寬的、窄的，都以旗袍式為標準，裙子漸漸地沒人穿了。民國十四五年以後，在上海以伴舞及演電影的職業女子掌握了女子時髦裝束的威權，但全部是抄襲外國的，毫無本國風度，直到現在，除掉變態的旗袍以外，幾乎辨別不出是中國裝了。在服裝上，我們的男女多半變了被他人裝飾的人形衣架，看不出什麼民族性來。

衣服直接影響到禮俗，最著的是婚禮。民國初年，男子在功令上必要改裝，女子卻是仍舊，因此在婚禮上就顯出異樣來。在福建鄉間，我親見過新郎穿的是戲台上的紅生袍，戴的是滿鑲着小鏡子的小生巾，因為依照功令，大禮服與大禮帽全是黑的，穿戴起來，有點喪氣。間或有穿戴上的，也得披上紅綢，在大高帽上插一金花，甚至在草帽上插花披紅，真可謂不倫不類。不久，所謂「文明婚禮」流行了。新娘是由鳳冠霞帔改為披頭紗和穿民國禮服。頭紗在最初有披大紅的，後來漸漸由桃紅淡紅到變為歐式的全白，以致守舊的太婆不願意，有些說，「看現在的新娘子，未死丈夫先戴孝！」這種風氣大概最初是由教會及上海的歐美留學生做起，後來漸漸傳染各處。現在在各大都市，甚至禮餅之微也是西裝了！什麼與我們的禮俗不相干的扔破鞋、分婚糕、度蜜月，件件都學到了。還有，新興的儀仗中間有軍樂隊，不管三七二十一胡亂吹打一氣。如果新娘是曾在學校畢業的，那就更榮耀了，有時還可以在親迎的那一天把文憑安置在彩亭裏扛着滿街遊行。

至於喪禮，在這三十年來的變遷卻與婚禮不同。從君主政策被推翻了之後，一切的榮典都排不到棺材前，孝子們異想天開，在儀仗裏把輓聯、祭幛、花圈等等，都給加上去了。訃告在從前是有一定規矩的，身份夠不上用家人報喪的就不敢用某宅家人報喪的條子或登廣告。但封建思想的遺毒不但還未除淨，甚且變本加厲，隨便一個小小官吏或稍有積蓄的商人的死喪，也可以自由地設立治喪處，訃告甚至可以印成幾厚冊，文字比帝制時代實錄館的實錄的內容還要多。孝子也給父母送起輓聯或祭幛來了。花圈是胡亂地送，不管死者信不信耶穌，有十字架標識的花圈每和陀羅尼經幛放在一起。出殯的儀仗是七亂八糟，講不上嚴肅，也顯不出哀悼，只可以說是排場熱鬧而已。穿孝也近乎歐化，除掉鄉下人還用舊禮或纏一點白以外，都市人多用黑紗繞臂，有時連什麼徽幟也沒有。三年之喪再也沒能維持下去了。

說到稱謂，在民國初年，無論是誰，男的都稱先生，女的都稱女士，後來老爺、大人、夫人、太太、小姐等等舊稱呼也漸漸隨着帝制復活起來。帝制翻不成，封建時代的稱呼反與洋封建的稱呼互相翻譯，在太太們中間，又自分等第，什麼「夫人」「太太」都依着丈夫的地位而異其稱呼，男方面，什麼「先生」，什麼「君」，什麼「博士」，「碩士」也做成了階級的分別，這都是封建意識的未被鏟除，若長此發展下去，我們就得提防將來也許有「爵爺」、「陛下」等等稱呼的流行。個人的名字用外國的如約翰、威靈頓、安妮、莉莉、伊利沙伯之類越來越多，好像沒有外國名字就不夠文明似的。日常的稱如「蜜絲」「蜜絲打」「累得死」「尖頭鰻」一類的外國貨格外流行，聽了有時可以使人犯了腦溢血的病。

一般嗜好，在這二十九年，也可以說有很大的變更。吃的東西，洋貨輸進來的越多。從禮品上可以看出芝古力糖店搶了海味舖不少的買賣，洋點心舖奪掉茶食店大宗的生意。冰激凌與汽水代替了豆腐花和酸梅湯。俄法大菜甚至有替代滿漢全席的氣概。賭博比三十年前更普遍化，麻雀牌的流行也同鴉片白麵紅丸等物一樣，大有燎原之勢，了得麼！

曆法的改變固然有許多好處，但農人的生活卻非常不便，弄到都市的節令與鄉間的互相脫節。都市的商店記得西洋的時節如復活節、耶穌誕等，比記得清明、端午、中秋、重九、冬至等更清楚。一個耶穌誕期，洋貨店可以賣出很多洋禮物，十之九是中國人買的，難道國人有十分之九是基督徒麼？奴性的盲從，替人家湊熱鬧，說來很可憐的。

最後講到教育。這二十九年來因為教育方針屢次地轉向，教育經費的屢受政治影響，以致中小學的教育基礎極不穩固。自五四運動以後，高等教育與專門學術的研究比較有點成績，但中小學教育在大體上說來仍是一團糟。尤其是在都市的那班居心騙錢、藉口辦學的教育家所辦的學校，學科不完備，教師資格的不夠，且不用說，最壞的是巴結學生，發賣文憑，及其他種種違反教育原則的行為。那班人公然在國旗或宗教的徽幟底下摧殘我青年人的身心。這種罪惡是二十九年來許多辦學的人們應該懺悔的。我從民國元年到現在未嘗離開粉筆生涯，見中小學教育的江河日下，不禁為中國前途捏了一把冷汗。從前是「士農工商」，一入民國，我們就時常聽見「軍政商學」，後來在「軍」上又加上個「黨」。從前是「四民」，現在「學」所居的地位是什麼，我就不願意多嘴了。

此地的篇幅不容我多寫，我不再往下說了，本來這篇文字是為祝民國三十年的，我所以把我們二十九年來的不滿意處說些少出來，使大家反省一下我們的國民精神到底到了什麼國去？這個我又不便往下再問，等大家放下報紙閉眼一想得了。民國算是入了壯年的階段了。

過去的二十九年，在政治上、外交上、經濟上，乃至思想上，受人操縱的程度比民國未產生以前更深，現在若想自力更生的話，必得努力祛除從前種種愚昧，改革從前種種的過失，力戒懶惰與依賴，發動自己的能力與思想，要這樣，新的國運才能日臻於光明。我們不能時刻希求人家時刻之援助，要記得我們是入了壯年時期，是三十歲了，更要記得援助我們的就可以操縱我們呀！若是一個人活到三十歲還要被人「援助」，他真是一個「不長進」的人。我們要建設一個更健全的國家非得有這樣的覺悟與願望不可。願大家在這第三十年的開始加倍地努力，這樣，未來的種種都是有希望的，是生長的，是有幸福的。

香港與九龍租借地史地探略[1]

在世界歷史上因無益的嗜好而引起兩國紛爭，乃至割地賠款底，只有「鴉片戰爭」一個例。香港是由這場戰爭底結果建設起來底。

中英戰爭是於道光十九年九月廿九日（公元一八三九年十一月四日）爆發底。到二十一年（一八四一）以後，沿海重要港市相繼被英人攻陷，一直到道光二十二年四月初九日（公元一八四二年五月十八日）乍浦被佔，六月十四日（公元七月二十一日）鎮江被佔，七月初四日（公元八月九日）進攻南京，到七月初九日（公元八月十四日）南京城上豎起白旗，七月十二日（公元八月十七日）英國提出條件，七月二十四日（公元八月二十九日）在英軍艦剛瓦立（Cornwallis）訂立《南京條約》，由中國代表耆英、伊里布及兩江總督牛鑒，與英代表璞鼎查（Sir H. Pottinger）簽押呈請中國皇帝及英國女皇批准，正式約文於道光二十三年五月二十九日（公元一八四三年六月二十六日）在香港交換。從這日起，香港就算正式割讓給英國。割讓香港底理由是：「因英國商船遠路涉洋，往往有損壞須修補者，（中國）自願割予

1 首刊於一九四一年《時報周刊》一卷三期，三月廿九日出版。收入《廣東文物》雜誌。由福建閩台區域研究中心許地山研究所所長丁清華（福建省博物院研究員、福建省閩南文化研究會許地山研究專委會副主任）整理。

沿海一處，以便修船及存守所用物料。……」

南京條約簽定之後，中英兩國在表面上雖然恢復和平，但在事實上中國方面很難履行。英人依條約要入廣州經商，屢為當地人民所拒絕。在正式換約前幾個月，道光二十二年十一月初六日（公元一八四二年十二月七日），廣州人民暴動，希拉、荷蘭、英吉利等國底行舍多被焚毀。換約後，糾紛更多，單從在廣州所發生底來說，有一八四四年六月底暴動、一八四五年三月市民襲擊英人、一八四六年二月廣州及黃埔人民襲擊英人，同年七月、九月，又有同類事件發生，一八四七年三月佛山人民襲擊英美商人。情勢越來越嚴重，中英當局乃於道光二十七年二月二十一日（公元一八四七年四月六日）約定將英人入廣州經商底權利延到一八四九年才實行。但是各地仍然排英，因為分不清外人底國籍，有時連不相干的別國商人也遭毒手。咸豐六年五月（公元一八五六年六月）廣州人民仇視外商底態度忽趨嚴厲，到八月初十日（公元九月八日）便發生「亞羅事件」。我們當記得這時太平天國已經建立了六年，清廷是受不了兩重戰爭底。

亞羅是在香港註冊底船，泊在廣州，八月初十日被中國官兵上船，卸去英國旗，捕去中國船員十二人。船主英人堅尼地（T. Kennedy）命即重樹英旗，同時英領事巴夏禮（H. S. Parker）又親至中國巡船要求將被拘諸人送領事館查問，中國官兵不許，於是致書於總督葉名琛，要求放人賠款。葉答以該船註冊照已經過期，官方可視為中國船，且該船上有著名海盜在內，所以不能交還被拘諸人。英方交涉不得要領，乃命香港駐軍進攻廣州。咸豐六年八月廿八日（公元一八五六年九月二十六日）英艦攻黃埔，越三日入廣州，不久退去。廣州官吏見英退兵，於是乘機報復，焚毀英、美、法商館及十三行。英兵因此復在城外放火，沿濠毀民居數千家。英廷知道廣州出事，乃力主宣戰，又要法、美、俄合攻中國。美、俄未允，惟法國正當拿破侖三世執政，鑒於英國獲得香港及其它利益，很願與英聯合。恰巧當時有法國傳教士在廣西被害，法廷遂引為口實與英國聯軍。咸豐七年八月（公元一八五七年九月）英使伯爵額爾金（香港人稱他為伊利近）率艦來港，致書葉名琛，要求面議改約，否則兵戎相見。德美領事請求賠償損失，葉也不理。九月，英法聯軍致最後通牒於葉，葉迷信乩示，又復置之不理。九月二十六日（公元十一月十二日）聯軍攻廣州，二十八日城陷，葉被擄。咸豐八年二月（公元一八五八年三月）英、法、美、俄軍艦二十餘艘先後進迫大沽口，清廷大震，立派大學士桂良、尚書花沙納為議和大臣，並命科爾沁親王僧格林沁馳赴天津防禦。桂良到天津遂訂立天津條約，清廷不同意，英法聯軍乃於咸豐九年六月二十二日（一八五九年七月二十一日）大舉侵犯。七月初六日巴夏禮為僧格林沁誘擒，解送北京，英法乃進攻通州，咸豐帝逃到熱河，圓明園被毀。這時正值太平軍攻破江南大營，各路軍不能北上赴援，於是不得不講和。咸豐十年七月二十六日（公元一八六〇年九月十一日）恭親王奕欣與英使換約、二十七日與法使換約，就是所謂北京條約。在北京條約裏，從尖沙嘴以北四英方里底九龍半島又割讓給英國。

中東戰後，各國對中國均有領土底野心，其中以英、俄、法、德、意、日為最。光緒二十四年（公元一八九八年），三月中，英國因俄借旅順大連灣，德借膠州灣，也向中國借威海衛。英國通知德國謂其租借威海衛專為抗衡俄國，求德國諒解。俄國說德國反對，英國乃表示威海衛不作商港，不與鐵路連絡，不妨礙德國利益，承認德國在山東底優越地位，英國商人不得自由與之競爭。威海衛租約正在進行，法國忽又提出租借廣州灣。英國見這情形，又提出五項要求：一、擴展九龍租地；二、鐵路建築權；三、保證未予法國開礦築路之特權；四、開放南寧；五、雲南廣東不得割讓於他國。英使向總理衙門聲稱原欲佔據閩浙口岸。在威嚇之下，於一八九八年六月九日在北京成立了九龍半島及其附近之島嶼底租借條約。這新借底地東起大鵬灣，西至深州灣，共約三百七十六英方里，為期九十九年。當時居民群起反抗，少演血戰，而中國朝廷一點表示也沒有，將新安縣三分之二底土地拱手奉借，英人稱這新得底土地為「新界」。新界底接管，應以一八九八年七月一日開始，但事實上延到一八九九年四月。英兵當時在錦田圍遭遇強烈的抵抗。於是用炮轟擊鐵圍門，擄殺了好些人。當時有一個軍官把鐵門當做戰利品運回英倫，直到民國十三年村民上書給總督史塔士要求把鐵門運回安置，史督為表示中英友誼也就准了。那副鐵門去國二十六年，現在仍回到原處錦田，遊歷家每好到那裏去看看。

但歷史家不單是要看看那對用鐵環組成底圍門，還要進圍裏去看看。圍是廣東特有的，它底結構簡直是一座小規模的城。大概官建底城叫做城；人民自建底有圍牆底叫做「圍」，沒圍牆底叫做「塱」。城、圍、塱，都是有水繞着底。錦田有兩個圍，各佔地約四五百方尺，出入只有一個門。圍裏房舍排列得很整齊，正中是祖祠，同姓聚居二三十家，有事時，把門關起來，大家上雉堞守衛，比北方底「莊」較為堅固。新界底圍有好幾個，最近市底是九龍城東南底衙前圍。衙前圍佔地約二百方尺，周圍底池闊約三丈，現在新屋雜建在那區域裏，已改變樣子了。

以上略說香港與九龍租借地擴展底情形，現在要談談香港底來歷。

香港這名稱底由來是很神秘的。在廣東通志和新安縣誌裏沒有香港島。新安縣誌卷二官富司所屬底村落有香港村，地近薄扶林，當現在香港仔（舊名石排）附近底香港圍。依志圖看來，本島可能的名字有赤柱山與紅香爐山。後者恐怕是修志底人誤把紅香爐汛當做另在一個島上所致。香港名稱底來源有許多說法，一說是由香姑得名。據傳說，香姑是嘉慶年間出沒於伶仃洋面底海盜林某底妻，林被李長庚所敗，死在台灣，香姑遂據本島，人們因稱它做香港。這話有點靠不住，因為時代太近，加以用海盜底名字來做地名，在國史裏也不經見。但是這說法也有點來歷。明末崇禎六年至八年間，海上艚賊劉香屢次寇擾新安沿海一帶，屢為閩撫將鄭芝龍所敗，載於縣誌（卷十二），想香姑底傳說是由劉香底故事演變底。一說從前有一個紅香爐漂到海邊天后廟前，居民以為是天后靈威所召，便把它安置在廟裏，且名港為「紅香爐港」。又一說這「紅香爐」是象徵的，它是指天后廟前底一個小島孤立海中像一個香爐而言。這天后廟現在銅鑼灣，傳說上漂來底紅香爐還供在廟裏，清時在那裏還設了一個紅香爐汛。天后廟後面底山也叫紅香爐山，雖不見於志乘，卻有幾分可靠。但這只可說是紅香爐底來歷，還不能說明香港底名源。至於廟前底小島燈籠洲（從前英人建火藥庫在上頭，現在改建為帆船會會所），如果香港底名字是由它得來底話，就應叫做「香爐洲」，所以也不對。最可靠的，還是從香港村得名底說法。因為那裏附近有島上最大的瀧，瀧水注入海，成為小小的港口，海人愛那裏底水氣味甘香，往往汲水到船上去，於是那條小溪也得到

「香江」底名稱。由香江注入海底港口也隨着被稱為香港了。這條瀧現在牛奶冰公司牧地裏，大概從前流底是比別的地方底甜水更好的香水，海人每每到那裏汲取，就把名字傳開了底話是真的。可惜現在流底全是爛草腐糞隨流而下底臭水！縣誌新安八景中有「鰲洋甘瀑」一景，鰲洋當然是獨鰲洋，正是現在的香港海面。縣誌卷四記「獨鰲洋在城南二百里，左為佛堂門，右為急水門。」看來香港也許是獨鰲山，不過志書未載入罷了。英人在佔領以前早就知道香港村。因為他們常由赤柱上陸，沿着山南到處去。相傳在道光年間有一個專為英人做嚮導底名叫阿裙，每從赤柱帶旅客經香港圍到山北來。那條路本是山徑，因為阿裙時常帶領外人從那裏通行，就叫做裙帶路。現在「裙帶路」底路表還豎在瑪利皇后醫院與薄鳧林牛奶冰公司飲冰室中間底路邊。「香港」底別名也叫做「裙帶路」，香山詩話（卷十）何時秋義馬行序裏提到這個名字。阿裙姓什麼不得而知，大概是個蜑人。英人以香港為島名，或者由於阿裙帶路時必經香港圍底原故。這阿裙幫助了英人知道香港底地勢地形，功勞倒是不小，所以現在香港底徽章留着他底形貌。香港底徽章最易見到底是所有屬於香港政府底船隻所豎底旗幟中間那個圓章。香港旗是藍地中間有個香港徽章，頂角加上英國本邦底聯合王國旗。徽章裏粗畫香港山形，港上有兩艘帆船泊着，岸上站着兩個中國人，一個正在歡迎着登岸英人，據西人說，他就是阿裙。

英人佔領香港底正確時日是一八四一年一月廿五日（星期一）上午八時十五分，距南京條約簽定底時間一年六月零四天。當時以赤柱為大營，所謂佔領也是從那裏開始。到要建城時，擬名「後城」（Queenstown），所以「君士丹」底名稱用了好些年。到一八九三年，英廷才公佈用「維多利亞」（Victoria）來做城名，表示特要紀念當朝底女王底意思。

建城在島北也是經過多方的考慮，但現在中環一帶原是峭壁，平地很少，於是移山填海，漸具規模，最初的城市是在上環中環之間，後來漸漸向東西及山上發展。英人初因氣候惡劣、瘴疫蔓延，有主張放棄建設，另覓地點底。一八四四年，赤柱駐兵犯瘴氣病死很多。當時底會計司馬丁（M. Martin）主張放棄最力，總督戴維斯則主張繼續開拓，幾十年間，蔚然成為東方重要的商港。

講到香港和新界底史蹟現在知道底不很多，最初注意到史前遺跡底是香港大學解剖學教授謝爾石（Prof. Shellshear），他辭職後，地理學講師芬神甫（Father D. J. Finn. S. J.）繼續工作，在許多地方發見石器、陶片、銅戈、銅斧等物。可惜芬神甫沒把他底研究報告寫完就去世了。他底英文報告分期在《香港自然科學家》發表了（The Hong Kong Naturalist, Vol III. Nos. 3&4, 1932; Vol IV. Nos. 1933; Vol V. Nos. 1&4, 1934; Vol VI. Nos. 1,2,3,4, 1935; Vol VII. Nos. 1,2,3,4, 1936）。此外還有史高斐（Mr. Schofield）、韓利（Dr. Heanly）、貝爾福（Mr. S. Balfour）諸人底發掘。史高斐底論文會在新嘉坡史學會宣讀過，未見發表。此地沒工夫敘述諸人發掘底經過與收穫，只把未決的問題提出一二。

在香港附近發現底遺跡遺物以博寮洲為最多，大部分藏在香港仔耶穌會修道院和香港大學利瑪竇宿舍裏頭。其次大嶼山底石壁村也發現不少。廈門大學林惠祥教授也曾在香港本島底大潭水池邊拾得石斧一件。其它九龍及沿岸沙灘和新界山地也屢有石器、陶器乃至銅器被發現過。那些古物底體制頗似周漢兩代底，可是不能斷定必是那時代底漢民族底遺物。因為被發現底古物多在距離地面不深的沙層中得着，無從測算地層底年代。其次被發掘底地點不是葬所，人骨底發見是幾乎沒有，縱然有，也不能證明它與那些古物底關係。在未被擾亂底土層或古墓裏，從遺骨與遺物底位置就可以斷定彼此底關係，但在遷移不定的積沙中是絕對不能肯定底。在遺物中有些顯然是中國的，但這也不能斷定此地在周漢時代已經有了漢族的殖民地。因為人不來，物品儘管可以在千百年後被帶來。從陶器底花紋看，它們與中原所發現底有些不同，卻與亞洲南部所發現底同一系統。這系統沿浙江、福建、廣東、安南底海岸，一直到南洋諸島上。如假定它是百越民族文化，與中原漢族文化區別，就清朗得多。史高斐說他曾發現葬地，遺骨與遺物同在一起。有些沒骷髏底骨架，頭部用蚌殼來替代，也許是陣亡底兵士，頭顱在戰場上已被割掉，埋葬時，用它來做假頭罷。關於「玦」底問題，此地也可以順便說一兩句。在這地帶，玦底發現多得很，大的過四五寸，小的不及半寸，厚薄也不一致。舊說玦是用來送流亡底人，玦是表示決絕底意思。但這地帶，既沒發現過許多遺骨，那裏來底多流亡者帶來底玦？因此有個說法是耳環一類底東西。但是缺口底環怎能安在耳上使它不掉下來呢？帶飾物底古人總得勞動，決不會把費很大的工夫磨來底寶飾，輕易地安在耳上教它一動就掉碎了底。最低限度也得用穿耳或絡線底方法，絕不會徒然把它夾在耳上。所以我很懷疑在廣東文物展覽會所展底一幅照片，一個骷髏，耳邊附着一個大玦，是真確的位置。蕩動的沙會使耳朵與耳飾保持原來的位置是很可怪很古怪的事情！還有一個「玉人」也是很可疑的漢刻。這地帶沒發見過有文字底古物，一個字也沒有，可見這個民族是沒有文字底。這樣，遺物底主人是否漢民族就成疑問了。漢代衣冠一定是從天外飛來底。總而言之，這地帶底史前期如無地層底證明切不可同中州底史前期列在一起，也許會遲好些年。史前的文化在現存的民族中還可以找得到，我們決不能把他們用底東西當做幾千幾萬年古物看。關於香港及其附近底史前遺物須要專門的學識才能推論。如要作偽也得有常識，但這是學問蝨販，絕不能增加多少文化上的供獻。

在香港底英國文物值得提出底是喬治四世底御容，現在督憲府裏。那御容原是贈與道光皇帝底，當時官吏因無前例，不敢轉呈，因是留在廣州英國商行裏，得香港後，遂奉移到現在的地方。還有車打先生所集底香港及中華各地早期的圖片。車打先生遺囑將全部贈與香港政府，現在分懸在總督府、輔政司署、香港大學等處。

我們可以假定漢以前住在香港及其附近的民族也許是越民族，與漢族的接觸未必不可能，但說他們已接受漢文化卻又沒有憑據。南海自古是採珠底場所，近的如合浦、珠崖，遠的直沿安南海岸到馬來半島，乃至錫蘭。新界底大埔海舊名媚珠池，相傳漢時採珠於此。但是那個漢，魏以前的兩漢呢，還是唐以後的南漢呢？大埔海如係志書底大步海，媚珠池當然是在那裏。縣誌古蹟記：「媚川都，在城南大步海，南漢時採珠於此，後遂相沿，重為民害，邑人張維寅上書罷之。」志書底「城南」、「城東」不很可靠，現在寶安城南是內伶仃洋，不叫大步海，所以應是大埔面前的海。採珠客既然到過，北方文物當然也會隨着他們來，南漢時代底採珠池雖然時代稍晚，也可以假定以前也是曾採過底。

香港及其附近底居民，除新移入底歐洲民族及印度波斯諸國底民族以外，中國人中大別為四種：一，本地；二，客家；三，福佬；四，蜑家。本地人是廣州語系底居民，多半住在平地，擁有相當的田莊。客家多半是從惠州或梅縣移入底，多半住在山地，因為他們移入較遲，好土地被本地佔完了，不得不去開闢山村。福佬是從福建南部沿着海岸移住，原始多半是漁戶，後來也有從海豐、陸豐諸縣移入，他們多是勞動家，賣苦力底。蜑家是船戶，自來被看為另一種民族，但他們早已同化於漢族，實在也辨別不出他們底生理上與語言上的特點來。客家是否另一民族底問題，我以為是多餘的。我覺得所謂客家，實際上只是稍晚移住底漢族，他們與「本地人」入粵底路徑是不同的。本地人來得最早的是由湘江入蒼梧順西江下流底。這條路到宋朝還通。稍後一點底是越大庾嶺由南雄順北江下流底。客家也是從江西越嶺移住底漢族，不過他們不是由珠璣巷沿江而下，而是順着山脈向閩粵山地分布底。江西話實在也可以看為客話底系統。非客人而在客話區域落戶底，日久也變成客家，客家住在非客話區域，日久也會變成本地，所以是否另一民族底問題是廢話。同樣地，蜑家女兒有姿色稍好的，城市裏底官人會把她買來做妾。他們也可以由艇而搭水寮在岸邊住，漸次與本地融化。或住船上，卻買了岸上人底兒女到艇裏去。這情形，一到筲箕灣或香港仔去打聽就知道了。所以說蜑家是特種人也是不科學的。

漢族移住這地帶底，在宋以前沒有信史可稽。現在的青山舊名杯渡山，相傳劉宋時代杯渡禪師從南海來住錫於此。青山寺裏底石佛岩有杯渡石像，像甚惡劣，不值得景仰。山上有石刻「高山第一」四字，署名「退之」，因而傳為韓愈被放為潮州刺史時經過杯渡底留題。細查字體既不似唐人底，而用「退之」署款更屬不類。依南陽鄧氏族譜（香港印），此四字係北宋初鄧符協摹退之字刻石。鄧符協名者，登雍熙乙酉二年（公元九八五）進士，授陽春令，權南雄倅，任滿遊青山，刻文公字於石上。據此這石刻也可以說是廣東古刻之一了。最初移住底漢人或者是鄧氏一家。縣誌（卷十八）邱墓記，「宋稅院郡馬鄧自明墓在石井山。當宋南渡時，鄧銑勤王有功，故其子自明得尚高宗公主，生男四人：林、杞、槐、梓。光宗嗣位，林復持母手書上闕。遂賜祭田十頃，在石井。今子孫蕃盛，其祭田猶存。」鄧氏於五代漢周時從江西移粵。入粵始祖為鄧漢黻。鄧者為漢黻孫。南宋時鄧銑之子惟汲，字自明，娶趙皇姑，自後子孫蕃衍於各地。可知鄧家是東莞、寶安一帶最初的地主，隨這家來底佃戶當然也不少。新界最古的墳墓也不過是兩宋，上水金錢村西有兩座很大的。全灣柴灣角村有一座是鄧氏三世祖、宋誥封承直鄧旭底墓。墓碑是道光時重立底。碑記載四世祖符協於宋崇熙間自江右官粵，得丫髻山「玉女拜堂仙人大座」、元朗山「金鐘覆火」及大帽山「半月照潭」底佳穴，把三代祖先分葬三處，鄧旭葬在「半月照潭」穴裏。看來，在新安落藉底也許是鄧符協。碑記稱「崇熙」年號，也是錯誤，宋朝沒有這年號，想是孝宗淳熙（公元一一七四至一一八九年）罷。這墓很易找，坐車到青山去，一見九咪石表就下來，向北望見一對扒滿石蘚底華表矗立在路邊底高丘，順着台階上去就找着了。據碑記說，鄧氏子孫不但分布在寶安，兩廣、福建各地都有他們底本家。但是鄧銑父子，宋史裏無傳，所稱「尚高宗公主」，可巧高宗也像沒有女兒！宋史諸公主傳獨缺高宗所生底，也許鄧自明夫人是皇姑或宗室底女兒，日久便偽傳為公主罷，依鄧氏族譜皇姑墳在東莞石井。

青山高一千九百英尺，原名羊坑山，又名杯渡，又名聖山，南漢時封為瑞應山。英人想像山上凸出底石像一座堡壘，故改名為堡峰。青山寺距海面四百八十餘尺，是近年重修底，規模不大，沿路松蔭很好，頗值得一遊。寺內底石佛岩供杯渡禪師石像。岩上古樹很多，石質也很奇麗。岩後有化龍岩，原名魚骨岩，供觀音和兩根大魚骨。魚骨不曉得是什麼時代底東西，土人因其來歷不明，便產出巨鯨撞山化龍底神話。岩前有小瀧，寺僧造放生池在那裏，可惜建築極劣，剎了不少風景。山下齋堂很多，都是新建底。由寺後小徑登山，在千八百餘尺處有小亭，亭東南，岩石上就見「高山第一」底原刻。現在大半埋在草裏，不仔細看就看不見。

新界最重要的史蹟當然要數到南宋滅亡底那幾年間。在九龍灣西岸有一座小丘叫宋王臺。在臺上東面正對鯉魚門，北面對着九龍寨城。臺上有大石，石下有天然的窟，就是官富場「石殿」底遺址。元至元十四年（公元一二七四年）四月，端宗從梅蔚山避元兵於此，那時，依宋年號是景炎二年。石殿雖在臺上，而皇帝行宮底遺址是當現在北帝廟底附近。臺上有「清嘉慶丁卯重修宋王臺」數字，題者底名字剝蝕了，「清」字上頭隱約還可以看出一個「大」字。從宋王臺底東邊，向臺下底海灘望去，有兩塊大石橫臥在那裏，像一隻眠牛，頭向北、腹向海，現在填海工程正在進行，恐怕不久就要被埋沒了。附近底侯王廟和沙田底車公廟所奉底神都與宋室有關係底。侯王乃帝昺生母楊淑妃底弟楊亮節，死後，人民仰慕他底節烈，建廟奉祀他。車公廟在沙田瀝源村下，土人每年春初祈雨於此，所以那山也名叫神山。關於侯王、車公等史蹟，陳伯陶先生已有著述，茲不贅。

自恭帝北行，度宗長子益王昰與異母弟康王昺及其生母楊淑妃、母弟楊亮節同由溫州到福州，陳宜中、張世傑等擁昰登位，改元景炎，策謝妃為太后，改封昺為衛王。景炎元年冬，帝昰移駐廣東饒平底紅螺山。二年正月到惠州，欲入廣州不果；二月到梅蔚山；四月到官富山；六月到古塔；九月移淺灣。十一月元將劉深攻淺灣，帝昰避至秀山；十二月又逃到井澳。帝昰在井澳遇颶風，驚悸得疾，劉深復來襲，被張世傑打退了，他又想從謝女峽入七星洋至安南佔城。這是景炎三年正月底事。三月，帝從廣州到碙州；四月帝崩於此，群臣欲散去，陸秀夫曉以大義，於是共立衛王昺，改元祥興，上帝昰廟號端宗，升廣州為翔龍府，碙州為翔龍縣。

這是宋末新界底重要歷史，但所出底地名有些有考證底必要。梅蔚、官富，現在還這樣稱呼，淺灣現作荃灣，潮州府志、香山縣誌馬南寶傳和通鑒輯覽都說是在潮州。潮州府志與輯覽且指明是潮陽底錢澳，這是附會，試想元兵已經壓到官富，宋帝怎能跑到元兵底後方？古塔在什麼地方，待考。秀山即虎門。井澳在香山大橫琴山下，潮州府志又以為是南澳島底井澳，也是沿着上頭底錯誤所致。謝女峽在小橫琴山下底雙女坑。橫琴兩島與雞頭、九澳都在澳門南邊。七星洋，文昌縣誌說是七洲洋，說在「縣東百餘里大海中，七峰連峙，與銅鼓山相屬，俱有石門，上有山，下有泉，航海者皆於此樵汲。元劉深追宋端宗，獲俞如珪於此。」這是把九洲洋誤作七洲洋。九洲洋在香山境內，從時日計算起來，帝昰不會走到七洲洋那麼遠，不然，他就早到了佔城了，為何又回到廣州去呢？最不明白的是他死底地方碙州。

碙州這地方前人多以為是廣州灣底硇州，乃是高州府志及通鑒輯覽附註底錯誤。香山縣誌與新會縣誌（卷十三）解釋得比較正確，但也沒證明是在什麼地方。日本伊東忠太在論說厓山底演講裏有關於碙州底話說，認定碙州就是現在的香港島（《史學雜誌》第二十四卷第九號，大正二年九月）。這是因為他見大清一統志有大奚山以急水佛堂二門為障，所以得到這結論。一統志說：「大奚山在新安縣南，一名大漁山。輿地紀勝：在東莞縣海中，有三十六嶼，居民以魚鹽為生。舊志，大奚山在新安縣南百餘里，周二百餘里，為急水佛堂二門之障。又有老萬山，在大奚西南大洋中，其周廣過於大奚。……」又碙州即大奚山，吳萊南港人物古蹟記說，大奚山，在東莞縣，一名碙州。陳仲微二王本末也說碙州屬東莞縣，新安縣是明萬曆元年由東莞縣分置，故宋元人記大奚山屬東莞是對的。陳仲微隨二王流亡海上，所記當是目見的事實。吳萊是元人，遊粵時距宋底滅亡不遠，所記也可以說是確實。伊東先生因此指碙州為香港，其實，他是誤解「急水佛堂二門之障」一句，以為碙州必定是在二門之間所致。他舉出南海人物古蹟記與二王本末底史料確很重要，現在將本文錄出來。

陳仲微錄廣王本末，「大軍至次仙澳與戰得利，尋望南去，止碙川。碙川，廣之東莞縣，與州治相對，但隔一水。」

吳萊南海人物古蹟記，「大奚山在東莞南大海中，一曰碙州山，有三十六嶼，山民聚魚鹽，不農。宋紹興間招其少壯，置水軍，嘯聚遂墟。其地今有數百家徙來，種藷芋，射麋鹿，時載所有至城易醯米去。」

陳錄中底「碙川」當是碙州之誤，碙州有黎碙洲、大奚山、大嶼山、大漁山、大濠山諸別名。廣東圖志記大嶼山在新安縣「城西南一百一十里大海中，一名大奚山，為急水門之障，上分三十六嶼，樹木叢集，地最寥闊，有大嶼山汛、大濠汛、東涌口汛、沙螺汛，有鹽田，海船可以寄椗。」碙洲又作硇洲。「碙」、「硇」二字都不見於字書，乃當時底俗書。由於字形底相近，史家便誤認硇洲為化州底硇洲，這一差就差了幾百里，弄到高州府志、文丞相年譜、通鑒通輯等，都跟着錯了。

帝是於景炎三年四月崩於硇洲，衛王昺即位，楊太后垂簾聽政，因為黃龍見於海中，改元祥興，升廣州為翔龍府、硇洲為翔龍縣。如果這硇洲是吳川縣底硇洲，理應升高州府，不應升廣州府。端宗從井澳走謝女峽，又從謝女峽走七洲洋（九洲洋之誤），都是從西方再逃回東方，因為那時崔永已經招降了高州、雷州、化州，所以端宗絕不會走到硇洲去自投羅網。而且景炎三年正月，端宗還在謝女峽（見厓山志），二月從海道回廣硇（見二王本末），忽然又跑到硇洲去死在那裏也來不及。所以硇洲必是距離廣州較近的地方。大奚山依南海人物古蹟記既有硇洲底別名，二王本末也說是屬東莞縣底，無疑是端宗晏駕與少帝即位底所在。大嶼山、東涌口、大濠（不是大澳）、沙螺諸汛，現仍存在，不過當時駐蹕底地方在那裏還沒考查出來。前幾年讀日本森清太郎底嶺南紀勝，試要踏查大嶼山宋末二帝底遺跡，在東涌、大澳諸地訪問，鄉人沒有一個可以告訴我。由香港摩星嶺西望有車公洲與尼姑洲二島。車公洲又名侯公洲，尼姑又作大姑，也許與宋末史乘有關。從這兩島西行便是大嶼山底銀礦灣，灣裏有梅窩、龍地塘諸村。龍地塘這名很可注意，但是一到那裏，一時也找不出什麼。作者底目的是要找端宗底陵址，和駐蹕底地方，但在大嶼山中好像沒有希望了。偶到赤灣，聽見人說附近有王墳，於是同一班朋友趕到那裏，果然找着端宗底陵寢。陵在天后廟西南約一里，面對內伶仃，從地理家看來確是一座好風水。因為在帝制時代，平民是不能擁皇帝祖陵底，所以當地趙姓人民不敢張揚，到民國元年才立底墓碑。碑文是「大宋祥慶少帝陵」，這顯然是趙氏子孫「數典忘祖」。「祥慶」當然是「祥興」底誤寫，廣州音，這兩個是不分的。在陵內底當然也不是帝昺底遺體，他是沉在厓山底。除去帝昺以外，那陵當然是屬於帝昰底。所以碑文應作「大宋端宗皇帝之陵」。景炎有廟號，故得這樣寫。現在東莞、寶安、香山一帶底趙姓人民都不是端宗或帝昺底後人，因此端宗只有十二歲，帝昺還是襁褓兒，決不能有後底。從端宗底陵在赤灣看來，碙洲當然不是硇洲，離亂之際，絕不會把梓宮運那麼遠來安置底。

帝昰底陵雖然找着了，但我們對於大奚山底史的踏查還希望有意外的收穫，要達到這目的，非聯合幾個同志到那裏住些日子不可。這島比香港島大兩倍，沿岸村落很多，最著名的是西北底大濠、東涌、沙螺灣，西岸底大澳，南岸底同福、長沙、杯澳，東南岸底梅窩。山中有新闢的昂坪，在鳳凰山下，僧寮齋堂很多。凰凰山高三千餘尺，為香港與新界底第二高山。廣東通志載這山有神茶一株，有消食退暑底功能，但不可多得，土人於清明日採下，名鳳凰茶。舊說大奚山上分三十六嶼，這「嶼」字意義很晦，到底是指山上分三十六嶼呢，還是大小有三十六個嶼呢？福建人名小島為嶼，大島為洲或山，廣東人對於小島大島都叫做山或洲，「大嶼山」底「嶼」字廣東地名上很少見，也許原是「大漁」，否則初名這山底必是福建漁人或海賊。大嶼周圍島嶼很多，不知道所指底「三十六嶼」底範圍多麼大。若說大嶼山上分三十六嶼，那麼，這「嶼」字應是「峰」字底誤寫。但大嶼山底山峰高過一千尺底又沒有那麼多，甚至連名稱都沒有。所以「三十六嶼」還是個疑問。東涌汛與大澳，每日有從香港來底輪渡，交通是很方便的。東涌有舊寨城，廢炮幾尊仍在原處，現在暫用為美華中學校舍。

大澳是一個重要漁港，也是大嶼山最繁盛的市鎮，附近有寶珠潭，只存村舍數家，潭已化為水田了。但在距離不遠的海岸警察署底下，有許多石頭累積起來，從海上遠望，就像一個人形，雙足插在岸邊，身倚在山邊。土人對於它們有一個傳說。

在很久的時候，有一個很壞的官在大嶼山一帶騷擾，財色無所不貪，尤其喜歡糟蹋少女。鄉人於是集議要除掉他。有一晚上，這個壞官又出來強擄女人，鄉人就出來驅逐他，把他趕到一個山頭，背面臨海，沒路可逃，於是大眾上前把他打了一頓之後又扔他下山。他滾下山底時候衣服都被扯破了，坐在那裏一直到化成石是赤身露體。他底化石是由於鄉人底祈願，但是在別的地方出了毛病了。正對大澳底彼岸便是唐家灣村，那裏底少年男女起首淫蕩起來。鄉中長老都覺得這淫風是突如其來，於是請風水先生到處觀察，最後察到大澳來了。他們一眼就見那石人坐在海邊，裸體對着唐家灣，便斷定是鼓動淫風底根源，於是同大澳鄉人商量把它毀掉。工作了許久都沒成功，最後只把那根陽物鑿掉，在巫術上，那石人算是被閹了。唐家灣村底青年男女從此也恢復常態。

這類故事，到處常有，不外是風水先生底話罷了。

大澳南有番鬼塘，是值得注意底地方。這名字在英國人佔據以前一百多年就有了。「番鬼」是指荷蘭人而言。在二百年前，荷蘭商船嘗寄椗大澳港，船上底人私自在岸邊搭寮居住，因而得名。荷蘭廢壘或者在那附近。荷蘭人受滿清底優待，是因為他們曾幫助清兵滅台灣鄭氏底原故。他們底商船來到廣州，卸貨之後，不駛回澳門，卻停泊在大澳及雞翼角底東灣或西灣過冬。那時，遠行的船也像現在中國漁船一樣，在相當的時間必定得拖上沙灘，把附着船底底動植物去掉，和修補損壞的地方。船隻不在澳門修理，而在大澳一帶，受這樣特別待遇底，恐怕只是荷蘭而已。雞翼角山上有廢炮台一座，是清朝建底，西人每誤認為荷蘭堡壘。在雞翼角與大澳中間有二澳村，村北有島上最大的瀑布名水嘮嘈，風景極美，可惜樹木少些，若用人工整頓，當會成為一個很好的風景區。水嘮嘈瀑布從山上瀉下，曲折很多，每曲有潭。全瀑高千餘尺，所以上部又叫做萬丈瀑。

新界所屬島嶼礁石大小百餘，多半沒有居民，樹木也很少。有居民底大約有三十個左右大一點的島嶼。除大嶼山以外，以薄寮洲為最大。長洲也是一個重要的漁港，人煙相當稠密，有北帝廟一座，香火極盛。廟裏存着一把大鐵劍，據說是從海裏撈起來底。西洋傳教士多在那裏建別墅，儼然是個華洋雜處的小埠。許多有人居住底小島，都有天后廟或北帝廟，因為這兩位神是保護航海人底。在大鴉洲天后廟重建於道光八年，碑記說本洲為永祥堂自明以來的祖業，有船廠一所。這也是新界古村之一。其它島嶼可紀底尚有很多，等以後寫地志底時候再說罷。

新界史地可以提到底還有屯門。屯門灣介在青山與麒麟山之間，在麒麟頭孔子廟下底渡頭下船橫過海灣，輕風微浪，大有湖山意味。而這裏卻是西歐人最初登陸底一個地方。明正德年間，佛朗機人入寇，佔據屯門，為海道汪鋐破之於九徑山。這事距澳門底租借早三十餘年，也可以說是歐洲勢力東漸底第一件事，頗值得紀念底。

大帽山高三千五十英尺為新界最高的山。現在山底東南建了一個遠東最大工程底蓄水池，名叫「城門銀禧水塘」，是紀念英王喬治五世登位二十五周年底建築。池底位置在舊城門村，沿山築水渠引水，供給九龍香港。山底西北有觀音山，奇峰聳峙，甚為壯麗。山上原有觀音廟，遺址尚存。從觀音山到大帽山底半途中有廢壘數座，名稱待考。山下有凌雲寺，是道光元年重建底。

新界風景優美的地方到處都見得到，最值得提出來底可說是涌尾底龍潭。遊人從粉嶺下車，搭沙頭角公共車到石鐘坳靠近巡警局底地方下來，從那裏到槲樹下村，南行約一英里半，上山徑，行二英里，下山至涌尾村，沿着小涌走，便到瀑布瀉下底地點。這條瀑布從七十英尺底高處注入龍潭。離龍潭不遠復有飛流四十英尺底瀑布注入新娘潭。據説明朝有村人迎親，行到潭下遇雨，把新娘沖到潭底，因而得名。

另一條路是從大埔坐船到涌背登陸，沿溪走一里多路先到新娘潭，再上龍潭。沿路沒甚樹蔭，夏天行走，有點苦熱，但冬天水小一點，可沒有那麼壯觀。

九龍寨城俗稱九龍城。城內依條約仍係中國所有，由城到海邊底碼頭也是屬於中國底。城內現存舊書院一所已改為學校，衙門口還剩惜字亭，裏頭有幾塊石刻。其餘民家十餘和瓦礫一片，令遊人起無限感嘆。

最後回到香港本島。所有的史蹟都不能尋覓了。據説明朝隆慶四年、五年（公元一五七〇、七一年）倭寇曾入石排灣（香港仔），現在那裏也沒有什麼遺址可見了。「西營盤」現在上環，乃清朝海盜張保仔營壘，遺址在那裏也難指出。據傳説張保仔有東西兩個營盤，東營盤在七姊妹附近，遺址也找不着了。

太平山上有蟾蜍石。土人信那石向着山頂進行，如石蟾蜍上到山頂，香港便要歸還中國了。我們都希望有那一天。

其餘無關歷史興趣底地方，當在地志裏頭記載，此地不能詳說了。

國學與國粹[1]

「國粹」這個名詞原是不見於經傳的。它是在戊戌政變後，當「中學為體，西學為用」的呼聲嚷到聲嘶力竭的時候所呼出來的一個怪口號。又因為國粹學報的刊行，這名詞便廣泛地流行起來。編辭源的先生們在「國粹」條下寫着：「一國物質上，精神上，所有之特質。此由國民之特性及土地之情形，歷史等，所養成者。」這解釋未免太籠統，太不明瞭。國民的特性，地理的情形，歷史的過程，乃至所謂物質上與精神上的特質，也許是產生國粹的條件，未必就是國粹。陸衣言先生在中華國語大辭典裏解釋說，「本國特有的優越的民族精神與文化」，就是國粹。這個比較好一點，不過還是不大明白。在重新解釋國粹是什麼之前，我們應當先問條件。

（一）一個民族所特有的事物不必是國粹。特有的事物無論是生理上的，或心理上的，或地理上的，只能顯示那民族的特點，可是這特點，說不定連自己也不歡喜它。假如世間還有一個尾巴的民族，從生理上的特質，使他們的尾巴顯出手或腳的功用，因而造成那民族的精神與文化。以後他們有了進化學的知識，知道自己身上的尾巴是這類人猿都沒有了的，在知

1 首刊於香港《大公報》一九四一年七月。

識與運動上也沒有用尾巴的必要，他們必會厭惡自己的尾巴，因而試要改變從尾巴產出來的文化。用缺乏碘質的鹽，使人現出粗頸的形態，是地理上及病理上的原因。由此頸腺腫的毛病，說話的聲音，衣服的樣式。甚至思想，都會受影響的。可是我們不能說這特別的事物是一種「粹」，認真說來，卻是一種「病」。假如有個民族，個個身上都長了無毒無害的瘿瘤，忽然有個裝飾瘿瘤的風氣，漸次成為習俗，育為特殊文化，我們也不能用「國粹」的美名來加在這「愛瘿民族」的行為上。

（二）一個民族在久遠時代所留下的遺風流俗不必是國粹。民族的遺物如石鏃，雷斧；其風俗，如種種特殊的禮儀與好尚，都可以用物質的生活，社會制度，或知識程度來解釋它們，並不是絕對神聖，也不必都是優越的。三代尚且不同禮，何況在三代以後的百代萬世？那麼，從久遠時代所留下的遺風流俗，中間也曾經過千變萬化，當我們說某種風俗是從遠古時代祖先已是如此做到如今的時候，我們只是在感情上覺得是如此，並非理智上真能證明其為必然。我們對於古代事物的愛護並不一定是為「保存國粹」，乃是為知識，為知道自己的過去，和激發我們對於民族的愛情；我們所知與所愛的不必是「粹」，有時甚且是「渣」。古墳裏的土俑，在葬時也許是一件不祥不美之物，可是千百年後會有人拿來當做寶貝，把它放在紫檀匣裏，在人面前被誇耀起來。這是賽寶行為，不是保存國粹。在舊社會制度底下，一個大人物的喪事必要舉行很長時間的儀禮，孝子如果是有官守的，必定要告「丁憂」，在家守三年之喪。現在的社會制度日日在變遷着，生活的壓迫越來越重，試問有幾個孝子能夠真正度他們的「丁憂」日子呢？婚禮的變遷也是很急劇的。這個用不着多說，如到十字街頭瞬眼看看便知道了。

（三）一個民族所認為美麗的事物不必是國粹。許多人以為民族文化的優越處在多量地創造各種美麗的事物，如雕刻，繪畫，詩歌，書法，裝飾等。但是美或者有共同的標準，卻不能說有絕對的標準的。美的標準寄在那民族對於某事物的形式，具體的、或懸象的好尚。因好尚而發生感情，因感情的奮激更促成那民族公認他們所以為美的事物應該怎樣。現代的中國人大概都不承認纏足是美，但在幾十年前，「三寸金蓮」是高貴美人的必要條件，所謂「小腳為娘，大腳為婢」，現在還縈迴在年輩長些的人們的記憶裏。在國人多數承認纏足為美的時候，我們也不能說這事是國粹，因為這所謂「美」，並不是全民族和全人類所能了解或承認的。中國人如沒聽過歐洲的音樂家歌詠，對於和聲固然不了解，甚至對於高音部的女聲也會認為像哭喪的聲音，毫不覺得有什麼趣味。同樣地，歐洲人若不了解中國戲台上的歌曲，也會感覺到是看見穿怪樣衣服的瘋人在那裏作不自然的呼嚷。我們盡可以說所謂「國粹」不一定是人人能了解的，但在美的共同標準上最少也得教人可以承認，才夠得上說是有資格成為一種「粹」。

從以上三點，我們就可以看出所謂「國粹」必得在特別，久遠，與美麗之上加上其它的要素。我想來想去，只能假定說：一個民族在物質上、精神上與思想上對於人類，最少是本民族，有過重要的貢獻，而這種貢獻是繼續有功用，繼續在發展的，才可以被稱為國粹。我們假定的標準是很高的。若是不高，又怎能叫做「粹」呢？一般人所謂國粹，充其量只能說是「俗道」的一個形式（俗道是術語 Folk-Ways 的翻譯，我從前譯做「民彝」）。譬如在北平，如要做一個地道的北平人，同時又要合乎北平人所理想的北平人的標準的時候。他必要想到保存北平的「地方粹」，所謂標準北平人少不了的六樣——天棚、魚缸，石榴樹，鳥籠，叭狗，大丫頭，——他必要具備。從一般人心目中的國粹看來，恐怕所「粹」的也像這「北平六粹」，但我只承認它為俗道而已。我們的國粹是很有限的，除了古人的書畫與雕刻，絲織品，紙，筷子，豆腐，乃至精神上所寄託的神主等，恐怕不能再數出什麼來。但是在這些中間已有幾種是功用漸次喪失的了。像神主與絲織品是在趨向到沒落的時期，我們是沒法保存的。

這樣「國粹淪亡」或「國粹有限」的感覺，不但是我個人有，我信得過凡放開眼界，能視察和比較別人的文化的人們都理會得出來。好些年前，我與張君勱先生好幾次談起這個國粹問題。有一次，我說過中國國粹是寄在高度發展的祖先崇拜上，從祖先崇拜可以找出國粹的種種。有一次，張先生很感嘆地說：「看來中國人只會寫字作畫而已。」張先生是政論家，他是嘆息政治人才的缺乏，士大夫都以清談雅集相尚，好像大人物必得是大藝術家，以為這就是發揚國光，保存國粹。國粹學報所揭露的是自經典的訓注或詩文字畫的評論，乃至墓誌銘一類的東西，好像所萃的只是這些。「粹」與「學」好像未曾弄清楚，以致現在還有許多人以為「國粹」便是「國學」。近幾年來，「保存國粹」的呼聲好像又集中在書畫詩古文辭一類的努力上；於是國學家，國畫家，乃至「科學書法家」，都像負着「神聖使命」，想到外國獻寶去。古時候是外國到中國來進寶，現在的情形正是相反，想起來，豈不可痛！更可惜的，是這班保存國粹與發揚國光的文學家及藝術家們不想在既有的成就上繼續努力，只會做做假骨董，很低能地描三兩幅宋元畫稿，寫四五條蘇黃字帖，做一二章毫無內容的詩古文辭，反自詡為一國的優越成就都薈萃在自己身上。但一研究他們的作品，只會令人覺得比起古人有所不及，甚至有所誣蔑，而未曾超越過前人所走的路。「文化人」的最大罪過，製造假骨董來欺己欺人是其中之一。

我們應當規定「國粹」該是怎樣才能夠辨認，哪樣應當保存，哪樣應當改進或放棄。凡無進步與失功用的帶「國」字頭的事物，我們都要下工夫做澄清的工作，把渣滓淘汰掉，才能見得到「粹」。從我國往時對於世界文化的最大貢獻看來，紙與絲不能不被承認為國粹。可是我們想想我們現在的造紙工業怎樣了？我們一年中要向外國購買多量的印刷材料。我們日常所用的文具，試問多少是「國」字頭的呢？可憐得很，連書畫紙，現在製造的都不如從前。技藝只有退化，還夠得上說什麼國粹呢！講到絲，也是過去的了。就使我們能把蠶蟲養到一條蟲可以吐出三條的絲量，化學的成就，已能使人造絲與乃倫絲奪取天然絲的地位。養蠶文化此後是絕對站不住的了。蠶蟲要回到自然界去，蠶箔要到博物院，這在我們生存的期間內一定可以見得着的。

講到精神文化更能令人傷心。現代化的物質生活直接和間接地影響到個個中國人身上。不會說洋話而能吃大菜，穿洋服，行洋禮的固不足為奇，連那僅能維繫中國文化的宗族社會（這與宗法社會有點不同），因為生活的壓迫，也漸漸消失了。雖然有些地方還能保存着多少形式，但它的精神已經不是那麼一回事了。割股療親的事固然現在沒人鼓勵，縱然有，也不會被認為合理。所以精神文化不是簡單地復現祖先所曾做，曾以為是天經地義的事，必得有個理性來維繫它，批評它，才可以。民族所遺留下來的好精神，若離開理智的指導，結果必流入虛偽和誇張。古時沒有報紙，交通方法也不完備，如須「俾眾周知」的事，在文書的布告所不能用時，除掉舉行大典禮、大宴會以外，沒有更簡便的方法。所以一個大人物的殯儀或婚禮，非得鋪張揚厲不可。現在的人見聞廣了，生活方式繁雜了，時間寶貴了，長時間的禮儀固然是浪費，就是在大街上吹吹打打，做着誇大的自我宣傳，也沒有人理會了。所謂遵守古禮的喪家，就此地說，僱了一班搽脂蕩粉的尼姑來拜懺，到冥衣庫去定做紙洋房，紙汽車乃至紙飛機；在喪期裏，聚起親朋大賭大吃，鼓樂喧天，夜以繼日。試問這是保存國粹麼？這簡直是民族文化的渣滓，沉澱在知識落後與理智昏憒的社會裏。在香港灣仔市場邊，一到黃昏後，每見許多女人在那裏「集團叫驚」，這也是文化的沉澱現象。有現代的治病方法，她們不會去用，偏要去用那無利益的俗道。評定一個地方的文化高低不在看那裏的社會能夠保存多少樣國粹，只要看他們保留了多少外國的與本國的國渣便可以知道。屈原時代的楚國，在他看是醉了的，我們當前的中國在我看是瘋了。瘋狂是行為與思想回到祖先的不合理的生活，無系統的思想與無意識的行為的狀態。瘋狂的人沒有批評自己的悟性，沒有解決問題的能力，從天才說，他也許是個很好的藝術家或思想家，但決不是文化的保存者或創造者。

要清除文化的渣滓不能以感情或意氣用事，須要用冷靜的頭腦去仔細評量我們民族的文化遺產。假如我們發現我們的文化是陳腐了，我們也不應當為它隱諱，愣說我們所有的一切都是優越的。好的固然要留，不好的就應當改進。翻造古人的遺物是極大的罪惡，如果我們認識這一點，才配談保存國粹。國粹在許多進步的國家中也是很講究的，不過他們不說是「粹」，只說是「國家的承繼物」或「國家的遺產」而已（這兩個辭的英文是 National inheritance，及 Legacy of the Nation）。文化學家把一國優越的遺制與思想述說出來給後輩的國民知道，目的並不在「賽寶」或「獻寶」，像我們目前許多國粹保存家所做的，只是要把祖先的好的故事與遺物說出來與拿出來，使他們知道民族過去的成就，刺激他們更加努力向更成功的途程上邁步。所以知識與辨別是很需要的。如果我們知道唐詩，做詩就十足地仿少陵，擬香山，了解宋畫，動筆就得意地摹北苑，法南宮，那有什麼用處？縱然所擬的足以亂真，也不如真的好。所以我看這全是渣，全是無生命的屍體，全是有臭味的乾屎橛。

我們認識古人的成就和遺留下來的優越事物，目的在溫故知新，絕不是要我們守殘復古。學術本無所謂新舊，只問其能否適應時代的需要。談到這裏，我們就檢討一下國學的價值與路向了。

錢賓四先生指出現代中國學者「以亂世之人而慕治世之業」，所學的結果便致「內部未能激發個人之真血性，外部未能針對時代之真問題」。這話，在現象方面是千真萬確，但在解釋方面，我卻有些不同意見。我看中國「學術界無創闢新路之志趣與勇氣」的原因，是自古以來我們就沒有真學術。退一步講，只有真學術的起頭，而無真學術的成就。所謂「通經致用」只是「做官技術」的另一個說法，除了學做官以外，沒有學問。做事人才與為學人才未嘗被分別出來。「學而優則仕」，顯然是鼓勵為仕大夫之學。這只是治人之學，談不到是治事之學，更談不到是治物之學。現代學問的精神是從治物之學出發的。從自然界各種現象的研究，把一切分出條理而成為各種科學，再用所謂科學方法去治事而成為嚴密的機構。知識基礎既經穩固，社會機構日趨完密，用來對付人，沒有不就範的。治人是很難的，人在知識理性之外還有自己的意志，與自己的感情意氣，不像實驗室裏的研究者對付他的研究對象，可以隨意處置的。所以如不從治物與治事之學做起，則治人之學必貴因循，仍舊貫，法先王。因循比變法維新來得更有把握，代表高度發展的祖先崇拜的儒家思想，尤其要鼓勵這一層。所謂學問，每每是因襲前人而不敢另闢新途。因為新途徑的走得通與否，學者本身沒有絕對的把握，縱然有，一般人的智慧，知識，乃至感情意氣也未必能容忍，倒不如向着那已經有了權證而被承認的康莊大道走去，既不會碰釘，又可以生活得順利些。這樣一來，學問當然看不出是人格的結晶，而只為私人在社會上博名譽，佔地位的憑借。被認為有學問的，不管他有的是否真學問或哪一門的知識，便有資格做官。許多為學者寫的傳記或墓誌，如果那文中的主人是未嘗出仕的，作者必會做「可惜他未做官，不然必定是個廊廟之器」的感嘆，好像一個人生平若沒做過官就不算做過人似地。這是「學而優則仕」的理想的惡果。再看一般所謂文學家所做的詩文多是有形式無內容的「社交文藝」，和貴人的詩詞，撰死人的墓誌，題友朋或友朋所有的書畫的簽頭跋尾。這樣地做文辭才真是一種博名譽佔地位的憑借。我們沒有偉大的文學家，因為好話都給前人說盡了，作者只要寫些成語，用些典故，再也沒有可用的工夫了。這樣情形，不產生「文抄公」與「謄文公」，難道還會篤生天才的文豪，誕降天縱的詩聖麼？

學術原不怕分得細密，只問對於某種學術有分得這樣細密的必要沒有。學術界不能創闢新路，是因沒有認識問題，在故紙堆裏率爾拿起一兩件不成問題而自己以為有趣味的事情便洋洋灑灑地做起「文章」來。學術上的問題不在新舊而在需要，需要是一切學問與發明的基礎。如果為學而看不見所需要的在哪裏，他所求的便不會發生什麼問題，也不會有什麼用處。沒有問題的學問就是死學問，就是不能創闢新途徑的書本知識。沒有用處的學問就不算是真學問，只能說是個人趣味，與養金魚、栽盆景，一樣地無關大旨，非人生日用所必需的。學術問題固然由於學者的知識的高低與悟力的大小而生，但在用途上與範圍的大小上也有不同。「一隻在園裏爬行的龜，對於一塊小石頭便可以成為一個不可克服的障礙物，設計鐵道線的工程師，只主要地注意到山谷廣狹的輪廓；但對於想着用無線電來聯絡大西洋的馬可尼，他的主要的考慮只是地球的曲度，因為從他的目的看來，地形上種種詳細情形是可以被忽視的。」這是我最近在一本關於生物化學的書（W. O. Kermock and P. Eggleton: The Stuff we're of. pp.15–16）裏頭所讀到的一句話。同一樣的交通問題，因為知識與需要的不同便可以相差得那麼遠。錢先生所舉出的「平世」與「亂世」之學的不同點，在前者注重學問本身，後者貴在能造就人才與事業者。其實前者為後者的根本，沒有根本，枝幹便無從生長出來。我們不必問平世與亂世，只問需要與不需要。如有需要，不妨把學術分門別類，講到極窄狹處，講到極精到處；如無所需，就是把問題提出來也嫌他多此一舉。一到郊外走走，就看見有許多草木我們連名字都不知道，其中未必沒有有用的植物，只因目前我們未感覺須要知道它們，對於它們毫無知識還可以原諒。如果我們是植物學家，那就有知道它們的需要了。在歐美有一種種草專家，知道用哪種草與哪種草配合着種便可以使草場更顯得美觀，和耐於踐踏，易於管理，冬天還可以用方法教草不黃萎。這種專門學問在目前的中國當然是不需要，因為我們的生活程度還沒達到那麼高，稻粱還種不好，哪能講究到草要怎樣種呢？天文學是最老的學問，卻也是最幼稚的和最新的學術。我們在天文學上的學識缺乏，也是因為我們還沒曾需要到那麼迫切。對於日中黑點的增減，雲氣變化的現象，雖然與我們有關係，因為生活方式未發展到與天文學發生密切關係的那步田地，便不覺得它有什麼問題，也不覺得有研求的需要了。一旦我們在農業上，航海航空上，物理學上，乃至哲學上，需要涉及天文學的，我們便覺得需要，因為應用到日常生活上，那時，我們就不能說天文學是沒有的了。所以不需要就沒有學問，沒有學問就沒有技術。「不需無學，不學無術」，我想這八個字應為學者的金言；但要注意後四個字的新解說是不學問就沒有技術，不是罵人的話。

中國學術的支離破碎，一方面是由於「社交學問」的過度講究，一方面是為學人才的無出路。我所謂社交學問就是錢先生所謂私人在社會博名譽佔地位的學問。這樣的「學者」對於學問多半沒有真興趣，也不求深入，說起來，樣樣都懂，門門都通，但一問起來，卻只能作皮相之談。這只能稱為「為說說而學問」，還夠不上說「為學問而學問」。我們到書坊去看看，太專門的書的滯銷，與什麼ABC，易知、易通之類的書的格外旺市，便可以理會「講專門窄狹之學者」太少了。為學人才與做事人才的分不開，弄到學與事都做不好。做事人才只須其人對於所事有基本學識，在操業的進程上隨着經驗去求改進，從那裏也有達到高深學識的可能，但不必個個人都需要如此的。為學人才注重在一般事業上所不能解決或無暇解決的問題的探究。譬如電子的探究，數理的追尋，乃至人類與宇宙的來源，是一般事業所談不到的，若沒有為學人才去做工夫，我們的知識是不完備的。歐美各國都有公私方面設立的研究所、學院，予學者以生活上相當的保障。各大學都有「學侶」的制度，使新進的學人能安心從事於學業。在中國呢？要研究學問，除非有錢、有閒，最低限度也得當上大學教授，才可說得上能夠為學。在歐美的餘剩學者最少還有教會可投；在中國，這大學教授也有吃不飽的憂慮。這樣情形，繁難的學術當然研究不起，就是輕可的也得自尋方便，不知不覺地就會跑到所謂國學的途程上。這樣的學者，因為吃不飽，身上是貧血的，怎能激發什麼「真血性」；因為是溫故不知新，知識上也是貧血的，又怎能針對什麼「真問題」呢？今日中國學術界的弊在人人以為他可以治國學，為學的方法與目的還未弄清，便想寫「不朽之作」，對於時下流行的研究題目，自己一以為有新發現或見解，不管對不對，便武斷地寫文章。在發掘安陽，發現許多真龜甲文字之後，章太炎老先生還楞說甲骨文都是假的！以章先生的博學多聞還有執着，別人更不足責了。還有，社交學問本來是為社交，做文章是得朋友們給作者一個大拇指看，稱讚他幾句，所以流行的學術問題他總得獵涉，以資談助；討論龜甲文的時候，他也來談龜甲文，討論中西文化的潮流高漲時，他也說說中西文化，人家談佛學，他就吃起齋來，人家稱讚中國畫，他就來幾筆松竹梅，這就是所謂「學風」的壞現象，這就是「社交學問」的特徵。

錢先生所說「學者各榜門戶，自命傳統」，在國學界可以說相當地真。「學有師承」與「家學淵源」是在印板書流行之前，學者不容易看到典籍，誰家有書他們便負笈前去拜門。因為書的抄本不同，解釋也隨着歧異，隨學的徒弟們從師傅所得的默記起來或加以疏說，由此互相傳授成為一家一派的學問，這就是「師承」所由來。書籍流行不廣的時代，家有藏書，自然容易傳授給自己的子孫，某家傳詩，某家傳禮，成為獨門學問，擁有的甚可引以為榮，因此為利，婚宦甚至可以佔便宜，所以「家學淵源」的金字招牌，在當時是很可以掛得出來的。自印板書流行以後，典籍伸手可得，學問再不能由私家獨佔，只要有讀書的興趣，便可以多看比一家多至百倍千部的書，對於從前治一經只憑數卷抄本甚至依於口授乃不能不有抱殘守闕的感想。現在的學問是講不清「師承」的，因為「師」太多了，承誰的為是呢？我在廣州曾於韶舞講習所從龍積之先生學，在隨宦學堂受過龍伯純先生的教，二位都是康有為先生的高足，但我不敢說我師承了康先生的學統。在大學裏的洋師博也有許多是直接或間接承傳着西洋大學者的學問的，但我也不敢自稱為哲姆斯，斯賓塞，柏格森，馬克思，幕樂諸位的學裔。在尊師重道的時代，出身要老師推薦，婚姻要問家學，所以為學貴有師承和有淵源，現在的學者是學無常師，他向古今中外乃至自然界求學問，師傅只站在指導與介紹知識的地位，不能都像古時當做嚴君嚴父看。印板書籍流行以後，聚徒講學容易，在學問上所需指導的不如在人格上所需熏陶的多，所以自程朱以後，修身養性變為從師授徒的主要目標，格物致知退於次要地位。這一點，我覺得是很重要的。從師若不注意怎樣做人的問題，縱然學有師承，也只能得到老師的死的知識，不能得到他的活的能力。我希望講師承的學者們注意到這一層。

至於學問為個人私利主義，競求溫飽的話，我以為現在還是說得太早。在中國，社交學問除外，以真學問得溫飽算起來還是極少數，而且這樣的學者多數還是與「洋機關」有關係的。我們看高深學術的書籍的稀罕，以及研究風氣的偏頗，便可理會競求溫飽的事實還有重新調查的餘地。到外國去出賣中國文化的學者，若非社交的學問家便是新聞事業家。他們當然是為溫飽而出賣關於中國的學問的。我們不要把外國人士對於中國文化的了解力估量得太高，他們所要的正是一般社交的學問家與新聞事業家所能供給的。一個多與歐美一般的人士接觸的人，每理會到他們所要知道的中國文化不過是像纏足的起源，龍到底是什麼動物，姨太太怎樣娶法，風水怎樣看法之類，只要你有話對他們說，他們便信以為真，便以為你是中國學者。許多人到中國來訪這位，問那位，歸根只是要買幾件骨董或幾幅舊畫。多數人的意向並不在研究中國文化，只在帶些中國東西回去可以炫耀於人。在外國批發中國文化的學者，他們的地位是和賣山東藍綢或汕頭抽紗的商人差不多，不過斯文一點而已。

在歐美的學者可以收費講學，但在中國，不收費的講學會，來聽講還屬寥寥，以學問求溫飽簡直是不容易談。這樣為學只求得過且過，只要社會承認他是學者，他便拿着這個當敲門磚，管什麼人格的結晶與不結晶。這也許是中國學者在社會國家上多不能為國士國師而成為國賊國狗，在學問上多不能成為先覺先知而成為學棍學蠹的一個原因罷。我取的是「衣食足而後知禮義」的看法，所以要說：「得溫飽才能講人格。」中國學術界中許多人正在飢寒線底下掙扎着，要責備他們在人格上有什麼好榜樣，在學問上有什麼新貢獻，這要求未免太苛了。還有，得溫飽並不見得就是食前方丈，廣廈萬間，只求學者在生活上有保障，研究材料的供給方便與充足就夠了。須知極度滿足的生活，也不是有識的學者所追求的。

學術除掉民族特有的經史之外是沒有國界的。民族文化與思想的淵源，固然要由本國的經史中尋覓，但我們不能保證新學術絕對可以從其中產生出來。新學術要依學術上的問題的有無，與人間的需要的緩急而產生，決不是無端從天外飛來的。一個民族的文化的高低是看那民族能產生多少有用的知識與人物，而不是歷史的久遠與經典的充斥。牛津大學每年間所收的新刊圖書可以排出幾十里長，若說典籍的數量，我們現在更不如人家。錢先生假定自道咸而下，向使中國學術思想乃至政治制度社會風俗在與西洋潮流相接觸之前先變成一個樣子，則中國人可以立定腳跟，而對此新潮，加以辨認與選擇，而分別迎拒與蓄洩。這話也有討論的必要。我上頭講過現代學問的精神是從治物之學出發的，治物之學也可以說是格物之學，而中國學術一向是被社交學問、社交文藝，最多也不過是做人之學所盤據，所謂「樸學」不過為少數人所攻治，且不能保證其必為進身之階。樸學家除掉典章制度的考據而外，還有多少人知道什麼格物之學呢？醫學是讀不成書的人們所入的行；老農老圃之業為孔門弟子所不屑談；建築是梓人匠人的事；兵器自來是各人找與自己合式的去用；蠶桑紡織是婦人的本務；這衣，食，住，行，衛五種民族必要的知識，中國學者一向就沒曾感覺到應當括入學術的範圍，操知識與智慧源泉的純粹科學更談不到了。治物之學導源於求生活上安適的享受的理想和試要探求宇宙根源的謎。學者在實驗室裏用心去想，用手去做，才能有所成就。中國學術豈但與人生分成兩橛，與時代失卻聯繫，甚至心不應手，因此，多半是紙上談得好、場上栽筋鬥的把戲。不動手做，就不能有新發現，就不能有新學術。假如中國的學術思想乃至政治制度社會風俗會自己變更的話，乾嘉以前有千多年的機會，乾嘉以後也不見得就絕對沒有。

日本的維新怎麼就能成功，中國的改革怎麼就屢次失敗呢？化學是從中國道家的煉丹術發展的，怎麼在中國本土，會由外丹變成內丹了？對的思想落在不對的實驗上，結果是造成神秘的迷信，不能產出利用厚生的學問。醫學並不見得不行，可是所謂國醫，多半未嘗研究過本草裏所載的藥物，只讀兩三本湯頭歌訣之類便掛起牌來。千年來，我們的醫學在生理，藥物，病理等學問上曾有什麼貢獻呢？近年來從事提煉中國藥物的也是具有科學知識的西醫的功勞。在學問的認識上，中國人還是傾向道家的。道家不重知與行，也不信進步，改革自然是談不到的。我想乾嘉以後，中國學術縱然會變，也不會變到自己能站得住而能分別迎拒與蓄洩西洋學潮的地步，縱然會，也許會把人家的好處扔掉，把人家的壞處留起來。像明末的西洋教士介紹了科學知識和他們宗教制度，試問我們迎的是什麼呢？中華文化，可憐得很，真是一泓死水呀！這話十年前我不這樣說，五年前我不忍這樣說，最近我真不能不這樣說了。不過死水還不是絕可悲的，只要水不涸，還可以想方法增加水量，使之澄清，使之溢出。這工夫要靠學術界的治水者的努力才有希望。世間無不死之人，也無不變的文化，只要做出來的事物合乎國民的需要，能解決民生日用的問題的就是那民族的文化了。

要知道中國現在的境遇的真相和尋求解決中國目前的種種問題，歸根還是要從中國歷史與其社會組織，經濟制度的研究入手。不過研究者必要有世界學術的常識，審慎擇別，不可抱着「花子吃死蟹，只只好」的態度。那麼，外國那幾套把戲自然也能夠辨認與選擇，不致於隨波逐流，終被狂濤怒浪所吞咽。中國學術不進步的原因，文字的障礙也是其中最大的一個。我提出這一點，許多國學大師必定要伸舌頭的。但真理自是真理，稍微用冷靜的頭腦去思維一下便可以看出中國文字問題的嚴重。我們到現在用的還不是拼音文字，難學難記難速寫，想用它來表達思想，非用上幾十年的工夫不可。讀三五年書，簡直等於沒讀過。許多大學畢業生自從出來做事之後便不去摩書本。他們尚且如此，程度低些的更可知。繁難的文字束縛了思想，限制了讀書人，所以中國文化最大的毒害便是自己的文字。一翻古籍便理會幾十萬言的書已很少見，百萬千萬言的書更屬稀罕了。到現在，不說入學之門的百科全書沒有，連一部比較完備的字典都沒有。國人不理會這是文化低落的病根，反而自詡為簡潔。不知道簡潔文字只能表現簡單思想，像用來做詩詞，寫遊記是很夠的。從前學問的範圍有限，用簡潔的文體，把許多不應當省掉的字眼省略掉還不覺得意義很晦澀，讀者可用自己的理會力來補足文中的意思。現代的科學記載把一個字錯放了地位都不成，簡省更不用說了。我們的命不加長，而所要知要學的東西太多，如果寫作不從時間上節省是不成的。我們自己的文化擔負已是夠重的了，現在還要擔負上歐美的文化，這就是錢先生所謂「兩水鬥嚙」的現象，其實是中國人掙扎於兩重文化的壓迫底下的現象。歐美的文化，我們不能不擔負，歐美人卻不必要擔負我們的文化，人家可以不學漢文而得所需的知識，我們不學外國文成麼？這顯然是我們的文化落後所給的刑罰，目前是沒法擺脫的。要文化的水平線提高，非得採用易於學習的拼音文字不可。千字課或基本漢字不能解決這個嚴重問題，因為在學術上與思想表現上是須要創造新字的，如果到了思想繁雜的階段，幾千字終會不夠用，結果還是要孳乳出很多很多的方塊字。現在有人用「圕」表示「圖書館」，用「簙」表示「博物院」，一個字讀成三個音，若是這類字多起來，中國六書的系統更要出亂子。拼音字的好處在以音達意，不是以形表意，有什麼話就寫出什麼話，直截了當，不用計較某字該省，某句應縮，意思明白，頭腦就可以訓練得更縝密。雖然拼音文字中如英文法文等還不能算是真正拼音的，但我們須以拼音法則為歸依，不是歐美文字為歸依。表達思想的工具不好，自然不能很快地使國民的知識提高。人家做十年，我們非得加上五六倍的時間不可。日本維新的成功，好在他們有「假名」，教育普及得快，使他們的文化能追蹤歐美。我們一向不理會這一點，因為我們對於漢字有很深切的敬愛，幾十年來的拼音字母運動每被學者們所藐視與反對。許多人只看文字是用來做詩寫文的，能搖頭擺腳哼出百幾十字便自以為滿足了。改良文字對於這種人固然沒有多大的益處，但為學術的進步着想，我們不能那麼浪費時間來用難寫難記的文字。古人惜寸陰分陰，現代的中國人更應當愛惜絲毫光陰。因為用高速度來成就事物是現代民族生存的必要條件。

德國這次向東方進兵，事實上是以血換油。油是使速度增進的重要材料。不但在戰爭上，即如在其他事業上，如果着手或成功稍微慢了些，便等於失敗。所以人家以一切來換時間，我們現在還想以時間來換一切，這種守株待免的精神是要不得的。國民智力的低下，中國文字要負很重的責任。智力的高低就是發現問題與解決問題的能力的速度的高低。我以為漢字不改革，則一切都是沒有希望的。用文字記載思想本來和用針來縫布成衣服差不多，從前的針一端是針口，另一端是穿線的針鼻。縫紉的人一針一針地做，不覺得不方便。但是縫衣機發明了，許多不需要的勞動不但可以節省而且能很快地縫了許多衣服。縫衣機的成功只在將針鼻移到與針口同在一端上。拼音文字運動也是試要把音與義打成一片。不過要移動一下這「文字的針鼻」，雖然只是分寸的距離，若用的人不了悟，縱然經過千百年也不能成功。舊工具不適於創造新學術，就像舊式的針不能做更快更整齊的衣服一樣。有使中國文化被西方民族吸收願望的先當注意漢字的改革，然後去求學術上的新貢獻，光靠殘缺的骨董此後是賣不出去的。

中國目前的問題，不怕新學術呼不出，也不怕沒人去做專門名家之業，所怕的是知識不普及。一般人的常識不足，凡有新來的吃的用的享受的，不管青紅皂白，胡亂地趕時髦。讀書人變成士大夫，把一般群眾放在腦後，不但不肯幫助他們，反而壓迫他們。從農村出來的讀書人不肯回到農村去，弄到每個村都現出經濟與精神破產的現象。在都市的人們，尤其是懂得吹洋號筒的官人貴女們，整個生活都沉在花天酒地裏，批評家說他們是在「象牙之塔」裏過日子。其實中國哪裏來的「象牙之塔」？我所見的都是一幢幢的「牛骨之樓」罷了。我們希望於學術界的是在各部門裏加緊努力，要做優等人而不厭惡劣等的溫飽，切莫做劣等人而去享受優等的溫飽。那麼，平世之學與亂世之學就不必加以分別了。現在國內的大學教授，他們的薪俸還不如運輸工人所得的多，我們當然不忍說他們是藏身一曲，做着與私人溫飽相宜的名山事業。不用說生存上，即如生活上必須的溫飽，是誰都有權利要求的。讀書人將來會歸入勞動階級，成為「智力勞動者」，要恢復到四民之首的領導地位，除非現在正在膨脹着的資產制度被鏟除，恐怕是不容易了。

〔附言〕六月二十四日某先生在《華字日報》寫了一篇質問我的文章，題目是《國粹與國渣》，文中有些問題發得很幼稚，值不得一答。惟有問什麼是「國粹」一點，使我在學問的良心上不能不回答一下。我因此又連想到六月八日錢穆先生在《大公報》發表的星期論文《新時代與新學術》，覺得其中幾點也有提出來共同討論的必要，所以寫成這一篇，希望的是能拋碎磚引出寶玉來。文中大意是曾於六月二十八日對嶺英中學高中畢業生講過的。

附錄：周俟松後序[1]

此刻的胸頭覺得輕鬆些，帶在身邊的地山遺稿，已大部整理完竣。在遺稿《二十夜問》《危巢墜簡》《雜感集》的寫序時候，心中雖有萬般傷痛，但總不及今天來為《國粹與國學》論文集寫序的苦。為何？在我編理這本論文集時，其目次是依屬分類，及完稿時間之先後為原則。本集裏以《國粹與國學》為其最後一篇完成的遺著。當時在香港《大公報》上七月十五日開始連載。發表後，引起社會上一般的是非論。集中還有一篇《中國文字底將來》尚未結束，著者即於八月四日長辭世間，曾承港地新文字學會為紀念他而收編在《許地山語文論文集》內，在此一並致謝。

為沉痛的紀念地山，不計書之內容如何，整理是否得當，乃以本名而冠書名。尚祈讀者

1 俟松謹志於一九四五年八月尾之戰時生產局。

諸君鑒諒。

回憶當地山在世時，與流亡在港地諸文化人，大家是多麼熱忱的從事於抗日的工作，大眾文化的工作；每日除了居家必定的時間與家人閒敘外，很少白費光陰。如今，敵人自認敗北了，香港將復它的舊觀，我們的社會文化新工作正多着，待人去耕耘，可是，地山只是被人記憶的名字而已，不是真正的中國文化的工作者了！

無限的辛酸，何庸我多言。

《扶箕迷信底研究》結論[1]

綜以上所引一百三十故事看來，扶箕不過是心靈作用底一種表現。當一種知識去研究它，當會達到更了解心靈交感現象底地步。若只信它是神秘不可思議，沙盤上寫什麼就信什麼，那就會墜落魔道了。假如我們借扶箕能夠對於國政有所施設，也不過是從舊觀念裏找出來底，還不如信賴科學來使人類在精神與物質求得進步。扶箕者底心理多半是自私自的。我認得與知道許多信箕底人，都是為自己的利祿求箕示。箕仙從沒有一次責罵過其中貪黷之輩，相反地，甚至暗示他們去為非作歹。有一個我知道底「革命策源地」底官僚，滿屋懸着箕仙所賜底書畫與道德教訓，自己在官時卻是一個假公濟私，擅於搜刮底無恥者。然則乩仙未必盡以道德教人，人不聽他們底教訓，他們也無可奈何，扶箕有什麼宗教的價值呢？

數十年來受過高等教育底人很多，對於事物好像應當持點科學態度，而此中人信扶箕底卻很不少，可為學術前途發一浩嘆。又見賭博底越來越多，便深嘆國人底不從事於知識底努力，其原因一大半部分是對於學問沒興趣，對於人事信命運，在信仰上胡亂崇拜。箕仙指示他等機緣，他只好用賭博底行為來等候着，因此養成對於每事都抱一種僥倖心和運氣思想。

1 首版為商務印書館一九四一年六月版。

「學而不思」底人在受教育底人當中為什麼會這麼多呢？只會沒系統地看雜書，沒有正當知識的糧食固然是一個原因；虛名，權位，得來太容易也是另一個病根。

> 王靜安先生說：日之暮也，人之心力已耗，行將就床，此時不適於為學，非與人閒話，則但可讀雜記小說耳。人之老也，精力已耗，行將就木，此時亦不適於為學，非枯坐終日，亦但可讀雜記小說耳，今奈何一國之學者而無朝氣，無注意力也？其將就睡歟，抑將就木歟？吾不得而知之，吾但祈孔子與閔子騫之言之不驗而已矣（《靜庵文集續編，教育小言十則》，商務印書館本第十五冊，五十八頁）。

真的，中國人只會寫與會讀雜記小說。他們是無朝氣無注意力，將就床和將就木底人。這篇論文特從筆記中取材，也是對於注意力不集中底材料中試要找出一條有系統而說得可通底道理來。知識底材料誠然可以從這些雜亂無章的作品中搜集，但若當作珍聞奇事，雜亂無章地抄下來，那就不值得做了。在這篇裏沒引到底扶箕故事還有許多，大體上也越不出上頭所列底範圍。那些只有一詩一文底，更是無關緊要了。

作者並沒有把這篇當做心靈學的研究底野心，心理學與心靈學是很專門的學問，不是作者所深究底科目。作者只希望篇中所供給底材料值得供專門家研究底用處，使學術界多得些新光，那就滿足了。這書只為一般讀者寫底。希望讀過底人能夠明瞭扶箕並不是什麼神靈底降示，只是自己心靈底作怪而已。在這書裏頭，還可以使我們注意到，是許多扶品故事都是反映我們民族底道德行為與社會政治生活底。士子學未成便要問前程，臨考試又想僥倖地預知題目，弄到他日出來做事底時候，遇事存僥倖心，到不可開交時，又推給命運。一般無權無位底人也是消極地生存着，如故事（九千）就是十足表現這態度。官吏多是貪污的，無事還要生事，有小事當然更要化為大事了。辦公事只會因循套調，事事專在文字上咬嚼，不求事實上的利害，如故事（百零九）那位紹興師爺底鬼靈所指示底就是十足反映書吏政治底光景。官僚底腐化，影響及於神靈，在故事（百十一）裏，神也會「軋姘頭」了！故事（九五）底馬畫師是因替人作淫畫奉承大吏以致雙目幾乎瞎了。其他等等種類，難以遍舉，希望讀者能從這個角度來體會。紀曉嵐先生記扶箕底事最多，觀察力也比較好。他底見解，在故事（百二八）所表示底，雖不完備，也可以看出他老人家是不隨便迷信底。至於屬乎靈感與靈動底外國事例，可以翻閱變態心理學與心靈學一類底書籍，比這篇所舉事例還要離奇的，如二重人格，人格破碎，人畜交感，等等，都是很有趣，很可以幫助我們破除許多類底迷信底。因為本篇底範圍只限於扶箕，所以沒空閒寫那麼多。

民國二十九年九月脫稿

這書寫完，承陳樂素先生指正，胡愈之先生賜序，即此申謝。

許地山年表

1893年　癸巳　光緒十九年

十二月二十八日丑時，許地山先生誕於台灣省台南府城延平郡王祠（鄭成功祠）一側的「窺園」裏（光緒十九年十二月二十八日，即公曆 1894 年 2 月 3 日）。

許氏祖籍廣東揭陽（唐漳南許天正後裔），遠祖許超於明嘉靖年間遷居台灣（一說清康熙年間），至許地山先生這一輩入台已整整十代。

父許南英先生（1855—1917），字允白，又作蘊白，人稱「窺園先生」，為清末第廿六位進士（授六品兵部別駕），近代台灣著名愛國詩人。是年四十歲，被台灣巡撫唐景崧聘入台灣通志總局，協修《台灣通志》，台灣文學館謂「最後離開台灣的抗日領袖」。

母吳氏，名慎，為台南名鄉紳吳樵山之三女。

兄弟姐妹共八人。許地山先生名贊堃，字地山，乳名叔丑，排行第四。

長兄贊書（叔酉）（字劍夫、肖雲），民國元年任廈門同盟會長。

二兄贊元（叔壬）（字弋山），肄業於廣州「黃埔陸軍小學」，後留學日本，習軍事。辛亥革命時，參加過廣州黃花崗起義，為少數生還的辛亥革命者之一。

三兄贊牂（叔午）（字敦谷、太谷），肄業於日本「東京美術學校」，曾參與編輯兒童刊物《好孩子》，為《兒童世界》《兒童圖畫》創作插畫，是武漢美專的創辦人之一。

五弟贊能（叔未），庶出，十九歲回台時病故。

六弟贊喬（叔丁）（字：聲谷），畢業於廣州「光華醫學校」，為漳州名醫。

姐葵花，妹贊花（蟾花）；均成年後早亡。

父許南英先生生平最景仰蘇東坡和黃山谷，遂以「弋山」「敦谷」「地山」作為二兒、三兒、四兒的名字。

1894年　甲午　光緒二十年　1歲

四叔許南雅台南病逝。

中日甲午戰爭爆發，父許南英先生任台南「團練局」統領，率兵兩營，隨民族英雄劉永福扼守台南，抵抗日寇的入侵。

1895年　乙未　光緒二十一年　2歲

五弟贊能（庶出）、六弟贊喬同年生。

農歷九月初三日，日寇入侵台南，父許南英先生將自家積蓄五萬多元盡數散給部下，讓他們自謀生路，其撤至城外，藏匿鄉人家中；九月初五日，當地漁民以一葉竹筏送他至安平港，乘船內渡廈門鼓浪嶼。

在日寇追迫下，地山隨大伯、母親及家人提前離開台南，之後隨父一起避居廣東揭陽附近的桃都溪圍村。

父許南英先生心情極為憂憤，在宗親的勸說、資助下，去新加坡、泰國漫遊。

1896年　丙申　光緒二十二年　3歲

入私塾，從吳獻堂先生發蒙。

1897年　丁酉　光緒二十三年　4歲

因吳獻堂先生回汕頭，改從徐展雲先生學。

父許南英自新加坡回國，迫於生計，赴京投「供吏部」，改官即用知縣，往廣州稟到。因清末官制規定，文官不得在原籍供職。父南英無法填報廣東揭陽，又不能填報台灣台南，遂寄籍與廣東汕頭比鄰之福建龍溪（漳州）。是年，舉家遷居廣州興隆坊。

大伯許梓修逝於廣州。

1898年　戊戌　光緒二十四年　5歲

父許南英先生授聘校閱番禺縣和廣州府試卷。

妹贊花（蟾花）生。

1899年　己亥　光緒二十五年　6歲

仍從徐展雲先生學。

父許南英到惠州、潮州、嘉應（梅縣）一帶辦理清鄉事務。舉家遷居廣州長泰里。

1900年　庚子　光緒二十六年　7歲

父許南英先生被廣州府委任總校廣州府試卷，又被委辦佛山稅關釐務。

1901年　辛丑　光緒二十七年　8歲

父許南英先生任廣州府鄉試閱卷官。

1902年　壬寅　光緒二十八年　9歲

仍從徐展雲先生學。

父許南英先生改任徐聞縣知事，並掌教「貴生書院」，舉家遷居徐聞。

1903年　癸卯　光緒二十九年　10歲

因塾師徐展雲先生病故，改從倪玉笙先生受業。

父許南英先生卸徐聞職，舉家遷回廣州，住祝壽巷。

父許南英先生被授廣州三水縣知事，未赴任，委赴欽州查案。又調任陽春縣知事，並委調鄉試同考官。

1904年　甲辰　光緒三十年　11歲

父許南英先生調任陽江同知。

隨父遷居陽江，入陽江真道小學，課餘兼從倪玉笙先生讀私塾。

1905年　乙巳　光緒三十一年　12歲

進廣東「韶午講習所」學習並任俏生，課餘仍從倪玉笙先生學。

1906年　丙午　光緒三十二年　13歲

父許南英先生卸陽江同知任，舉家遷回廣州，住丹桂里。

父許南英先生委辦順德縣清鄉事務。

因塾師倪玉笙病故，從韓貢三先生學，始讀經史。是年入廣州「隨宦學堂」讀書。

1907年　丁未　光緒三十三年　14歲

舉家移居廣州步蟾坊。

仍在「隨宦學堂」讀書，課餘兼從韓貢三先生學。

二兄贊元（叔壬）入黃埔陸軍小學。

姐葵花是年冬病故於廣州。

1908年　戊申　光緒三十四年　15歲

父許南英先生赴三水縣任。

居廣州「和梅宿舍」（在六榕寺內闢官房數間，名為「和梅宿舍」，作為許地山先生兄弟之學塾），仍從韓貢三先生學。

許地山先生假日赴三水省親。

1909年　己酉　宣統元年　16歲

仍在「隨宦學堂」讀書，兼從韓貢三先生學。

日本殖民總督府試圖招許南英先生回台。許南英先生在一首《台感》中凜然回答：「剩此鬚眉還愧殺，漫勞攝影照青銅」，並斷絲表示：「他生或者來觀化，今生不願作殖民！」

1910年　庚戌　宣統二年　17歲

10月，畢業於「隨宦學堂」。

二兄贊元赴日本東京留學，習軍事。

1911年　辛亥　宣統三年　18歲

二兄贊元投奔革命軍，參加廣州黃花崗起義，被捕後獲救幸存。

辛亥革命爆發。父許南英先生接福建漳州友人電，告知起義大事，毅然棄職（其時清廷特授其電白縣知縣），赴漳州，並被推舉為漳州民事局長。

後舉家遷居福建海澄縣海滄墟（今天廈門海滄區海滄街道）。父許南英先生名其宅為「借滄海居」，後又遷居龍溪縣所屬石美黃氏別莊。

1912 年　壬子　民國元年　19 歲

長兄贊書任廈門同盟會長；與三兄贊牂任（龍海）石美小學教員，為期數月。因家境窘困，開始獨立謀生。在（漳州）汀漳龍師範學堂（後改為任福建省立第二師範學校）教員；課餘撰《荔枝譜》。

父南英回台灣省親掃墓，親友們曾勸他讓一兩個兒子回台加入日籍，便可領回一部分產業，遭他拒絕。在大陸的兒輩也無人願回鄉入籍的。此次省親，三兄贊牂、五弟贊能隨父同行。

1913 年　癸丑　民國二年　20 歲

父許南英先生任民國首任龍溪縣知事，主持重修《龍溪縣誌》。未久，辭去龍溪縣知事職，遷居漳州東門外管厝巷十一號。

跟隨父好友、海滄教師陳畹蘭先生赴緬甸仰光，在當地華僑辦的中華學校、共和學校（閩僑創辦）任教員。臨行父南英作詩《示四兒叔丑》贈之。

三兄贊牂赴日本留學，入「東京美術學校」；五弟贊能在台灣病故。

1914 年　甲寅　民國三年　21 歲

仍在緬甸仰光任教，結識師山（梁冰弦）。

六弟贊喬畢業於廣州光華醫學校。

是年，第一次世界大戰爆發。

周俟松　許鋼　整理

1915年　乙卯　民國四年　22歲

仍在緬甸仰光任教。12月回國，住漳州大岸頂。與台中林季商（祖密）之妹月森訂婚。林祖密，革命烈士，跟隨孫中山革命，曾任閩南軍總司令和大本營參議兼侍從武官。

父許南英先生應廈門友人林叔臧（林爾嘉，甲午戰爭後從台灣遷回廈門，曾任廈門保商局總辦兼商會總理）之聘，為鼓浪嶼詩社「鐘社」詩友。

1916年　丙辰　民國五年　23歲

在福建漳州華英中學任教。加入「閩南基督教倫敦會」。漸認識其教義之不足，開始有志於宗教比較學研究。

父許南英先生再度回台省親掃墓，並參與「台灣勸業共進會」。農歷九月，應友人林爾嘉之薦，赴蘇門答臘之棉蘭市，為華人市長張鴻南編輯生平事略。

1917年　丁巳　民國六年　24歲

任福建省立第二師範教員，兼附小主理（即校長），月薪八十元。考入北京私立匯文大學讀書，暑假後去北京。

父許南英先生在蘇門答臘聞訊，喜不自禁，作詞一首，題名為《丑兒入京遊學作此送之，花發沁園春》。

父許南英先生思鄉心切，急欲回國，扶病將《張君事略》編就。但由於第一次世界大戰，海上航信無定，精神大為沮喪，縱飲，啖水果，得痢疾，農歷十一月十一日（公曆12月24日）悴然長逝。友人（林景仁）將其安葬於印尼棉蘭城外，當地稱為「詩人之墓」。

1918年　戊午　民國七年　25歲

父許南英先生去世後，母秘不發喪，馬上安排許地山於年初回漳與林月森（台中人）結婚；年底生女楙新。

在匯文大學就學。在此期間，曾與張錫三同寢室，書籍堆積屋，名其室為「面壁齋」，以示專心讀書。

同學白序之（白鏞）謔稱其為「三怪」，然而接觸以後，方知其學習刻苦、見多識廣、能詩善文，藹然可親。

與燕大校友瞿世英、北京鐵路管理學校的鄭振鐸、北京俄文專修館的瞿秋白、耿濟之等人結識，志趣相投，常聚在一起讀書交談；曾向鄭振鐸介紹泰戈爾，並鼓勵他翻譯《新月集》。

1919年　己未　民國八年　26歲

是年北京匯文大學與北通州協和大學合併，定名為北京燕京大學。校長為美國人司徒雷登。在燕京大學文學院攻讀教育學。

5月4日，參加了聲勢浩大的集會和遊行。參加「火燒趙家樓」的義舉。「五四」運動中，被推選為北京大學、清華大學、燕京大學幾所學校的學生代表之一。

11月1日，《新社會》旬刊由北京基督教青年會所屬「社會實進會」出版發行。編輯者為許地山、鄭振鐸、瞿秋白、耿濟之、瞿世英等人。

在缸瓦市之倫敦會基督會教堂結識老舍。參加教育部讀音統一籌備會。

1920年　庚申　民國九年　27歲

從燕京大學文學院畢業，獲文學士學位。又入燕京大學神學院攻讀神學（比較宗教學）。

《新社會》旬刊出自十九期「勞動號」（本年5月1日）停刊。許地山先生在該刊發表文章九篇：《女子底服飾》《強姦》《柏拉圖的共和國》《我對於譯名為什麼要用注音字母》《社會科學底研究法》《十九世紀兩大社會學家底女子觀》、《勞動底究竟》《勞動底威儀》《「五一」與「五四」》。

8月15日，許地山等人編輯的《人道》月刊創刊，但僅出一期。

在《燕京大學季刊》一卷三號上發表《「五七」紀念與人類》。

10月，回漳州接有孕的林月森、許楙新母女去北京；途中林月森忽得急病，客死上海，許敦谷、鄭振鐸幫忙葬於靜安寺。

11月間，鄭振鐸、許地山等商量組織文學會，以《小說月報》為文學雜誌的代用刊物，起草宣言，擬定會章。

1921年　辛酉　民國十年　28歲

仍在燕京大學神學院就學。

1月4日，「文學研究會」在北京中央公園來金雨軒茶社成立。這是新文化運動中成立最早、影響和貢獻最大的文學社團之一，發起人有周作人、朱希祖、耿濟之、鄭振鐸、瞿世英、王統照、沈雁冰、蔣百里、葉聖陶、郭紹虞、孫伏園和許地山共十二人。「文學研究會」主張「為人生」的文學。機關刊物有沈雁冰主編的《小說月報》及上海《時事新報》附出的《文學旬刊》。

短篇小說《命命鳥》發表於《小說月報》十二卷一號（1月10日出版）。

同年發表如下短篇小說：《商人婦》《換巢鸞鳳》《黃昏後》同時，在《小說月報》十二卷譯文《在加爾各答途中》（泰戈爾著）及發表《創作的三寶和鑒賞底四依》。從《商人婦》起，開始使用筆名「落華生」，表明他的平民主義、人道主義思想。

同年，燕京大學成立「燕大文學研究會」，由瞿世英、許地山等主持。

8月，編著的《語體文法大綱》一書由上海中華書局出版。

1922年　壬戌　民國十一年　29歲

在燕京大學神學院畢業，獲神學士學位。留校當助教，月薪七十五元，曾協助周作人教學，給冰心等學生講課。兼任私立平民大學教員，月薪六十元。

在《小說月報》十三卷二號（2月10日出版）發表短篇小說《綴網勞蛛》。

在《東方雜誌》十九卷發表散文《愛流汐漲》、短篇小說《慕》。

在《小說月報》十三卷連載散文《空山靈雨》四十三篇，連同《愛流汐漲》，共四十四篇，《空山靈雨》為

「五四」以來最初成冊的散文小品集。

同年，在《戲劇》雜誌二卷二期上發表論文《我對於〈孔雀東南飛〉的提議》；

在《文學周報》第廿七期上發表論文《古希伯來詩的特質》；

在《東方雜誌》十九卷第十期上發表論文《宗教的生長與滅亡》；

在《民鐸》月刊三卷三期上發表論文《粵謳在文學上底地位》。

1923 年　癸亥　民國十二年　30 歲

在《小說月報》十四卷四號、五號（4 月 10 日、5 月 10 日出版）上連續發表書信體短篇小說《無法投遞之郵件》。

在 6 月《新青年》季刊創刊號上發表瞿秋白作詞、許地山譜曲之歌曲《赤潮曲》。

6 月 16 日，撰寫《〈落華生舌〉弁言》（有《女人我很愛你》《看我》《情書》《郵筒》《做詩》《月淚》《牛津大學公園早行》《我底病人》等十首。林月森去世一周年時所作一首悼亡詩，最早見於弟子李鏡池《吾師許地山先生》一文。第十首，一說為《我所知道底龍溪》（散佚）一說即《空山靈雨》中的《七寶池上底鄉思》）。

8 月 17 日，與冰心、梁實秋、熊佛西、顧一樵、吳文藻等在上海乘坐傑克遜總統號輪船，赴美國留學。創辦《海嘯》（發表了新詩《女人我很愛你》，短篇小說《海世間》、《海角底孤星》、《醍瑚天女》。後均為《小說月報》轉載。）

9 月，入紐約哥倫比亞大學聯合宗教研究院，研究宗教史與宗教比較學。

1924 年　甲子　民國十三年　31 歲

2 月，接友人顧一樵（毓琇）自美國麻省理工學院寄贈之中篇小說《芝蘭與茉莉》（商務印書館 1923 年 12 月出版），創作出短篇紀實小說《讀〈芝蘭與茉莉〉因而想及我底祖母》（刊登於《小說月報》十五卷五號。

同年，在《小說月報》還發表如下作品：在十五卷新詩《看我》《情書》《郵筒》《做詩》《月淚》，短篇小說《枯腸生花》，及譯作「帶音樂的故事」——《可交的蝙蝠和伶俐的金絲鳥》。

在美國哥倫比亞大學期間跟隨印度伊朗語言學與文學家約克遜學習梵文與文學，得文學碩士學位。於同年8月進入英國牛津大學學習，除研究宗教史外，研究印度宗教、哲學、土俗學及人類學；除繼續研習梵文外，學習希臘文。入學前由易文思（牛津老師）安排在倫敦與老舍相遇，合住一處。

1924年以《道家思想與道教》（「Taoism」）一文，參加秋季在倫敦大學舉辦的「帝國宗教大會」。該文收入當年Duck worth 書店出版的《帝國的宗教》。

1925年　乙丑　民國十四年　32歲

進入牛津大學並從事研究東方學工作。

後許地山先生有一篇未完成之散文《東歸閒話》，首篇便是「牛津的書蟲」。

為摯友鄭振鐸寫作的《中國俗文學史》蒐集有關敦煌民俗的資料。

1月，第一本短篇小說集《綴網勞蛛》由商務印書館出版，共收一九二一年至一九二四年小說十二篇，被列為「文學研究會叢書」。

6月，散文小品集《空山靈雨》（落華生散記之一）由商務印書館出版，收作品四十四篇，被列為「文學研究會叢書」。

撰《中國文學所受的印度伊蘭文學的影響》，載《小說月報》十六卷七號。以粵謳形式寫新詩《牛津大學公園早行》，載次年《小說月報》第十七卷十號。

譯作《月歌》，載《小說月報》第十六卷五號。

1926年　丙寅　民國十五年　33歲

獲文學碩士（Bachelor of Letters）學位，為牛津大學此榮譽的第一位中國人。

受友人羅家倫（後任清華大學校長）委託，在牛津大學圖書館收集許多關於鴉片戰爭前後中英交涉史料。許地山先生歸國後將之編纂為《達衷集》，後於一九二八年由商務印書館出版。

在《小說月報》第十七卷九號上發表獨幕劇《狐仙》。

在《小說月報》第十七卷十二號上發表以粵謳形式所作之新詩《牛津大學公園早行》。

撰《梵劇體例及其在漢劇上的點點滴滴》，載《小說月報》十七卷號外。

10月，取海路回國，專門途經印度大學，去聖蒂尼克坦拜訪所崇敬的印度「詩聖」泰戈爾。泰戈爾贈許地山先生像片和一白色瓷象，還建議他編寫一本適合中國人的《梵文字典》，鼓勵他為中印文化交流作貢獻。

1927年　丁卯　民國十六年　34歲

訪印歸國後，在母校燕京大學文學院任助教，月薪一百三十元。

編寫《佛藏子目引得》三冊，燕京引得社出版。

1月，在《晨報副刊》《真理與生命》發表《中國美術家底責任》與《反基督教的中國——一篇歷史的記載》。

2月，任燕京大學宗教學院宗教史講師，開設「古代中國宗教」「佛教入門」「印度哲學」「高級翻譯」「梵文初步」等課程；詩歌《我底病人》發表於《小說月報》十八卷二號。此後，文藝創作漸少，專心於宗教比較學、社會學、人類文化學的研究，準備編寫道教史。兼任平民大學教員；又任《燕京學報》編委。

論著《大乘佛教之發展》（未完）連載於《哲學評論》一卷一—四期。

6月，《燕京學報》創刊，許地山先生為編輯委員會之一；《婚制之錯誤與男女學生之將來》刊於燕京大學社會學會出版的《社會學界》第一卷。

6月，《梵劇體例及其在漢劇上底點點滴滴》，刊《小說月報》第十七卷號外《中國文學研究》下冊。

9月，升任宗教學院宗教史副教授。擔任燕大社團景學會主席。開設「梵文初讀」「印度哲學」「社會原始與社會演化」「原始社會」「原始宗教」等課程。

12月，《道家思想與道教》刊於《燕京學報》第二期。

是年冬，經熊佛西夫婦介紹，與周俟松女士相識。周俟松（1901—1995），字芝子，湖南湘潭人，原國會議員周大烈（印昆）之女；周大烈為梁啟超、陳叔通摯友。

1928年　戊辰　民國十七年　35歲

任燕京大學文學院、宗教學院副教授，月薪二百元；在北京大學兼授印度哲學；又在清華大學兼授人類學。

周俟松女士是年畢業於國立北京師範大學數學系，得理學士學位，畢業後在湖北武昌一女中任教，暑假抵滬。許地山先生與周俟松約定，回北京結婚。

暑假率領學生吳高梓等去上海、福州等地作疍民（即以船為家的水上居民）調查。業餘譯《孟加拉民間故事》，後由商務印書館出版，收民間故事二十二篇。

寫短篇小說《在費總理底客廳裏》，載《小說月報》十九卷十一號，是許地山先生創作方法從浪漫主義轉向現實主義的重要性文章。

論文《摩尼二宗三際論》，發表於《燕京學報》一卷三期。

隨筆《歐美名人底愛戀生活》連載於《小說月報》第十九卷十一號和十二號。

1929年　己巳　民國十八年　36歲

仍任教於燕京大學，兼北京大學、清華大學課。着重研究印度宗教史、民俗學。

1月，在燕京大學朗潤園美籍女教授鮑貴思家中，由冰心向同事宣佈許地山與周俟松訂婚，並宣讀中文賀詞。

1月5日《東歸閒話》（二）：牛津的故事》在《清華周刊》三十卷九期刊發。

5月1日，與周俟松結婚。住北京石駙馬大街。婚後，周俟松在北京女高師附中教數學。

6月1日，在燕京大學藝術學院戲劇系講演《印度戲劇之理想與動作》，由尚達整理、許地山先生修改後在《戲劇與文藝》一卷二期刊登。

10月25日，《什麼是回教》刊在《清華周刊》第三十二卷第二期。

11月，譯著《孟加拉民間故事》，由商務印書館出版，收民間故事廿二篇。

11月，國立北平研究院史學研究會成立，許地山為會員；兼燕京大學國學研究所導師研究員。

12月，《燕京大學校址小史》，載《燕京學報》第六期（校刊落成紀念專號）。

論文《近三百年來印度文學概觀》連載於12月八期的天津《益世報副刊》。

1930年　庚午　民國十九年　37歲

在燕京大學，擢升為教授，月薪三百六十元；在北京大學兼課，開授印度哲學；在清華大學授課，講人類學；並在北京師範大學兼授過歷史課。

1月，在北大哲學系同學會講演的《古代印度哲學與古代希臘哲學之比較》刊《北大日刊》（第2333—2337號）。

3月，在天津《益世報》發表《文明底將來》《將來文明底問題》《文明底改造》譯文（原作者為印度的羅達克里斯南）。

9月底，《燕京校園考》刊登於《燕京大學校刊》第三卷四期。

論著《印度文學》，10月由商務印書館出版。

曾為音樂出版社譜寫歌曲，在北平印出。

11月，沈從文的《論落華生》發表於《讀書月刊》第一卷第一期，為許地山研究的第一篇專論。

1931年　辛未　民國二十年　38歲

2月，在《小說月報》上發表《樂聖裴德芬的戀愛故事》《主人，把我的琵琶合去吧》（譯文）等。

3月，《宗教底婦女觀——以佛教底態度為主》刊《北大學生》一卷四期。

教學之餘，專心撰寫《道教史》上卷，敘述道教起源及秦漢道家、張陵及丹鼎哲學等，凡七章。三年後，由商務印書館出版。

4月，子周苓仲出生於北平，從母姓。

6月，在《小說月報》上刊發《歸途》

6月25日，國立北平圖書館新館舉行落成典禮，許地山贈送該館銅版畫片二幅及周大烈《夕紅樓詩集》《葵莫軒丸散真方匯錄》各一部以祝賀。

6月，《陳那以前中觀派與瑜伽派之因明》刊《燕京學報》第九期。

7月18日，在北平小劇院作「印度戲劇」之講演。

9月，開設「中國民眾社會史」「道教史」「佛教史」等課程；為白壽彝《朱喜辯偽書語》題寫書名。

12月27日，石附馬大街的寓所遭火災，遷入地安門內景山西門陟山門六號。

是年率燕大學生到妙峰山考察民間信仰。兼任清華大學哲學系講師。

1932年　壬申　民國二十一年　39歲

1月18日，與烘業、顧頡剛一起擔任歷史系葉國慶等研究生畢業考試委員會指導老師。

5月31日，在燕大睿樓作「近三百年來中國婦女服裝之變遷」講演。

6月，小說《解放者》在《北平晨報．北晨學園》上連載。

8月，《無憂花》與《甘地》（第三章）（譯法文羅曼羅蘭《甘地傳》）在《北平晨報．北晨學園》上連載。

兼任北大哲學系、北平大學女子文理學院講師。

10月，為柯政和（台灣人）主編的《世界名歌一百曲集》作《弁言》及《歌曲解釋》，此書收錄許地山先生翻譯的歌曲十首。此後，許地山數十首翻譯與創作的歌曲收錄柯政和的中學歌曲集。

除教學外，撰寫《雲笈七簽校異》，正其謬誤，為深入研究道教史作充分準備，並着手編纂《道教辭典》。兩書均未能出版。

10月26日，應燕大家政系邀請，作「中國婦女服裝之研究」的講演。

1933年　癸酉　民國二十二年　40歲

1月，小說《東野先生》在《北平晨報．北晨學園》上連載。

1月10日，與李聖章、李玄伯、陳受頤、馮友蘭、袁同禮、徐森玉等北京學者一起，參加歷史語言研究所在歐美同學會舉行的歡迎伯希和宴席上。

1月13日，女許燕吉生。

2—3月，代歷史系教授鄧之誠課《中國通史》。

3月，所編《佛藏子目引得》由燕京大學圖書館編纂處出版。

4月2—10日，與博晨光、容庚、顧頡剛等師生參加燕京大學哈佛燕京學社赴河北正定考古團。8日，與顧頡剛、容庚一起在河北省立第七中學作講演，許地山先生的題目為《古物與歷史關係》。

4月，第二本短篇小說集《解放者》由北平星雲堂書店出版，自撰《弁言》，共收小說八篇，附獨幕劇一出。年底在《文學》月刊上發表小說《女兒心》。

4月22日，帶領燕大歷史系「中國通史一班」學生參觀運河。

4月30日，燕京大學舉行校友返校日活動，哈佛燕京學社及許地山收藏品在貝公樓展覽。

5月，在燕大師生大會上發表「我對於燕京大學的理想」的講演。

6月4日，與容庚、顧頡剛一起宴請梁思成、林徽因、博晨光、雷潔瓊等，看照片及談編輯《大佛寺》事。

6月，作《窺園先生詩傳》，由柯政和先生幫助在北平和濟書局出版父親許南英先生的詩集《窺園留草》。

燕京大學實行教授間隔五年休假一年的制度。許地山先生應中山大學之邀，前往教學。

9月6日，茅盾、陳望道兄弟、朱光潛、鄭振鐸、葉聖陶、胡愈之等廿三人等在上海宴請許地山夫婦。

9月，許地山先生夫婦前往台灣，先後在台北大學訪問，台中探親，台南瞻仰窺園故居祭祖，拜會庶母和親友；目睹在日寇鐵蹄下之台灣親友的苦難，所攜父親許南英詩集《窺國留草》印本（1933年刊印本）分贈親友；離台去廣州。

在廣州中山大學講學半年，開設「民俗學」「中國禮俗史」「社會人類學」三門課程，在中山大學、廣州協和神學院、青年會等團體，講演「中國文化的特質」、男女兩性、家庭婚姻及「中國民族能否從其固有文化中尋出路」等。

10月，小說《女兒心》在《文學》月刊一卷四、五號刊出。

秋日，葉啟芳、李鏡池陪同兩次遊南華寺、六榕寺、小北門等地。拜謁年少時的塾師韓貢三先生。整理《道教史》，交付商務印書館。

1934年　甲戌　民國二十三年　41歲

1月1日，小說《人非人》在《文學》二卷一號發表。

1—2月為真光女子中學、青年會講演「文學與創作」「廣州名跡之回顧」。

2月1—2日，許地山先生乘泉州船往澳門訪問兩天後回到廣州；之後周俟松帶着孩子北上回家。

2月3日，到香港；7日從香港經新加坡去印度。

2月初，在緬甸仰光、曼德來拜訪昔日好友李無懷等；13日與好友林元英遊新加坡的植物園。完成《春桃》創作並寄回國內發表。

3月15日抵達印度。在印度大學研究印度宗教及梵文。受邀參加全印哲學大會，講演「中印關係」，提議組成「中印文化協會」；訪印度小國波爾，受到國王父子的招待。在印度期間最主要的活動是研究當地民俗、梵文、印度哲學以及受邀作講演中國情勢與中國文化。

7月12日抵馬來亞檳榔嶼，與李詞傭、陳少蘇等同遊檳城公園。

7月17日，繞道蘇門答臘抵棉蘭，掃父許南英「詩人之墓」。

7月《道教史》（上）由商務印書館出版。8月初返回北平。

8月11日，岳父周大烈（印昆）先生逝世，享年七十二歲。

10月參加於定縣舉行的「中國鄉村工作問題」討論會，在女青年會、燕大、北大哲學會作「甘地主義與印度」「印度的政治運動和大學生」「觀音崇拜之由來」「翻譯」「怎樣才能成為偉大的民族」等講演。

12月，《禮俗調查與鄉村建設》刊於《北平晨報．社會研究》第六十五期。

1935年　乙亥　民國二十四年　42歲

海倫．斯諾向許地山先生學習佛學、道教，為其單獨開《中國園林》課程（英文）；撰《印度文學》一書，後由商務印書館出版；並譯有《二十夜問》、《太陽底下降》兩本印度故事集。

3月，瞿秋白在福建長汀被捕遭殺害。當時，地山先生曾集合友好，多方營救，要求釋放未成。

3月底，受燕大社會學會邀請講演「廟宇祠堂與民間生活」（後發表在4月的《北平晨報．社會研究》上。

4月在北平青年知行社全體社員大會上講演，並誦他自己作曲的《正氣歌》

6月，燕京大學教務長司徒雷登排擠進步教授，解聘許地山先生。適香港大學登報招聘中國文學教授，許地山先生符合條件（留學英國，能英語、粵語、國語、閩南語；精通梵文、法文、德文、希臘文），經胡適介紹推薦，毅然前往。

8月18日舉家南遷，9月1日到香港大學上任，出任中文學院院長，安排住香港羅便臣道一二五號。任教凡七年。

9月初，出席並主持中文學院第一次系務會議，向香港大學提交《中文部改組計劃書》；作《中等學校之國學教學問題》《新文學運動之在今日》訪談。

10月，作《梵文與佛學》《佛學與現代文化》《道家的和平思想》等講演。

12月《大中磬刻文時代管見》經容庚編輯後刊於《燕京學報》第十八期。

港大中國文學課原以晚清八股為宗，教授四書五經、唐宋八家及桐城古文。許地山先生就任後，參照內地大學的課程設置，分文學、史學、哲學三系，充實內容，文學院面目為之一新。

1936年　丙子　民國二十五年　43歲

1月，作《學校教育應注意的幾個問題》講演；香港大學中文系正式改組，許地山先生獲委任為中文系教授。

2月，香港中華青年會舉辦第一屆集體婚禮，許地山先生在家中為新婚夫婦演講《結婚的社會意義》；任全港學生作文比賽評判；推薦燕京大學教授馬鑒先生擔任國文講師；出任香港大學中文學會常年大會會長。

3月，作《陳必封金勝發傳略》，請區大典書丹。

4月9日-18日，帶領香港大學中外教授及學生共二十餘人，往廣西、江西、湖南等省參觀、社會調研。

5月，作《道德與社會》之講演，發表《發展中國文史學系意見書》。

6月，向新聞科學生講演《中國民族之衰落及其補救辦法》。

7—9月，倡組香港兒童娛樂院；作《青年對於人類之使命》之講演；作《現代婚姻》《現代家庭》之講演。

9—10月，改編顧一樵話劇《西施》為粵語版，擔任編導，組織中文學院師生排演；接待來訪的德國柏林大學中國歷史教授軒思烈。

10月，作中國道儒教、佛教、回教、基督教等世界主要宗教演講五場。

11月，港大學生會組織魯迅追悼會，許地山先生作《魯迅先生對中國新文學之貢獻》；與華南人士一起簽名響應北平文化界要求一致抗日宣言。

12月，在廣州遇陳望道先生；任全港學校第二屆書法比賽主考。

1937年　丁丑　民國二十六年　44歲

1月，中文學會在馮平山圖書館舉行紀念蘇東坡誕辰九百周年紀念活動。

2月，許地山先生關於開設中文研究的提案被否決。

3月，組織印度政治運動者RAO茶會；繼續推動中文學院發展計劃。

3—4月，組織港大師生前往廣西考察、社會調查。

5月，徐悲鴻住許地山先生家，出席《徐悲鴻先生畫展》。

6月，作《國語與粵語的關係》講演。

12月，發起組織中國非常時期高等教育維持會。

和在港文化界知名人士交往密切，許地山先生曾協助一些畫家舉辦畫展，如徐悲鴻、林風眠、高劍父、關良、王濟遠等。司徒喬、關山月、沈尹默等皆有作品饋贈許地山先生。協助舉辦過中國古代竹筒展覽、古玉展覽等等。

1938年　戊寅　民國二十七年　45歲

仍任香港大學教授。

1月24日，致函庚款委員會請求資助馮平山圖書館與編譯館。

2月，在馮平山圖書館觀看陳寅恪夫婦所收藏的「福建台灣巡撫關防」銀印等；改寫《木蘭》劇為五幕劇。

3月中華全國文藝界抗敵協會在漢口成立，許地山先生被推薦為理事。

10月，任魯迅先生逝世二周年紀念會發起人；

10月發表英文稿《武訓》於香港《天下月刊》（11月號）。

11月11日，在《大公報》上發表獨幕劇《女國士》，借歷史故事動員抗戰，此劇係為港大女學生籌賑而作。

12月，任香港大學防空委員會委員。

與沈雁冰、胡愈之、陳寅恪、金仲華、鄒韜奮等時有往來。

1939年　己卯　民國二十八年　46歲

仍任香港大學教授。每周任課二十小時以上。

1月1日，發表《一年來的香港教育及其展望》於《大公報》元旦號。

1月5日，《怡情文學與養性文學——序大華烈士編譯〈硬漢小説集〉》《中國思想界對戰爭的態度》發表於《大風》雜誌第廿五、廿六期。

1月27日，中華全國文藝界抗敵協會議決讓許地山、戴望舒、歐陽予倩、蕭乾等籌建香港分會。

3月，定名為中華全國文藝界抗敵協會留港會員通訊處。26日，在港大中文學院舉行成立大會，許地山、樓適夷、葉靈鳳、劉思慕等為理事。之後商議成立研究小組，出版《文協》周刊。

5月出席中英文化協會香港分會成立典禮，擔任主席。

7月，籌備成立新文字學會，許地山先生擔任理事兼編輯主任。

9月，發表《憶盧溝橋》《七七感言》《老鴉咀》《一封公開的信》《國慶日所立底願望》等評論性文章。

11月，任中國文化協進會主辦的《廣東文物展覽》籌備委員會執行委員，擔任宣傳組負責人。

12月，任中國電影教育協會香港分會第一屆理事。

歷任香港中小學教員暑期討論班主任委員，熱心支持文化教育事業，不遺餘力。業餘時間準備編纂梵文辭典；時有燕京大學畢業生嚴女士每日來繕寫卡片，已寫成三箱，後由香港運發，存北京佛教會。又撰寫《扶箕迷信底研究》，目的在破除迷信，這是道教史研究中的副產品。空餘時間，還讀日文、法文、德文、拉丁文，嗜書愛學，不知疲倦。

1940年　庚辰　民國二十九年　47歲

1月，在港大中文學院主辦「中國語文講座」，《香港新文字學會會報》刊登許地山的《中國文字的命運》。

1月，文協香港分會會務調整委員會首次會議，正式登記成為「中華全國文藝家協會香港分會」。

2月，「廣東文物展覽會」在馮平山圖書館開幕。

3月5日，蔡元培先生病逝香港。許地山先生協助善後以及參與籌設紀念蔡元培基金、圖書館等事宜。

2—3月，發表《無法投遞之郵件》三篇（《大公報》香港版）

3月20日，發表《香港小史》於《天文台半周評論》（3月28日）

4月，擔任《廣東叢書》編委。

6月，燕京大學在港籌辦中學，許地山先生為籌備人；出席國民政府教育部在香港主辦的中學學校教師暑期講習會；編歷史話劇《兇手》。

7月，發表《今天》《危巢墜簡》等於《大公報》香港版。

8月，主持魯迅先生六十周年誕辰紀念會，並致開幕辭。

9月，《扶箕迷信底研究》脫稿，由商務印書館出版，胡愈之作序。

12月，任基督教華南戰時兒童教養會香港籌款特組委員會委員。

除教學外，撰寫長篇論文《國粹與國學》，後由楊剛送往《大公報》發表（1946年由商務印書館出版單行本，影響頗大）。曾計劃創辦業餘知能學校，提倡業餘之人教業餘之人，手草緣起，擬訂章程。仍從事道教研究。與陳君葆、馬鑑、陳寅恪等來往密切。

1941年　辛己　民國三十年　48歲

1月，發表《貓乘》於《大公報》香港版，主持歡迎柳亞子先生茶會。

1月，皖南事變後，他和張一麐聯合致電蔣介石，呼籲團結、和平、息戰。

2月，在香港文化界關於皖南事變的一個宣言上簽名。同月在《大風》半月刊第八十四期上發表現實主義小說《鐵魚底鰓》。許地山先生在香港期間，一直呼籲團結，堅持抗戰到底。

2—3月，籌編《廣東文物》，主持夏衍、范長江歡迎會等。

3月，宋慶齡先生宴請鄒韜奮先生，許地山、陳君葆等先生出席。

4月，發表《香港考古學述略》於《時報周刊》一卷五期；出席北大留港同學會歡迎蔣夢麟、任鴻雋大會。

5月，文協香港分會1941年度理事會在許地山先生家中舉行。

6月，在香港《新兒童》發表童話《螢燈》。擔任香港新文字協會主辦之人文學講座講師；出席中英文化協會周年大會並擔任主席。

6—8月，受鄭振鐸委託接受、保管從內地運送過來的珍貴古籍。在暑假期間，為了集中精力完成《道教源流考》，獨往沙田檗園埋頭寫作。工作過度，因勞致疾。

7月7日，與郭沫若、茅盾、胡風、巴金等聯名致函世界知名作家賽珍珠、羅曼羅蘭、斯諾等，倡正義人道；同月，在《新兒童》發表《桃金娘》。

7月28日從沙田回家，次日下午，去視察華僑中小學教師暑期討論會，晚接待蔡孑民夫人來訪。深夜，忽然背痛，出汗，呼吸迫促，家人為之按摩。經醫診斷為心臟病。在家養病，病中仍以笑談答謝友人慰問。

8月2日，任陸費伯鴻先生追悼大會發起人。

8月4日下午二時，與世長辭。終年四十八歲。當日下午四時許，宋慶齡先生率先送來花圈，與遺體告別。

8月5日午時大殮。周俟松率子女和親友百餘人向遺體告別。下午三時，移靈於香港大學禮堂，學校降半旗，港大鐘樓鳴鐘，以示致哀。港大校長史樂施報告地山生平事略，深表悼念。參加祭靈的有：顏惠慶、王雲五、周壽臣、葉恭綽、馬鑒、梅蘭芳、陳君葆、陳寅恪、費招若蘭、何艾令、史樂施、張一麐等。香港大學教職工和學生、燕大旅港同學、北大同學會、保衛中國大同盟、中英文化協會香港分會、中國文化協進會、新聞記者公會以及香港和廣州的群眾近千人參加祭儀。四時舉殯，由弟子扶靈出堂，安置靈車，葬於香港薄扶林道中華基督教墳場。周俟松率子女扶柩，默視下窆，五時始畢。

8月5日《新華日報》《大公報》《中央日報》轉《中央社》香港電訊，刊載許地山先生逝世的訃訊。

8月21日下午三時，由全港文化界組織在加路連山孔聖堂舉行許地山先生追悼大會。宋慶齡先生送了花圈。追悼會由張一麐致詞，葉恭綽宣讀祭文，馬鑒報告生平事略。花圈、輓聯甚多。11月9日，新加坡華僑及各界人士在新加坡中華總商會舉行追悼會，郁達夫、徐悲鴻等知名人士都送了花圈或輓聯。

8月，香港《新兒童》第一卷第六期刊載《我的童年》（又名台南《延平郡王祠邊》）。

「地山歿矣！所著《道藏子目通檢》生前曾送交香港商務印書館付印。日寇佔領香港後，據說把印書館藏稿室改為馬廄，地山三萬張稿卡散失無遺。這真是終生憾事，無可彌補的損失」（周俟松）。

12月，國民政府頒發褒揚令：「許地山早遊歐美，學術淹通，歸國任北平各大學教師，頗著聲譽。比年在港闡揚我國文化，倡導僑民教育，並於社會公益事業，無不盡力協助，尤見熱忱。遽聞溘逝，良深悼惜，應予明令褒揚。」

1942年2月21日，《解放日報》刊載回憶許地山先生的文章。

感謝楊仁飛研究員（廈門大學南洋研究院博士，現為廈門市台灣學會副秘書長、許地山研究所特約研究員）對本新版《許地山年表》的校正與補充。

許鋼寫於二〇二四年五月一日

香港文學作品選集②
潘耀明 / 總策劃　黃子平 / 主編　舒非 / 副主編

許地山香港作品集

——紀念許地山先生誕辰一百三十周年

許地山 著　許鋼 編

責任編輯：莊園　蒙憲
封面設計：Yousa Li
版式設計：霍明志
出　　版：香港文學館管理有限公司
香港灣仔軒尼詩道三十六號循道衛理大廈十四樓
網址：www.mhkl.com.hk
電郵：info@mkhl.com.hk
發　　行：香港聯合書刊物流有限公司
承　　印：美雅印刷製本有限公司
版　　次：二〇二四年七月第一版
國際書號：978-988-70518-2-4